I0642892

3071. Bis. Jub.

OBSERVATIONS
AU PEUPLE FRANÇOIS.

COMPTE rendu à la Nation, de la fomme de fa contribution, du produit net de fa recette & de fa dépenfe.

DÉNONCIATION *du travail en finance, & reſtauration de la choſe publique, par la ſeule réforme des abus de l'Impôt, de ſa répartition & du recouvrement. Vues générales ſur la conſtitution & la félicité publique.*

OUVRAGE DÉDIÉ AUX ÉTATS-GÉNÉRAUX.

4 J 1408

BIBLIOTHÈQUE DE L'ARSENAL

Le Corps politique de l'État alloit se diſſoudre.... LOUIS XVI ne croyant plus qu'à ses vertus personnelles, s'est uniquement dirigé par des grandes vues de Justice.... et la France est sauvée.

PREMIERES OBSERVATIONS
AU PEUPLE FRANÇOIS,

Sur la quadruple ariſtocratie qui exiſte depuis deux ſiecles, ſous le nom de haut Clergé, de Poſſédants fiefs, de Magiſtrats, & du haut Tiers; & vues générales ſur la conſtitution & ſur la félicité publique.

Que d'autres rappellent cette maxime de notre Monarchie, *ſi veut le Roi*, *ſi veut la Loi* : la maxime de SA MAJESTÉ eſt, *ſi veut le bonheur du Peuple*, *ſi veut le Roi*.

Paroles remarquables, adreſſées par ordre de LOUIS XVI, à l'Aſſemblée des Notables, en 1787.

Par Jean-Baptiſte BREMOND, *Citoyen François, de l'Ordre du Tiers-État de Provence.*

1789.

AVERTISSEMENT.

DES privileges feront facrifiés ! . . . . oui ; la juftice le veut, le befoin l'exige : vaudroit-il mieux furcharger encore les non privilégiés, le Peuple ?

Il y aura de grandes réclamations ! . . . . on s'y eft attendu : peut-on faire le bien général, fans froiffer quelques intérêts particuliers ? . . . réforme-t-on fans qu'il y ait des plaintes ?

Aff. des Not. 1787.

N. B. Les fecondes Obfervations au Peuple François feront du même format & mêmes caracteres.

A MESSEIGNEURS

LES DÉPUTÉS

DU PEUPLE FRANÇOIS,

Assemblés en États - Généraux en 1789.

MESSEIGNEURS,

UNE Epître dédicatoire fut prefque toujours
un tribut de menfonges complaifants ou de baffes
adulations ; mais, à dater des premiers Etats-
Généraux du fiecle de L o u i s XVI, un Citoyen
François ne fe croira plus permis de proftituer
fon encens aux idoles ; & c'eft à votre fageffe,

A 2

ÉPITRE

MESSEIGNEURS, de tracer au Peuple François la ligne de démarcation qui fixera déformais l'eftime, l'indifférence ou le mépris, le refpeſt ou l'horreur que nous devons avoir pour les aſtions des hommes.

Votre Roi, MESSEIGNEURS, vous demande d'éclairer fa juſtice, & vos Concitoyens vous chargent unanimement de mettre fous les yeux du Pere de la Patrie les caufes du malheur public....Oh ! combien font fublimes les auguſtes fonſtions que vous allez remplir ! .... Oh ! combien vous mériterez la reconnoiſſance & la vénération d'un grand Peuple & de fa poſtérité, fi, par vos heureux travaux, la Patrie n'eſt plus un mot vuide de fens pour les François ; fi, par vos heureux travaux, LOUIS XVI parvient à rétablir le regne des Loix, comme il en a la volonté ; ..... enfin fi, par le vœu national, appuyé des vertus perfonnelles du Roi, la félicité publique repofe déformais fur des fondements inébranlables !

Mais, plus la tâche que votre devoir vous impofe, eſt pénible, MESSEIGNEURS, plus grande eſt l'obligation de tous les François d'environner LOUIS XVI de leur amour, & de vous environner vous-mêmes de toutes leurs lumieres.

Dans cette circonſtance remarquable, MESSEIGNEURS, tout Citoyen eſt comptable à ſa Patrie & à ſon Roi, de ſes talents & de ſes moyens pour rétablir l'autorité royale dans toute ſon eſſence & dans toute ſa dignité, & pour fonder la liberté & la propriété nationale & individuelle ſur le regne des Loix..... Tout François qui auroit la démence d'apporter le moindre obſtacle au ſuccès de vos délibérations, ſeroit coupable du crime impardonnable de leſe-Patrie & de leſe-humanité.

Par notre conſtitution, MESSEIGNEURS, nous ſommes un Peuple libre & propriétaire, & nous devons être uniquement gouvernés par une ſeule Loi & par un ſeul Roi : l'anarchie féodale nous avoit fait décheoir de la dignité d'hommes & de Citoyens ;.... de nos jours, l'ariſtocratie avoit uſurpé l'autorité royale, & aſſervi nos perſonnes & nos propriétés.

La volonté du Titus qui nous gouverne, eſt de nous rendre l'exercice vraiment impreſcriptible de tous nos droits légitimes ; & pour que nous ſoyons un Peuple vraiment libre & propriétaire,

il faut, Messeigneurs, il faut abfolument
abolir à jamais tous les veftiges de la fervitude
féodale & de fes préjugés barbares, ... comme
faifant partie de ces droits illégitimes, anciennement établis par la force, aujourd'hui confacrés
par l'ufage, mais auxquels le temps n'a pu donner
un titre légal de propriété facrée.

Le regne de l'erreur eft paffé; déjà l'opinion
publique a élevé à la liberté légitime un rempart
qu'on attaqueroit en vain par les armes; ... mais fi
ce n'eft plus par la force, Messeigneurs, qu'on
pourroit affervir vos délibérations à donner une
efpece de fanction légale à l'ariftocratie, craignons,
craignons qu'on n'y parvienne par des moyens
plus vils & non moins coupables..... Il exifte dans
le Royaume un refferrement général des grains.....
Seroit-ce un effet du calcul naturel de la cupidité?...
Seroit-ce l'effet d'une crainte exagérée?.... ou fe
pourroit-il que ce fût un nouveau crime de l'ariftocratie? & qu'après avoir changé l'autorité tutélaire
& paternelle des Rois en un defpotifme odieux, ...
après avoir appauvri la Nation, réduit les deux
tiers des Citoyens au plus étroit néceffaire, & plongé des millions de François dans la plus effroyable
mifere, ... on eût conçu l'épouvantable

deffein d'affamer le Peuple , & de le forcer à fortir des bornes de la modération qu'il s'eft toujours impofée, tant qu'on l'a laiffé vivre?..... Voudroit-on enfin effrayer notre Roi , ... lui infpirer des doutes ? .... & les noires perfidies de l'intrigue pourroient-elles égarer ceux qui n'en connoiffent que trop toutes les manœuvres, jufqu'à leur faire efpérer de priver le Peuple de la bien-veillance & de l'amour paternel de Sa Majefté ?.... Auroit-on confervé l'efpérance criminelle de fe perpétuer dans la jouiffance des abus du pouvoir, & voudroit-on nous accabler de nouveaux fers?.... Quoi qu'il en puiffe être , Messeigneurs , le mal eft évident ; l'extrême refferrement des grains a déjà produit , en divers endroits du Royaume, des défordres affreux , & nous fommes peut-être menacés de malheurs plus grands encore.

Que la difette foit un effet purement naturel & innocent , ou l'effet d'une manœuvre criminelle, il importe à la Nation d'affurer efficacement au Peuple les moyens de fubfiftance : fans doute cet objet important de l'ordre public aura déjà excité la follicitude paternelle du Roi ; fans doute le Gouvernement a déjà pris des moyens efficaces pour pourvoir les marchés d'une quantité de grains suffisante pour réduire la denrée à son prix naturel! Les moyens n'auront pas manqué à une Administration sage & prévoyante ; car certainement la denrée est abondante ; elle est seulement resserrée , soit par la crainte , soit par la malice , & peut-être même par les deux causes à la fois ; mais , dans le cas où l'on pourroit soupçonner un accaparement criminel , il est utile , MESSEIGNEURS , il est important pour le bonheur public, que vous obteniez de notre Roi , que sa justice s'arme de toute sa sévérité , pour découvrir & pour punir le monopole avec une prompte & inflexible rigueur. Fallût-il faire des exemples ; fallût-il... ,............ Le salut du Peuple est la premiere Loi de l'Etat.

Sera-ce en vain , MESSEIGNEURS , que nous avons le bonheur de vivre sous un Roi juste ? Sera-ce en vain que L O U I S X V I vous aura assemblés ?...... Sera-ce en vain que le Peuple François aura mis sa derniere espérance dans les vertus personnelles de son Roi , & dans la sagesse de vos délibérations ?.... Je n'ose le penser..... L'aristocratie s'agite dans ses dernieres convulsions , & je la vois s'anéantir par ses propres excès... Vainement elle voudroit obscurcir encore
le

le foleil qui nous environne de fes rayons......
Déjà fa vive lumiere a éclairé tout le Royaume ;....
elle a pénétré tous les cœurs d'amour & de refpeĉt.
Ah ! fi la juftice rendue aux Habitants de la
Guyenne au fujet des alluvions, fi les deux Affemblées des Notables, &c..... ne fuffifoient pas pour
deffiller les yeux de ces hommes irréfléchis qui confondent *l'or le plus pur avec le plomb le plus vil....*
ceux qui n'ont pas encore fçu diftinguer les vues
pures de leur Roi d'avec les perfidies de l'efprit de
Cour, le defpotifme des Miniftres & l'ariftocratie
des Grands, peuvent-ils continuer de refter dans le
doute fur les grandes vues de juftice de Louis XVI,
depuis qu'il a permis à fon augufte Compagne,
d'adreffer ces paroles remarquables à un Miniftre
que la France, ébranlée dans fes fondements, a
femblé prendre dans fes bras, pour le porter aux
pieds du Trône ? « Le Roi ne fe refufera point
» aux facrifices qui pourront affurer le bonheur
» public ; nos Enfants penferont de même, s'ils
» font fages ; & s'ils ne l'étoient pas, le Roi
» auroit rempli un devoir, en leur impofant
» quelque gêne ».

Tout nous dit, Messeigneurs, & tout doit
nous convaincre que notre Roi veut fincérement

B

le bonheur de son Peuple, & que son Peuple
doit attendre de sa prévoyante justice, & de la
sagesse de vos délibérations, que le despotisme
ministériel s'anéantira avec l'aristocratie, qui
faisoit paroître le Roi comme un ennemi de ses
Sujets, & faisoit méconnoître aux Sujets les
vertus de leur Roi ; alors nous serons dignes
du nom d'*hommes* & de *Citoyens*, parce que
nous aurons le bonheur de vivre uniquement sous
l'empire paternel *d'une seule Loi* & *d'un seul Roi* ;
& la destinée des François ne peut plus être
douteuse, MESSEIGNEURS, depuis qu'elle
ne dépend plus que des vertus de LOUIS XVI &
de votre patriotisme.

Je suis avec respect,

MESSEIGNEURS,

DE VOS SEIGNEURIES,

Le très-humble & très-
obéissant serviteur,
Jean-Baptiste BREMOND.

AVANT-PROPOS.

L'OUVRAGE que j'offre au Public, faifoit partie de l'introduction de mon travail fur la recherche des moyens d'obtenir la reftauration des finances, par la feule réforme des abus de l'impôt, de ceux de fa répartition & du recouvrement.

Je crois qu'il eft poffible, 1°. de diminuer dès-à-préfent de 30 à 40 millions, la fomme de la contribution nationale; 2°. de confolider la dette; 3°. de faire difparoître le déficit, & de trouver un excédent de revenu net d'environ 30 millions par année, pour établir une caiffe d'amortiffement; 4°. de fupprimer la Loterie Royale de France, la Gabelle, l'impôt fur le tabac, les droits établis fur les cuirs & peaux tannés, fur les papiers & cartons, fur les poudres & amidons; le contrôle des toiles, la marque d'or & d'argent, la marque des fers, & toutes les Douanes, les droits d'Aides & les Traites à la circulation intérieure; 5°. d'abonner fur le pied du produit net, tous les droits d'Octrois municipaux, d'Aides, de Courtiers-Jaugeurs, d'Infpecteurs aux Boucheries, &c.... qui fe perçoivent à l'entrée & dans les Villes & lieux du Royaume, fujets auxdits droits, en faifant jouir les différentes Communautés d'Habitants, d'une diminution proportionnelle de la fomme defdits abonnements, jufqu'à leur entiere fuppreffion, à fur & à mefure des fonds, qui deviendront libres par l'extinction progreffive des rentes viageres; 6°. de créer une caiffe nationale des pauvres & des travaux de charité, pour procurer à nos villes & à nos campagnes les reſſources néceſſaires pour détruire la mendicité, en offrant un afyle, des travaux & des fecours à tous les malheureux ; 7°. & finalement, de procurer un accroiſſement annuel de richeſſe nationale, par le produit du temps & des travaux utiles des Satellites du fifc, des Contrebandiers, des Citoyens qui étoient ruinés par les amendes..... & par le produit net de la culture du tabac, & de l'uſage du fel pour la nourriture des beſtiaux & pour l'amélioration de nos engrais.

On a cru qu'il falloit rendre cet Ouvrage public (1) ; mais j'ai penſé que, dans les affaires d'une pareille importance, quelque fatisfaifants qu'en foient les réfultats, la prudence exigeoit de ne les publier qu'après que les perfonnes, qui, par leur place, peuvent être chargées d'opérer la réforme, (fi l'on juge ne pouvoir faire mieux) en auront elles-mêmes adopté les moyens, après avoir reconnu que l'exécution en eſt facile & sûre.

Peut-on en effet ſe permettre de livrer à la réflexion publique d'autres Ouvrages que ceux qui, en fixant l'attention de tous les Citoyens, ne les éclairent cependant que fur les abus que l'on eſt fûr de pouvoir fupprimer ?

---

(1) Que ne m'eſt-il permis de pouvoir donner ici un témoignage public de la reconnoiſſance dont je fuis pénétré pour ceux qui ont eu la bonté de me faciliter les moyens de furmonter les obftacles fans nombre qui s'oppofoient à la rédaction de la partie de mon Ouvrage qui concerne les finances ! ils ont toujours été de l'avis de le rendre public ; & dans le nombre des perfonnes auxquelles j'ai foumis mon travail, plufieurs l'ont affez favorifé de leurs fuffrages, (& entr'autres, M. l'Archevêque d'Aix, Préſident des Etats de Provence,) pour en faire prendre copie.

Au mois de Décembre, j'ai fait remettre à M. Necker le résultat de la partie de mon travail qui concerne les finances, & l'examen en a été fait par M. de Lambert, Miniftre éclairé (1), vertueux & fage, qui, dans des temps de calamités, a bien mérité de la Patrie, & s'eft concilié l'eftime & le refpeÆt de tous les Citoyens.

Mais la reftauration des finances n'eft qu'un point de l'ordre politique d'une fociété bien ordonnée, & l'expérience de tous les fiecles prouve invinciblement que fans de bonnes loix, fans une conftitution fage, il n'eft point de bonheur public pour une nation.

Dans tout Gouvernement arbitraire, par fucceffion de temps, les meilleures inftitutions dégénerent, & la réforme des abus eft paffagere comme le regne des bons Rois.

Un Peuple qui porteroit le nom de *libre* & de *propriétaire*, fans jouir en effet de l'exercice légitime de fa liberté & de fa propriété, ne mériteroit pas d'occuper

---

(1) M. de Lambert a eu l'équité de réformer un Arrêt du Confeil, qui ruinoit fix familles de Tanneurs du Languedoc de la maniere la plus cruelle & la plus injufte. M. le Duc de Liancourt & M. l'Archevêque de Narbonne ont employé leur crédit avec fuccès en faveur de ces malheureux ; & le fifc, (chofe rare depuis un fiecle) le fifc, légalement autorifé à confommer la barbarie de fes loix, ne s'eft pas entiérement refufé à foufcrire au grand aÆe de juftice qui condamnoit la loi du plus fort au fommeil, pour protéger des Citoyens opprimés par la violation du droit imprefcriptible de la propriété.

Sous le Miniftere de M. de Lambert, fi les Tanneurs n'ont pas obtenu la fuppreffion du régime oppreffif du droit de marque fur les cuirs & peaux tannés, c'eft uniquement parce que M. Dupont a eu la prudence de faire lentement le rapport de cette importante affaire, pour pouvoir, au befoin, la foumettre à la décifion des Etats-Généraux ; le bonheur de cette claffe de Citoyens n'eft que différé ; & fans doute ce ne fera pas en vain que Louis XVI aura affemblé fon Peuple, pour établir le bonheur public fur le regne des loix.

une place honorable dans les faftes du genre humain ; un pareil Peuple ne mériteroit pas d'être gouverné par un bon Roi, puifque l'empire des préjugés lui feroit méconnoître le bonheur de vivre fous le regne des loix, pour continuer de gémir dans un état de dégradation, de fervitude & d'oppreffion.

Louis XVI veut réintégrer fes Sujets dans le libre exercice de tous leurs droits légitimes : François, pourquoi fommes-nous divifés d'opinion ? Quel génie malfaifant nous égare, défunit nos efprits, & femble vouloir nous faire oublier qu'il y a pour nous une Loi, un Roi, une Patrie & un bien public ?

Quoique pénétré de refpect & d'amour pour fon Roi, pourquoi le Peuple n'ofe-t-il fe livrer à tous fes fentiments ? Seroit-il infidieufement retenu dans les élans de fon patriotifme, par ceux qui fe croient intéreffés à prolonger fa fervitude, & à entretenir une barriere infurmontable entre le Trône & la claffe non privilégiée des Sujets ? Auroit-on conçu le coupable deffein de tenir le Peuple dans le doute, pour perpétuer fon afferviffement ? & les auteurs du défordre voudroient-ils en profiter, pour préparer leur propre triomphe ? Au lieu de nous livrer au fanatifme des préjugés, notre devoir eft d'éloigner de nous les difcordes civiles, & d'éviter les commotions dangereufes que peuvent produire les intérêts puiffants & croifés des différents partis.

Ah ! le regne des loix eft préférable à l'ariftocratie qui nous afferviffoit à mille tyrans, & nous privoit d'un pere. Fixons uniquement notre vue fur l'intérêt général, & concilions-nous fur les moyens d'opérer la reftauration de la chofe publique , de maniere que chaque claffe de Citoyens trouvant dans le fait un avantage réel au nouvel ordre des chofes , concoure néceffairement , & malgré l'intérêt particulier , à la régénération du corps politique.

Alors , convaincus des grandes vues de juftice & de bienfaifance du Roi , tous les Citoyens n'appercevront dans la prochaine Affemblée des Etats - Généraux , que l'occafion fi defirée de donner au Souverain les preuves les plus touchantes de leur reconnoiffance & de leur amour ; alors on verra l'intérêt particulier lutter en vain , s'affoiblir & fuccomber devant la maffe impofante des gens de bien , qui n'ont pour but que d'établir la félicité publique fur des bafes vraiment inébranlables.

Tant qu'il exiftera dans notre organifation fociale un feul germe d'ariftocratie , nous ne pourrons obtenir de bonheur public durable , parce que jamais nous ne pourrons établir des Loix fages & une bonne conftitution.

En France , il ne doit abfolument exifter que la Loi , le Roi & les Sujets : le Roi eft l'exécuteur & le confervateur fuprême de la Loi ; les Sujets obéiffent. Le Dauphin eft le premier Citoyen François & le premier Sujet de la Loi & du Roi ; Princes , Nobles , Magiftrats , Militaires , Financiers , Prêtres , Bourgeois , Négociants , Laboureurs , tous ont la même obligation d'obéir à la Loi & au Roi , avec cette différence cependant , que c'eft aux Citoyens qui , par leur naiffance ou par leur mérite , font les plus élevés en prééminence perfonnelle ou en dignité , à donner l'exemple à tous leurs co-Sujets , de la plus parfaite obéif-fance à la Loi & au Roi.

Pénétré de ces grandes vérités, j'ai acquitté ma dette à la Patrie.

Le 2 Février, j'ai adreffé une motion (1) à l'Ordre du

---

(1) Motion à l'Affemblée générale de l'Ordre du Tiers-Etat de Provence, pour délibérer de la maniere fuivante, fur les propofitions inconftitutionnelles contenues dans la délibération de l'Ordre de la Noblefse de ladite Province.

« L'Ordre du Tiers-Etat de la Nation de Provence, fujette de S. M. le Comte
» de Provence, Roi de France, légalement affemblé & repréfenté par fes Députés,
» vu la délibération prife le 21 Janvier 1789, par l'Ordre de la Noblefse de ladite
» Nation, & portant :

» L'Affemblée générale de la Noblefse de Provence a délibéré de protefter contre
» les propofitions inconftitutionnelles qui fe trouvent dans le rapport fait au Confeil
» par M. le Directeur-Général des Finances.

» Que l'erreur en eft manifefte, quant à ce qui concerne la compofition des
» Etats-Généraux ;

» Que la Noblefse ne peut confentir à des changements qui opéreroient la
» dégradation dans la perfonne de fes Membres, dans l'effence, la dignité & la
» prérogative de fes fiefs ;

» Qu'elle s'empreffera toujours de donner au Roi des marques d'amour, de profond
» refpect, de défintéreffement perfonnel, d'attachement à la chofe publique, à la
» conftitution du Royaume & du Pays de Provence ;

» Que pour mettre dans le plus grand jour ces fentiments dont elle eft
» pénétrée, elle témoignera fa foumiffion, en n'envoyant aux Etats-Généraux
» du Royaume, que le nombre de Députés de fon Ordre qu'il plaira à S. M. de
» prefcrire ;

» Qu'elle fe croiroit coupable d'infidélité, fi elle ne leur profcrivoit abfolument
» de confentir à voter par tête, & non par Ordre, aux Etats-Généraux du
» Royaume ;

» Que n'ayant aucun pouvoir dans ce cas, ils feront tenus de fe retirer, s'il
» arrivoit qu'on portât cette nouvelle atteinte à la conftitution de la Monarchie,
» dont les principes & les regles font fi effentiellement liés aux droits, à l'autorité
» du Monarque & aux prérogatives de fon augufte Maifon ».

L'ORDRE DU TIERS confidérant, « que le Rapport fait au Roi par le Miniftre
» de fes Finances, eft digne des éloges de tous les Citoyens, & mérite à M. Necker
» l'eftime & la reconnoiffance de tous les Sujets du Roi qui s'intéreffent véritablement
» à la gloire de S. M., à l'exercice légitime de la juftice diftributive & au
» bonheur de la Nation ;

Tiers-

Tiers-Etat de Provence, pour réfuter les propofitions inconftitutionnelles confignées dans la délibération prife

---

» Que la compofition des prochains Etats-Généraux eft la plus légale qui
» pût être établie, avant que la quotité de la propriété nationale fût connue
» de maniere que chaque Ordre de Citoyens pût être légalement repréfenté aux
» Affemblées de la Nation, à raifon des propriétés refpectives ;

» Qu'aux Etats-Généraux affemblés appartient feuls le droit de décider fur la
» forme des délibérations ;

» Qu'au Roi feul appartient de décider provifoirement de toutes les queftions
» intéreffant l'ordre public, qui n'ont pu encore être décidées par S. M. avec le
» concours de la Nation affemblée ;

» Que fans le fecours bienfaifant & conftitutionnel du pouvoir légiflatif provifoire
» du Roi, la Nation refteroit dans la plus affreufe anarchie, jufqu'à ce qu'elle
» eût pu s'affembler convenablement ;

» Que les difficultés élevées par quelques-uns des Ordres empêcheroient invin-
» ciblement toute organifation nationale réguliere, & impoferoit au tout la loi
» d'une feule des parties ;

» Que l'Ordre de la Nobleffe de Provence a porté atteinte à ces principes
» facrés, d'abord en contredifant l'ordre établi par le Roi lui-même, pour la
» compofition des Etats-Généraux ; enfuite en voulant forcer à l'avance la forme
» de délibération de ces mêmes Etats-Généraux ; enfin en s'élevant de fait contre
» la décifion provifoire de S. M., tout en faifant profeffion de refpect & d'amour
» pour la perfonne du Roi, & d'attachement à la chofe publique & à la conftitu-
» tion du Royaume & du Pays de Provence ;

» Que le confentement de l'Ordre de la Nobleffe, à n'envoyer aux Etats-
» Généraux que le nombre de Députés de fon Ordre qu'il plaira à S. M. de
» prefcrire, feroit évidemment illufoire, tandis qu'elle leur profcriroit abfolument
» de confentir à voter par tête, & non par Ordre ;

» Qu'il n'eft aucunement prouvé que ce foit un principe de la conftitution
» Provençale ou Françoife, de délibérer de l'une ou de l'autre de ces manieres
» dans les Affemblées nationales, & que le Souverain lui-même n'a pas cru
» devoir décider la queftion ni pour, ni contre ;

» Que ce feroit abufer étrangement de ce que l'Ordre de la Nobleffe appelle
» l'effence, la dignité & la prérogative de fes fiefs, fi on pouvoit les faire fervir
» d'inftruments & de moyens pour perpétuer tous les abus, dont le plus grand
» intérêt de tous follicite la réforme ;

» Que ce feroit nous replonger dans toutes les horreurs de l'anarchie féodale,

C

le 21 Janvier dernier, par l'Ordre de la Nobleſſe de cette Province ; les Députés du Tiers-Etat (leur délibération

---

» d'appeller dégradation toutes les réformes amenées par les progrès des lumieres,
» & qui auroient pour objet les abus mêmes qui ſurvivent encore à l'ancien
» régime féodal.

» Et finalement, que ce ne ſeroit pas réintégrer la Nation dans l'exercice
» légitime de ſes droits, que de l'aſtreindre à ſuivre inévitablement les mêmes
» formes qui ont rendu juſqu'ici vaines & illuſoires un ſi grand nombre de nos
» Aſſemblées nationales ».

L'Ordre a unanimement délibéré d'interpeller l'Ordre de la Nobleſſe, de déclarer d'une maniere claire, préciſe & non ambiguë,

« 1°. Si la conſtitution de la Nation de Provence, ainſi que de la Nation
» Françoiſe, n'eſt pas monarchique ;

» 2°. S'il n'eſt pas de l'eſſence de cette conſtitution, que nous ſoyons une Nation
» gouvernée par un Roi, dans les mains ſeules de qui réſide le pouvoir exécutif des
» Loix que les Etats-Généraux ont librement délibérées dans une Aſſemblée légale,
» c'eſt-à-dire compoſée de Députés librement élus par les intéreſſés à l'objet de
» la délibération, d'une part, & de l'autre, conſentie par le Roi ;

» 3°. S'il n'eſt pas auſſi dans l'eſſence de notre conſtitution, qu'au pouvoir
» exécutif, & en partie légiſlatif du Roi, ſoit joint le droit de décider proviſoi-
» rement toutes les queſtions intéreſſant l'ordre public, ſur leſquelles la Nation,
» légalement aſſemblée avec ſon Chef, n'a pas encore prononcé ;

» 4°. Si l'Ordre de la Nobleſſe regarde la déciſion émanée de S. M. dans ſon
» Conſeil du 27 Décembre 1788, comme étant obligatoire ou non pour tous
» les Ordres de l'Etat ;

» 5°. Si l'Ordre de la Nobleſſe ſe croit autoriſé à décider de ſon chef les mêmes
» queſtions que S. M. a cru de ſa ſageſſe de renvoyer aux Etats-Généraux eux-
» mêmes ;

» 6°. Si le régime féodal a jamais été adopté par la Nation Provençale ou la
» Françoiſe dans une Aſſemblée d'Etats-Généraux, compoſée de Députés légale-
» ment choiſis pour repréſenter tous les intéreſſés à ce régime ;

» 7°. Si, dans le cas où l'établiſſement des fiefs ſeroit vraiment conſtitutionnel,
» & formeroit dans la Nation une claſſe de propriété vraiment ſacrée & inatta-
» quable, on pourroit en étendre les conſéquences juſqu'à reſſuſciter, de nos jours,
» tous les abus effrayants ſous leſquels nos peres ont ſi long temps gémi, ou
» juſqu'à conſacrer à perpétuité les reſtes encore exiſtants de ces mêmes abus,
» contre leſquels l'intérêt de tous ne ceſſe de réclamer ;

fe trouvant fufpendue jufqu'au 10 Mars , à la réception de
ma lettre) décidereut de la référer à la premiere féance

» 8°. Si , dans le cas où le régime féodal , & fur-tout les abus qui en réfultent,
» feroient déclarés vraiment inconftitutionnels , les privileges de la Noblefſe peuvent
» être autre chofe qu'une diftinction perfonnelle , purement honorifique & accordée
» par la Nation à certains individus , pour des fervices rendus à la Patrie , ou
» par eux, ou par leurs peres ».

Et vu la fciffion dont l'Ordre de la Noblefſe paroît menacer la Nation Provençale , par les principes confignés dans la délibération dudit Ordre , prife le 21 Janvier
1789 , l'Affemblée générale de l'Ordre du Tiers-Etat a unanimement délibéré de
manifefter tous les grands principes d'où dépendent effentiellement la gloire & le bonheur du Pays de Provence & du Royaume de France ; & a reconnu en conféquence :

« 1°. Que la conftitution de la Nation de Provence , ainfi que de la Nation
» Françoife , eft vraiment monarchique , & que la profpérité de cette Nation &
» la gloire de fon augufte Chef feront toujours de fe communiquer & de fe
» correfpondre directement , & fans le moyen d'aucun pouvoir intermédiaire
» quelconque ;

» 2°. Qu'il eft de l'effence de notre conftitution , que dans les mains du Roi
» feul réfide le pouvoir exécutif des Loix que les Etats-Généraux ont librement
» délibérées dans une Affemblée légale , c'eft-à-dire compofée de Députés libre-
» ment élus par les intéreffés à l'objet de la délibération , d'une part , & de l'autre,
» confenties par le Roi ;

» 3°. Qu'il eft auffi de l'effence de notre conftitution , qu'au pouvoir exécutif
» & có-légiflatif du Roi , foit joint le droit de décider provifoirement toutes les
» queftions intéreffant l'ordre public , fur lefquelles la Nation affemblée avec fon
» Chef n'a pas encore prononcé , fans lequel pouvoir actif , la Nation courroit
» fouvent le rifque d'une affreufe anarchie ;

» 4°. Que le Tiers-Etat de Provence regarde la décifion émanée de S. M. dans
» fon Confeil du 27 Décembre dernier , comme étant obligatoire pour tous les
» Ordres de l'Etat ;

» 5°. Qu'aucun Ordre dans l'Etat ne peut être autorifé à décider à part foi
» aucune des queftions que S. M. a cru de fa fageffe de renvoyer aux Etats-
» Généraux eux-mêmes ;

» 6°. Que le régime féodal n'a jamais été adopté par la Nation Provençale ,
» ni la Françoife , dans une Affemblée d'Etats-Généraux , compofée de Députés
» légalement choifis pour repréfenter tous les intéreffés à la chofe publique ;

» 7°. Que , dans le cas où l'établiffement des fiefs feroit déclaré vraiment

C 2

de leur Affemblée générale , & je leur ai envoyé le développement de ma motion ; mais le Roi ayant jugé de fa
fageffe de diffoudre l'Affemblée des Etats , & les Députés
de l'Ordre du Tiers n'ayant pu prendre en confidération
ni ma motion , ni fon développement , je crois utile de
publier cette partie de mon travail.

Si je me fuis trompé dans les principes que j'ai adoptés,
c'eft de bonne foi , & j'aime à croire que cet écrit ne pourra
produire aucun mal ; il ira fe confondre dans la foule des
productions..... dont nous fommes inondés chaque jour ,
& il tombera dans l'oubli ; fi, par contraire, j'ai le bonheur
d'avoir dit quelques vérités utiles...., elles fe propageront,
& il en réfultera un bien.

Je ne fuis l'efclave ni de mes opinions , ni de celles
d'autrui ; je ne tiens à aucun des partis qui nous divifent ;
j'aime fincérement ma Patrie & mon Roi , je fuis François
& Citoyen.

» conftitutionnel , & formeroit dans la Nation une claffe de propriété abfolument
» inattaquable , on ne pourroit jamais en étendre les conféquences jufques à
» confacrer en même temps aucun des abus qui en ont réfulté , & contre lefquels
» l'intérêt bien entendu de tous les Ordres ne ceffe de réclamer ;

» 8°. Et finalement , qu'en reftreignant les prérogatives féodales dans les feules
» limites des juftes droits de liberté & de propriété , & en profcrivant en
» conféquence , de maniere ou d'autre , toutes les extenfions abufives qu'on a
» données à ces prérogatives , les privileges de la Nobleffe doivent réellement fe
» réduire aux diftinctions perfonnelles purement honorifiques ».

NOTIONS PRÉLIMINAIRES.

UN Peuple eſt une aſſociation d'un nombre d'hommes plus ou moins conſidérable.

La conſtitution eſt le pacte qui lie tous les membres d'une ſociété, pour le plus grand avantage de chacun.

Ce pacte, pour être légal, doit être librement conſenti par la majorité des ſuffrages de tous les intéreſſés à la choſe publique.

Pour connoître le bonheur dont une ſociété peut jouir, il faut ſe former une idée diſtincte d'un individu heureux.

Un homme eſt plus ou moins heureux, ſuivant qu'il eſt mieux ou moins bien conſtitué au phyſique & au moral.

Il eſt bien conſtitué au phyſique, s'il exiſte entre tous les organes qui compoſent le corps humain, ce rapport & cette harmonie qui forment l'équilibre des humeurs, & dont réſulte la ſanté; il eſt bien conſtitué au moral, ſi ſon entendement dirige toutes ſes actions au juſte, à l'honnête & à l'utile.

Comme le corps humain, le corps politique doit avoir une conſtitution phyſique & morale. La conſtitution phyſique conſiſte dans le concours, l'activité, la proſpérité de l'agriculture, des arts & du commerce.

La conſtitution morale conſiſte dans le rapport d'intérêt de tous les hommes qui compoſent le corps politique; c'eſt la volonté générale de tous, pour le plus grand bonheur de chacun.

Le phyfique du corps politique comprend tous fes membres : en France, ils font connus fous le nom de Laboureurs, Vignerons ; d'Artifans ; de Marchands, Négociants ; de Militaires ; de Magiftrats ; de Financiers ; de Prêtres, Moines, Evêques ; de Seigneurs & Bourgeois oififs.

Les Laboureurs & les Vignerons font produire à la terre les denrées & les matieres premieres, pour fournir la fociété des objets de néceffité & de pur agrément.

Les Artifans donnent aux productions les formes néceffaires pour que la fociété puiffe en faire ufage.

Les Marchands & les Négociants font les Facteurs des Laboureurs, des Vignerons & des Artifans : ils font la diftribution de toutes les denrées & du produit de tous les travaux aux membres de la fociété, & ils reçoivent en échange une valeur repréfentative en productions ou en métaux, (l'or, l'argent, le cuivre.....) Ils exportent dans l'étranger l'excédent des befoins de la grande famille, & ils lui procurent du dehors les objets de néceffité, de commodité ou de luxe, que le territoire & l'induftrie nationale ne produifent pas.

Les Militaires exercent la profeffion des armes, pour conferver la propriété nationale contre l'ufurpation & l'invafion d'un ennemi étranger.

Les Magiftrats, fous le nom du Roi, & en qualité de fes Officiers, exécutent la volonté générale au civil & au criminel, c'eft-à-dire font les exécuteurs & les dépofitaires des Loix, pour affurer à chaque membre de la grande famille l'exercice légitime de fa liberté & de fa propriété.

Les Financiers recouvrent l'impôt, c'eft-à-dire la cotifation de, chaque individu de la grande famille, pour que le Chef paie, d'une part, le falaire de l'armée qui défend la propriété nationale ; & de l'autre, celui des exécuteurs & dépofitaires des Loix protectrices de la liberté & de la propriété individuelle.

Les Prêtres, les Moines, les Evêques.... exercent la profeffion d'inftruire la grande famille de fes devoirs envers la Divinité qui gouverne l'Univers (1).

Enfin, les Seigneurs & les Bourgeois oififs (les membres de la fociété qui fe bornent à confommer fans être utiles) font ceux qui jouiffent du fruit des travaux de toute la grande famille, fans travailler eux-mêmes. Ils font riches ou pauvres : riches, par l'économie du produit de leurs propres travaux ou de ceux de leurs peres ; leur richeffe confifte dans une portion du territoire productif, ou dans une quantité de productions du territoire, ou dans une quantité de métaux ou d'autres valeurs repréfentatives du territoire & de fes productions ; c'eft une propriété légale & facrée. Ils font pauvres, lorfqu'ils ont confumé leur propriété, & alors ils font obligés de mendier, ou d'exercer quelque profeffion utile à la fociété, s'ils veulent fe procurer des productions de néceffité ou d'aifance.

Les Laboureurs, les Vignerons, les Artifans, les Marchands & les Négociants font effentiellement le principe de vie du corps politique ; les Militaires, les Magiftrats, les Financiers & les Prêtres en font les membres acceffoires,

---

(1) Il n'a point exifté de Peuple fur la terre qui n'ait eu une connoiffance plus ou moins parfaite de la Divinité, & chez toutes les Nations policées, le culte a toujours effentiellement fait partie d'une bonne & fage adminiftration.

& ils n'exiſtent que par le Peuple & pour le Peuple ; ils contribuent plus ou moins à la parfaite organiſation de tout le corps, ſuivant que la volonté générale (l'exécution du pacte ſocial) les contient plus ou moins dans le cercle de leurs devoirs envers la ſociété ; les Seigneurs & Bourgeois oiſifs ſont en quelque ſorte comparables aux frêlons (1).

La richeſſe d'une Nation conſiſte eſſentiellement dans la quantité annuelle des productions de ſon ſol, & acceſſoirement dans la quantité de métaux qu'elle poſſede.

L'or & l'argent n'ont qu'une valeur repréſentative des productions, & cette valeur eſt plus ou moins conſidérable, ſuivant que les productions ou les métaux ſont plus ou moins abondants.

Une Nation peut ſe paſſer de métaux précieux ; elle a un beſoin abſolu des productions de ſon ſol.

Le fondement d'un édifice ſocial conſiſte donc eſſentiellement dans le plus grand nombre poſſible de Laboureurs, de Vignerons & d'Artiſans ; pour multiplier cette claſſe d'hommes, & pour les rendre tous forts, vigoureux & propres à tous les travaux de l'agriculture & de l'induſtrie, il faut commencer par les rendre heureux dans leur état.

Quand on veut approfondir ſi un Peuple a une conſtitution ſage, il faut reconnoître ſi les Habitants des campagnes ſont heureux : là où les Laboureurs, les Vignerons & les Artiſans ne ſont pas dans l'aiſance, la conſtitution n'eſt pas parfaite ; là où ils manquent du néceſſaire (2), le

_____

(1) Les frêlons ne font point de miel, & mangent celui de l'abeille.

(2) C'eſt l'état actuel de la France : livré depuis pluſieurs années à l'étude des

corps

corps politique de la fociété languit, fe deffeche , fe diffout, s'anéantit.

Un corps politique bien organifé a toujours la circonf- pection de la crainte ; il veille fans ceffe fur fa conftitution ; périodiquement , il fait à fes Loix les changements que les progrès des lumieres rendent utiles ou néceffaires , & il récompenfe annuellement fes membres acceffoires , à raifon des fonctions plus ou moins importantes qu'ils rempliffent pour gouverner ; défendre , juger & inftruire.

La fociété la mieux conftituée eft celle dont la volonté générale tend uniquement au plus grand avantage de tous , & dont les membres font les plus laborieux & les plus nombreux dans un moindre efpace de terrein, vivant plus dans les campagnes, moins dans les villes , & comptant parmi eux le plus petit nombre poffible de membres inutiles.

La volonté générale d'une fociété eft comprife dans le réfultat des Loix & des ufages qui la gouvernent ; c'eft là vraiment fa conftitution , & elle varie à fur & à mefure des nouvelles Loix & des nouveaux ufages.

Quelles font les meilleures Loix pour une Monarchie ?

Quelles étoient les Loix antiques & nationales de nos peres ?

rapports de tous les Membres du Peuple François entr'eux , j'ai été épouvanté des calamités effroyables dont les Laboureurs , les Vignerons , les Artifans & leurs Facteurs (la Nation , moins fes membres acceffoires) font accablés , foit par l'ariftocratie intolérable de la Nobleffe , foit par le travail en finance. Venu à Paris , fous les aufpices de l'Adminiftration de ma Province , pour défendre une claffe entiere de mes Concitoyens (les Tanneurs) contre les attentats du fifc , j'ai eu l'occafion de travailler au développement de toutes les horreurs fifcales & des moyens de les anéantir : cet Ouvrage fera le fujet de mes fecondes Obfer- vations au Peuple François.

D

Dans quel état d'imperfection font actuellement les Loix Françoifes ?

Que doit faire la Nation affemblée, pour détruire les abus, & pour fe gouverner par les meilleures Loix (1) ?

Peuple François, voilà les différents points que tu dois approfondir, fi tu veux être digne du bienfait que t'accorde ton Roi : il t'affemble en famille ; il te demande d'éclairer fa juftice ; il veut établir le regne des Loix.

Claffe précieufe des Sujets de Louis XVI, Laboureurs, Vignerons, Artifans, Marchands & Négociants, vous tous qui formez effentiellement le Peuple François, & qui êtes dégradés au point de n'être comptés pour rien. . . . Vous fans qui le Clergé, la Nobleffe, les Magiftrats & la partie du Tiers Ariftocrates ne font rien, & que l'ariftocratie a la barbarie d'opprimer.... Vous qui, par vos laborieux travaux, produifez tous les objets de néceffité, d'agrément & de luxe pour vos oppreffeurs, & qui manquez fouvent du plus étroit néceffaire. . . . Claffe opprimée du Tiers-Etat, c'eft votre caufe que je défends, & fi j'ai le bonheur de vous foulager d'un feul des fardeaux qui vous accablent, mon but eft rempli.... Continuez d'être les plus fermes appuis du Trône de votre Roi, fa juftice brife vos fers. . . . Déjà la plus haute Nobleffe abjure les préjugés féodaux, & prend votre défenfe.... Vous êtes François, vous ferez dignes de l'être, vous ferez heureux, vous ferez enfin libres & Citoyens.

---

(1) La Lettre de M. de Calonne au Roi, eft le feul Ouvrage qui ait traité cette matiere fous tous les rapports. L'Auteur a manqué fon but, & fe trouve en contradiction avec lui-même fur les points les plus effentiels : tant il eft vrai que l'efprit de parti a toujours l'effet malheureux d'égarer les plus beaux génies !

PREMIERES OBSERVATIONS

AU PEUPLE FRANÇOIS,

Sur la quadruple aristocratie qui existe depuis deux siecles, sous le nom de haut Clergé, de Possédants fiefs, de Magistrats, & du haut Tiers; & vues générales sur la constitution & sur la félicité publique,

LES Peuples, en se réunissant en société, se font toujours dépouillés du droit de la force, pour établir celui de la justice.

Mais, soit que l'exécution du contrat social ait été confié à un seul ou à plusieurs, tôt ou tard ce dépôt sacré a été violé.

Du moment que quelques membres de la société se trouvent au-dessus de la Loi, les meilleures institutions dégénerent; les abus se succedent rapidement; ils se perpétuent, & chaque siecle ne les voit que changer de forme ou de nature, jusqu'à ce qu'enfin le corps politique n'ayant

D 2

plus aucun rapport, ni aucune liaifon dans fes parties, il fe trouve frappé d'inertie & de diffolution, tantôt par l'émigration des individus, tantôt par le fer de l'ennemi.

Les révolutions dans l'ordre politique des fociétés font dans la nature des chofes.

Les annales du genre humain ne préfentent que le tableau de la force qui opprime la foibleffe, & celui du progrès des lumieres, qui rend à la foibleffe fa premiere force.

Au moral comme au phyfique, c'eft lorfque le mal eft parvenu à fon comble, qu'il s'opere un grand changement.

Dans l'ordre politique des fociétés, l'excès de l'abus de l'autorité produit quelquefois une heureufe révolution, en forçant les opprimés à fortir de leur apathie, & à recon-noître que le droit de la force n'eft légitime que pour donner aux Loix le pouvoir de protéger, & non de nuire.

Alors les ténebres de l'erreur fe diffipent, une Nation prend un nouveau principe de vie, & le regne des Loix s'établit, parce que l'homme opprimé reprend fur l'homme oppreffeur le droit imprefcriptible de la raifon.

La juftice & la vérité font éternelles ; elles appartiennent à tous les âges, à toutes les Nations, à tous les hommes.

Peuple François, notre hiftoire eft la preuve des prin-cipes que je viens de développer.

Lorfque nos peres s'établirent à main armée dans les Gaules, tous les tributs que l'avarice des Romains avoit impofés aux Peuples, cefferent avec leur fervitude (1).

Les Francs n'ayant pas de befoins, les impôts leur étoient inconnus, & libres fous un Roi, ils firent jouir de leurs

Extrait de Mably.

Premiere race de nos Rois.

_____

(1) Extrait de l'Introduction à l'Hiftoire de France, par M. l'Abbé de Mably.

privileges & de leurs franchifes , les efclaves qu'ils avoient
foumis par les armes. Alors les fervices n'étoient pas vendus
au poids de l'or à la Patrie , & le nom même d'*impôt* fut
enfeveli dans les Gaules avec le defpotifme des Empereurs.

A cette époque , le revenu de nos Rois confiftoit dans
le produit des Domaines qu'ils s'étoient appropriés par droit
de conquête , & dans les dons libres que leurs Sujets leur
faifoient dans les Affemblées du champ de Mars. La Loi ne
leur attribuoit de fixe que les amendes & les confifcations
que les Juges prononçoient contre des coupables.

Le Gouvernement étoit militaire , & chaque Province ,
chaque Cité en faifoit le fervice gratuitement , foit que le
Roi affemblât l'armée pour défendre la propriété nationale contre l'invafion de l'ennemi, foit que ce fût pour
tenter de nouvelles conquêtes.

Il n'exiftoit point de diftinction d'Ordres dans la Nation ;
tout Franç étoit Citoyen ; il avoit droit de voter dans l'Affemblée nationale , & il étoit Capitaine ou Soldat, fuivant
que les Rois l'en jugeoient capable.

Les Chefs de l'armée avoient pour récompenfe la jouiffance annuelle des bénéfices militaires, c'eft-à-dire d'une
plus ou moins grande portion des terres que les Rois
s'étoient réfervées après la conquête.

La juftice civile & criminelle étoit rendue par les Pairs; & les
Ducs, les Comtes, &c. n'avoient que l'application de la Loi.

Les Gaulois fubjugués jouirent de la liberté de ne faire
qu'un Peuple avec les François conquérants ; mais , foit que
l'habitude de la fervitude eût totalement dégradé ce Peuple
efclave des Romains, foit qu'ils ne vouluffent pas fe foumettre à un code de Loix nouvelles, qu'ils regardoient

comme barbares, beaucoup d'entr'eux aimerent mieux vivre
fous leurs Loix nationales, que de jouir des avantages de la
naturalifation.

L'harmonie néceffaire pour lier toutes les parties de
l'adminiftration d'un grand Empire, ne put s'établir par
le défaut de concert dans les opinions des vainqueurs & des
vaincus ; & les principes du Gouvernement populaire, que
les Francs avoient apportés de Germanie, furent ébranlés
& détruits prefqu'auffi-tôt que les Gaules furent foumifes.

Les fucceffeurs de Clovis furent obligés de céder la jouiffance d'une partie de leurs Domaines, foit aux Chefs de
l'Eglife, à raifon de la grande influence qu'ils avoient acquife
fur l'efprit des Peuples, foit aux Chefs de l'armée, pour
les contenir dans l'obéiffance.

Dès que les bénéfices eurent été rendus inamovibles, les
Chefs de l'armée ne tarderent pas à fe les approprier, &
à les rendre patrimoniaux ; ils violerent toutes les Loix,
& firent une cafte à part dans la Nation, fous le nom
de *poffédants fiefs*.

Les Miniftres d'un Dieu de paix jouiffoient alors de toute
la confiance du Peuple ; ils avoient été appellés dans les
Affemblées nationales par les vœux de tous les Citoyens, à
raifon de leur fçavoir & de leurs vertus ; mais, à cette
époque, ils oublierent les faintes maximes des Apôtres, ils
fuivirent l'exemple des Chefs de l'armée, & ils firent une
cafte à part dans la Nation, fous le nom de *Clergé*.

Le patrimoine entier de la Couronne fe trouvant envahi
par le Clergé & par la Nobleffe, la Nation fut livrée au
pillage par les efforts que les Rois faifoient pour rentrer
dans leurs Domaines, & par ceux des deux Ordres du

Clergé & de la Nobleſſe, pour ſe maintenir dans leurs uſurpations.

Un pouvoir nouveau s'établit enfin ſur la ruine des Rois & des Grands ; les Maires du Palais réuſſirent à dégrader la perſonne des Rois, & uſurperent l'autorité royale.

Charles-Martel, en montant ſur le Trône, dépouilla l'Ordre du Clergé (1) d'une partie des terres qu'il s'étoit appropriées, & il en créa de nouveaux bénéfices ; mais, plus habile que ſes prédéceſſeurs, il les donna à vie & à la charge du ſervice militaire, & par cette adroite politique, les devoirs impoſés ſur les bénéfices, attacherent étroitement les bénéficiers à leurs nouveaux maîtres.

Les Peuples, également opprimés par les Seigneurs Eccléſiaſtiques & Laïcs, les déteſtoient également. La diviſion du Clergé & de la Nobleſſe étoit à ſon comble ; les révolutions, qui avoient fait oublier les Loix, n'avoient pas même établi à leur place des coutumes fixes & uniformes, & on ne ſçavoit obéir que quand on étoit trop foible pour oſer ſe révolter. En un mot, tous les Ordres de l'Etat ſans Patrie, ſans ſe douter qu'il y eût un bien public, ne cherchoient qu'à ſe détruire les uns les autres, lorſque, pour le bonheur des Peuples, Charlemagne donna le grand exemple au monde, d'un Roi qui renonce au pouvoir arbitraire, pour fonder la proſpérité publique ſur le regne des Loix.

---

(1) Sous Maires du Palais, fiefs commencent à devenir héréditaires ; ſur la fin de la premiere race, tant de fiefs aliénés ainſi, que Charles-Martel, au commencement de la ſeconde, eſt obligé d'en créer de nouveaux : pour cela, dépouille les Egliſes, auxquelles preſque tout étoit paſſé, comme du temps de Chilperic : Egliſes ont toujours ainſi reçû & rendu. *Fleury*, *Droit public de France*, p. 328.

Ce grand homme ramena la Nation aux anciens principes de Gouvernement que nos peres avoient apportés de Germanie. Il tendit au Peuple opprimé une main secourable, pour lui rendre ses droits & quelque courage ; il appesantit l'autre sur les Grands, pour les empêcher de s'élever trop haut, & leur apprendre qu'ils n'étoient placés au-dessus du Peuple, que pour contribuer davantage à son bonheur.

Le Champ de Mars fut réguliérement assemblé chaque année ; & la Nation, librement représentée par les trois Ordres, qui s'étoient formés sur la fin de la premiere race, tantôt prévenoit le Prince, & le prioit de mettre le sceau royal aux Réglements qu'elle avoit dressés ; tantôt le Prince proposoit lui-même une Loi, & requéroit la Nation d'y donner son consentement ; tantôt les trois Ordres de l'Etat dressoient leurs articles à part, & tantôt ils se réunissoient pour ne faire qu'une seule Ordonnance ; tantôt enfin les Loix étoient promulguées par acclamation générale.

Le Gouvernement continua d'être Militaire, & la contribution nationale consistoit uniquement dans le service gratuit. Par une loi, rendue dans l'Assemblée du champ de Mars, il fut réglé qu'il faudroit au moins posséder trente-six arpents de terre, pour être obligé de faire la guerre en personne & à ses frais ; n'avoit-on que vingt-quatre arpents de terre, on se joignoit à un Citoyen qui en avoit douze, & celui des deux qui paroissoit le plus propre à supporter les fatigues de la guerre, marchoit, & son compagnon contribuoit à sa dépense, à raison des arpents qu'il possédoit. La même regle de proportion servoit pour fixer la contribution de chaque petit Propriétaire ; & lorsqu'on ne possédoit

pas

pas six arpents de terre , on étoit exempt de tout service &
de toute charge militaire.

Tous les droits établis par la tyrannie des Maires du
Palais furent abolis ; la Loi vint au secours du Peuple
opprimé, & le peu de charges, de travaux & de corvées que
les Grands furent autorisés à exiger des hommes de leur
terre , suppola de leur part , le devoir de réparer & d'entretenir les chemins & les ponts.

L'exercice de la Justice distributive fut confié aux Ducs
& aux Comtes , ou grands Bénéficiers , & ils étoient sur-
veillés par des Envoyés Royaux (*Missi Dominici.*)

Charlemagne étoit doué de tous les talents nécessaires
pour gouverner l'univers ; il rendit à tous les Francs
l'exercice légitime de leur liberté & de leur propriété ; il
rétablit l'ordre dans toutes les parties de l'administration ;
mais le regne de ce grand homme fut trop court, pour
qu'il pût consommer le grand ouvrage de la régénération
politique de ses Sujets. Il trouva les Peuples trop abrutis &
plongés dans une trop profonde ignorance, pour pouvoir
faire adopter en peu de temps, à la Nation, la maniere de
voir, de penser & d'opérer, qui, en détruisant les anciens
préjugés , auroit rendu la sagesse de ses Loix & de son
Gouvernement inébranlable.

Loin de suivre son exemple , ses Successeurs introduisirent
des nouveautés dangereuses. Ils commencerent à mettre
leur autorité & leur nom à la place des Loix , & le pouvoir arbitraire s'établit en peu de temps.

La constitution n'étant pas assez solidement établie , les
Loix ne furent plus observées avec le même zele qu'autrefois ; après les avoir négligées , on les viola ouvertement ;

E

Suite de l'ex-
trait de Mably.

chaque Ordre de l'Etat devint bientôt fufpeêt aux autres ;
tout fe divifa, fe défunit, & à mefure que les abus fe mul-
tiplierent, les Rois firent des efforts impuiffants pour les
réprimer.

Origine du ré-
gime feodal.

Enfin, pour le malheur des Peuples, Charles-le-Chauve
eut la foibleffe de rendre tous les bénéfices héréditaires ;
& dès que le domaine de la Couronne fut devenu le patrimoine de quelques familles, tout ce qui fubfiftoit encore
de l'ancien Gouvernement, difparut en peu de temps.

Les defcendants de Charlemagne n'ayant plus affez de
puiffance pour faire obferver les Loix, ni de graces à accorder, ne rencontrerent plus que des Sujets infideles &
défobéiffants.

Les Loix falique & ripuaire, les Capitulaires n'ayant
plus de proteêteurs, tomberent dans le plus profond oubli.
Les Ducs & les Comtes fecouerent le joug des Envoyés
Royaux ; une volonté arbitraire décida de tous les droits ;
chaque grand Bénéficier rendit fa juftice fouveraine, & dans
chaque territoire les Habitants furent rendus taillables à
la volonté du Seigneur.

Vainement les François réclamerent les Loix conftitu-
tives de l'Etat, il n'en fallut plus reconnoître d'autres que
les ordres des Ducs & Comtes ou de fon Seigneur ; les
Peuples des différentes parties du Royaume gémirent
fous une même fervitude ; & le temps confacra enfin les
coutumes que la violence établiffoit.

Troifieme race
de nos Rois.

Telle étoit l'anarchie générale où le royaume étoit plongé,
lorfque l'extinêtion de la maifon de Charlemagne porta
Hugues - Capet fur le trône de nos Rois.

Tous les Grands du Royaume traiterent avec lui, reconnurent fa dignité & confentirent à lui prêter hommage, & à remplir à fon égard les devoirs de la vaffalité.

Le régime monftrueux de l'anarchie féodale, avoit pris fon principe dans la foibleffe de Charles-le-Chauve & des derniers Rois Carlovingiens ; fous les Capétiens, on s'accoutuma peu-à-peu à la fubordination de la féodalité, & les devoirs des Suzerains & des Vaffaux devinrent l'unique loi de l'État.

On diftingua, dans les Capétiens, leur qualité de Roi ou de Seigneur Suzerain, de celle de Seigneur particulier de tel ou tel Domaine. Les devoirs refpectifs du Roi, en qualité de Suzerain, & des Grands du Clergé & de la Nobleffe, en qualité de Vaffaux, confiftoient uniquement de la part des Grands, à réunir leurs forces à celles du Suzerain, lorfqu'il s'agiffoit d'une affaire générale, contre quelque Puiffance étrangere, & qui intéreffoit le Corps entier de la confédération féodale, & de la part du Roi, en qualité de Suzerain, de protéger la confédération générale, & en particulier les droits refpectifs de tous les grands Vaffaux.

Chaque grand Vaffal étoit Pair du Roi, & réunis, ils formoient un Tribunal dont le Roi étoit le Chef, & qui feul pouvoit légalement connoître des différends qui furvenoient entr'eux (1).

_____

(1) _Fleury_, _Droit public de France_, p. 356.

Pairs, origine auffi ancienne que la Monarchie : fignifioit fous premiere & feconde race, gens égaux & de même condition, confreres : les Barons étoient Pairs entr'eux : les Comtes entr'eux, &c. les Evêques entr'eux, &c. Vaffaux qui tenoient de la même maniere, du même Seigneur, à caufe d'une même Seigneurie, qui devoient même fervice de _plaids_ & de guerre, étoient pairs & compagnons entr'eux.

Ils étoient tous des Despotes abfolus dans les terres qu'ils s'étoient appropriées ; leur Juftice étoit fouveraine, ils fai-

Vaffaux immédiats des Rois confidérés comme Rois, étoient donc Pairs de France : Vaffaux immédiats des Rois confidérés comme Dues ou Comtes, étoient Pairs des Duchés ou Comtés, & non Pairs de France : ces derniers confondus alors avec les Barons, parce qu'alors Baronnie étoit toute Seigneurie premiere après la fouveraine, mouvant directement de la Couronne : chacun dans fon état étoit jugé par des perfonnes de même grade : ainfi *Pair*, quant aux effets, marque la qualité de Juge. C'eft le premier âge de la Pairie. Jufques-là, Pairie étoit effentiellement perfonnelle & mafculine.

Après l'hérédité des fiefs, Pairie devint réelle, en ce qu'elle devint dignité attachée à la poffeffion d'un fief qui donnoit droit d'exercer la juftice avec fes pairs ou pareils dans les affifes du fief dominant. Devint plus ou moins confidérable, fuivant le plus ou moins de puiffance du Seigneur fuzerain des Pairs : Pairs du Roi étoient de plus grands Seigneurs que Pairs d'un Comte : tout fief avoit fes Pairies, c'eft-à-dire d'autres fiefs mouvants de lui, & dont les poffeffeurs compofoient la Cour du Seigneur dominant : jugeoient tous Sujets du Roi, comme Officiers Royaux, n'étoient jugés que par leurs Confreres, droit que les Pairs de France confervent encore aujourd'hui ; du droit ancien qu'avoient les Sujets du Roi, d'être auffi jugés par leurs Confreres, font émanés Confeil de guerre, Tribunal des Maréchaux de France, Jurifdiction des Corps de Ville, police que tous les Ordres du Royaume exercent fur leurs Membres, même Communautés d'arts & métiers. C'eft le fecond âge de la Pairie, où foumife, comme autres fiefs, à toutes les Loix des fucceffions, donc poffédée, tranfmife, exercée même par des femmes, par conféquent étoit purement réelle.

Au troifieme âge, Pairs ne font plus confondus avec Barons : tout Pair étoit Baron, tout Baron n'étoit pas Pair : ce titre réfervé à ceux qui poffédoient une terre à laquelle étoit attaché le droit de Pairie : premier acte authentique où fe voit cette diftinction, eft certification d'Arrêt fait à Melun en 1216.

Ces Terres-Pairies ayant été fucceffivement réunies à la Couronne, nouvelles furent créées par Lettres-Patentes, d'abord en faveur des Princes du Sang feulement, qui, depuis Henri III, ont titre de Pair né, même fans poffeder de Terres-Pairies : enfuite, en faveur des Princes étrangers, le premier en 1549 ; enfin, en faveur d'autres Seigneurs non Princes, le premier en 1519 ou même en 1462 : ces dernieres érections bien multipliées depuis. Terres ainfi érigées font détachées de leur mouvance féodale, pour relever nuement de la Couronne, & s'y réunir par défauts d'hoirs mâles de la même famille, en ligne directe, car tel fief de fa

foient battre monnoie à leur coin, & ils réglerent à leur
gré les poids & les mefures publiques.

La tyrannie la plus infupportable, fut la fuite de cette
anarchie. Chaque terre fut une véritable prifon pour fes
habitants : ici, l'on ne pouvoit difpofer de fes biens ni par
teftament, ni par actes entre-vifs, & le Seigneur étoit héri-
tier au défaut d'enfants domiciliés dans fon fief; là, il
n'étoit permis de difpofer que d'une partie médiocre des
immeubles ou du mobilier; ailleurs, on ne pouvoit fe marier
qu'après en avoir acheté la permiffion : chargés par-tout de

---

nature : aucune des anciennes Pairies Laïques n'exifte aujourd'hui : Pairies Eccléfiaftiques font les plus anciennes, n'ayant jamais changé, foit pour le titre, foit
pour le nombre, toujours fix.

Depuis Déclaration de Mai 1711, Princes du Sang repréfentent les anciens Pairs
de France au facre des Rois : Ducs & Pairs, quand ils y feront appellés au défaut
de Princes du Sang : ainfi dignité de Pair eft inférieure aujourd'hui à la qualité
de Prince du Sang : ces Princes font corps féparé, fupérieur à tous les Ordres de
l'Etat. Voyez les traités de la Pairie de Boulainvilliers, de le Laboureur; Encycl.
au mot *Pairs de France* ; Dagueffeau, t. III, p. 725.

Barons ; autrefois tous Vaffaux qui relevoient immédiatement du Roi, Ducs,
Comtes, Marquis & autres Seigneurs titrés & qualifiés; Aimoin & autres vieilles
chroniques. Tous Bannerets, comme eft dit au texte, & fuivant Ducange, d'après
la Chron. de Flandres. Ber & Baron, *id.* : d'où Haut-Ber & Haut-Baron, *id.* : d'où
l'arme du corps ou cotte de mailles, appellée *Haut-Ber*, Haut-bergeon : d'où
encore fief de Haut-Ber, toute efpece de fief duquel le Seigneur eft tenu fervir. le
Roi avec le Haut-Ber ou Hautbergeon. Loifeau, des Seign. ch. 7.

Aujourd'hui, cette qualité de Baron profanée, n'eft qu'après Ducs, Comtes,
Marquis, Vicomtes : Barons de l'Empire repréfentent encore nos anciens Barons.
Voyez le Laboureur, de la Pairie, ch. 17.

Dès les temps d'anarchie, de tyrannie, de confufion : Seigneur qui n'étoit ni
Comte, ni Duc, tiroit furnom de fa terre ou château : on n'avoit autrefois que
nom propre : fous feconde race, on y ajouta quelque épithete : Nobles, de
leurs terres : Bourgeois, du lieu de leur naiffance, d'un métier, de quelque
ridicule, &c. devroit leur être défendu : par-là, vraies familles fe confondent;
vrais noms des familles fe perdent, vanité y gagne; fource d'abus.

corvées fatiguantes, de devoirs humiliants & de contributions ruineuses, les Peuples avoient continuellement à craindre quelque amende, quelque taxe arbitraire ou la confifcation entiere de leurs biens.

Une foule de vices attaquoit à la fois cette conftitution
politique; toutes les parties de l'État, ennemies les unes
des autres, tendoient non feulement à fe féparer, mais à fe
ruiner réciproquement; tout Seigneur & tout Particulier fe
trouvoient mal à leur aife avec un gouvernement qui réunifloit
à la fois tous les inconvénients de l'anarchie & du defpotifme.

Le Peuple avili & vexé, n'étoit pas moins intéreffé à le
voir anéantir, que la petite Nobleffe, qui, placée entre les
Seigneurs & les Bourgeois, étoit méprifée des uns, haïe des
autres, & les déteftoit tous également.

Les Seigneurs eux-mêmes, partagés en différentes claffes,
avoient, les uns contre les autres, la jaloufie la plus enveni-
mée; les plus foibles vouloient être égaux aux plus puiffants;
qui, à leur tour, tâchoient de les détruire.

Heureufement il eft un terme à toute tyrannie, & celle
du régime féodal, après avoir parcouru tous les périodes de
la plus affreufe anarchie, s'anéantit par fes propres excès.

Quand les Seigneurs, à force de vexations & d'injuftices,
eurent réduit leurs vaffaux à la derniere mifere, ils en craigni-
rent la révolte; la fource de leur richeffe étoit tarie, leur
pauvreté les dégrada.

Les premiers d'entr'eux qui furent appauvris par leurs
guerres domeftiques, leur défaut d'économie & la mifere
dans laquelle la dureté de leur gouvernement fit tomber leurs
Sujets, n'imaginerent pas d'autre reffource pour fubfifter &

fe foutenir, que d'entrer à main armée fur les terres de leurs voifins, d'en piller les habitants ou d'exercer une forte de piraterie fur les chemins, en mettant les paffants à contri-bution. Les Seigneurs dont le territoire avoit été violé, ne tarderent pas à ufer de repréfailles ; &, fous prétexte de venger leurs vaffaux, pillerent à leur tour ceux de leurs voifins.

Ce brigandage atroce, dont le Peuple étoit toujours la victime, & qui portoit les maux de la guerre dans toutes les parties du Royaume, étoit en quelque forte devenu un nou-veau droit feigneurial, lorfque Louis-le-Gros, dont les Do-maines n'étoient pas plus refpectés que ceux des autres Sei-gneurs, eut la fageffe de mettre fes Sujets en état de fe défendre par eux-mêmes contre cette tyrannie.

Ce Prince fut affez éclairé pour penfer qu'en rendant fes Sujets plus heureux, il fe rendroit lui-même plus puiffant & plus riche ; il établit les communes (1) dans tous fes Do-maines ; il rendit fon joug plus léger, & pour des rede-vances fixées en argent, il accorda à fes Vaffaux directs, les privileges & les droits dont fes prédéceffeurs avoient eu l'injuftice de les priver.

Ce nouvel ordre de chofes ébranla le fyftême du régime féodal. A l'exemple du Roi, les Seigneurs, toujours acca-blés de befoins, & ravis de trouver une reffource qui ré-tabliffoit leurs finances, ne tarderent pas à vendre à leurs vaffaux la liberté qu'ils leur avoient ôtée.

(1) L'Adminiftration municipale des Communes eft la plus belle inftitution qu'on ait encore établie fur la terre. C'eft à elle que la France doit de n'avoir pas été vingt fois ruinée fans reffource, par les préjugés des Grands, & par les erreurs des Rois & des Miniftres.

Les Bourgeois acquirent le droit de difpofer de leurs biens, & de changer à leur gré de domicile.

On vit abolir prefque toutes ces Coutumes barbares aux-quelles les Peuples avoient été affujettis, & fuivant qu'ils furent plus habiles, ou qu'ils eurent affaire à des Seigneurs plus humains, ou plus intelligents, ils obtinrent des chartes plus avantageufes.

La contribution des Peuples fut réglée dans l'adminiftration de la Juftice, des corvées, des bannalités, des cens, des lods-&-ventes, des péages, & d'autres droits feigneuriaux dont nous voyons encore de nos jours les reftes.

Dès que quelques Villes eurent traité de leur liberté, il fe fit une révolution générale dans les efprits : les Bourgeois fortirent fubitement de cette ftupidité dans laquelle la mifere de leur fituation les avoit jetés.

On diroit qu'on diftinguât tout-à-coup les droits de la fouveraineté, des rapines de la tyrannie.

L'efpérance d'un meilleur fort fit fentir vivement au Peuple fa mifere préfente. Prêt à tout ofer & tout entreprendre, il paroiffoit difpofé à profiter des divifions des Seigneurs, pour s'affranchir par quelque violence, d'un joug qui lui paroiffoit infupportable, depuis qu'il commençoit à apprécier les douceurs de la liberté.

Quelques Villes dûrent peut-être leur affranchiffement à une révolte ; il eft sûr du moins que plufieurs n'attendirent pas une charte de leur Seigneur, pour fe former en Commune. Elles fe firent des Officiers, une Jurifdiction & des droits ; & lorfqu'on voulut attaquer leurs privileges, elles ne fe défendirent pas en rapportant des chartes, des traités ou des conventions, mais en alléguant la coutume : elles

demanderent

demanderent à leurs Seigneurs de repréſenter eux-mêmes le titre ſur lequel ils fondoient leurs droits , & les contraignirent à reſpecter leur liberté.

Suite de l'ex-
trait de Mably.

L'autorité royale reprit peu-à-peu ſes droits , à meſure que le pouvoir arbitraire des Seigneurs diminuoit ; & dès qu'elle fut ſolidement établie , les Communes ne voulurent plus dépendre que des Rois , comme de protecteurs déſormais aſſez puiſſants pour leur conſerver les droits qu'elles avoient acquis.

La ſouveraineté des Seigneurs une fois ébranlée par ſes fondements , ne tarda pas à être entiérement détruite. D'abord ils avoient laiſſé introduire la coutume d'appeller de la Cour d'un Vaſſal à celle de ſon Suzerain, & les affaires furent ainſi portées de Seigneur en Seigneur juſques au Roi , dont on ne pouvoit appeller , parce qu'il étoit le dernier terme de la ſupériorité féodale ; enſuite , les grands Vaſſaux de la Couronne furent privés du droit de faire battre monnoie ; enfin la révolution devint générale ; & ſi Philippe-le-Bel avoit eu la grandeur d'ame de Charlemagne ou de Louis XVI, la Nation eût dès-lors rentré dans l'exercice de tous ſes droits légitimes de liberté & de propriété.

Ce Prince aſſembla la Nation , conformément aux uſages reçus ſous la ſeconde race ; & après pluſieurs ſiecles d'anarchie & de calamités affreuſes , les trois Ordres furent réunis en famille , pour délibérer ſur l'avantage commun ; mais , diviſés d'intérêts par la politique du Roi , tous les Ordres le prirent pour médiateur , & chacun en particulier tâcha de le gagner & de mériter ſa faveur par ſes complaiſances.

Philippe profita de la diviſion qu'il avoit fait naître , obtint une levée de deniers, fit condamner les prétentions

Premiers Etats-
Généraux , en
1301.

F

erronées du Siege de Rome ; la Couronne de nos Rois fut
déclarée indépendante de la Thiare, & la Nation ne parut en
quelque forte affemblée, que pour reconnoître l'autorité
du Monarque, établie fur les ruines de l'anarchie féodale.

Depuis cette époque, jufqu'en 1614, les Etats-Généraux
furent fouvent affemblés, & leur doctrine conftante a été que
les Rois ne peuvent arbitrairement établir aucun impôt ; &
que toute Loi, pour avoir la fanction légale, doit être
librement délibérée par l'Affemblée nationale (1), & être
revêtue du confentement royal.

(1) Dans toutes les Affemblées nationales, depuis 1301 jufques en 1506, fous Louis XII,
la délibération paroît avoir eu lieu en commun, & les Etats-Généraux n'ont eu qu'une
bouche, un cœur & une ame, n'ayant qu'un feul cahier, qu'un feul Préfident &
qu'un feul Orateur. C'eft là vraiment la conftitution, parce qu'il eft de l'effence de
toute Adminiftration municipale, de délibérer à la pluralité des fuffrages. Les Etats de
1560 à 1614 n'ont donc été réellement que des Affemblées générales de chaque Ordre
en particulier, & dès le principe, elles ont été regardées comme inconftitutionnelles.

On nomme *Etats-Généraux*, la réunion des Repréfentants des Gens des trois Etats
du Royaume. Si les Ordres font féparés, s'ils ne fe communiquent pas même
leurs délibérations, pour en former une réfolution commune, on ne fçauroit
appeller leurs Affemblées des *Etats - Généraux*, puifqu'il feroit à-peu-près égal
qu'ils s'affemblaffent à des époques différentes & dans des lieux où ils feroient
éloignés les uns des autres. Ils forment alors des Affemblées particulieres du
Clergé, de la Nobleffe & du Tiers-Etat. Nous pouvons donc refufer aux Affemblées
d'Orléans, & à celles qui les ont imitées, le nom d'*Etats-Généraux*. M. Garnier,
qui paroît avoir eu fous les yeux les procès-verbaux des Affemblées d'Orléans,
dit que les Députés (de chaque Ordre) étoient aftreints, par leur procuration
& par la nature des chofes, de n'agir que conjointement avec ceux des deux autres.

« Le Clergé auroit defiré que les cahiers fuffent préfentés par le Cardinal de
» Lorraine. Celui-ci confentit à porter la parole au nom des Etats, pourvu que
» la Nobleffe & les Communes vouluffent auffi l'honorer de leur choix. Le Clergé
» députa vers les deux autres Ordres, pour les inviter à réunir leurs cahiers,
» & à nommer le même Orateur. Il eut le déplaifir d'apprendre que la Nobleffe
» avoit choifi pour le fien *de Syly de Rochefort*, & le Tiers - Etat, *Lange*,
» Avocat au Parlement de Bordeaux.

La diftinction des trois Ordres fut confervée, & dans toutes les affemblées d'Etats-Généraux, l'Ordre du Clergé eft celui qui s'eft toujours le plus diftingué par fes lumieres & par fon patriotifme, tant que les Dignités eccléfiaftiques ont indiftinctement été le partage des Citoyens Nobles & Roturiers.

Le pouvoir exécutif des Loix fut reconnu être effentiellement dans les mains feules du Roi.

» Les Repréfentants du Clergé déclarerent alors aux deux autres Ordres, qu'ils » ne trouveroient pas mauvais s'ils avoient fait proteftation, d'autant que de chofe » non accoutumée, POUR LA DIVERSITÉ DES CAHIERS, ET DES PERSONNES DÉ- » PUTÉES, DE PORTER PAROLE POUR CHACUN DESDITS ETATS. Ne fera pourtant » dérogé à L'UNION ET INTÉGRITÉ DU CORPS defdits Etats, & qu'il n'en adviendra » AUCUNE DISTINCTION OU SÉPARATION.

» Les Députés de la Nobleffe dirent au Clergé qu'ils avoient charge de faire les » mêmes proteftations.

» La féparation des Ordres étoit fi contraire à l'ufage & à la faine raifon, » que l'Evêque de Vence, un des Députés des Etats de Provence, crut devoir » conftater fon refus d'approuver une auffi criminelle innovation ; il voulut fe » mettre à l'abri de tout reproche de la part de fa Province. Voici comment il » s'exprima, fuivant le procès-verbal du Clergé. A dit comparoir en ladite Af- » femblée pour le regard dudit Etat Eccléfiaftique, fans toutefois faire féparation » de fa charge d'avec ceux des autres Etats, requérant acte de fa comparution.

» Pour former fon cahier, le Clergé ordonna que chaque Province ou Diocefe » nommeroit deux ou trois Commiffaires. Ils furent choifis au nombre de vingt- » fept. On fit entrer dans cette compilation, des cahiers de Villes, de Diocefes, » & ju fqu'à celui de l'Univerfité de Paris ; ce qui étoit particulier à chaque lieu, » fut renvoyé à la fin du cahier général.

» L'Evêque de Vence préfenta les cahiers ou inftructions des trois Etats de » Provence, obfervant que ce qu'il en faifoit, étoit que dans le cas OU LES TROIS » ETATS S'ACCORDASSENT pour faire des remontrances, IL EUT REMPLI LA » CHARGE QUI LUI ÉTOIT COMMUNE AVEC LES AUTRES DÉPUTÉS, dont il donna » les noms. Ainfi ce fidele Repréfentant ne fe crut jamais autorifé à fe féparer » des autres Ordres ; il fentit combien on trompoit l'efpoir du Peuple Françoïs, » en formant de chaque Ordre un corps ifolé, au lieu de réunir les mandataires » de la Nation dans une feule Affemblée générale ». Nouvelles Obfervations fur les Etats-Généraux de France, par M. Mounier, pages 92, 93, 94.

Les impôts furent fupportés par tous les intéreffés à la chofe publique.

Les fiefs continuerent d'être affervis au fervice militaire féodal, mais ils furent dépouillés du droit de faire battre monnoie, & de l'exercice fouverain de la Juftice diftributive.

Leur Jurifdiction fut univerfellement fubordonnée aux Juftices royales, & diverfes Cours fouveraines furent fucceffivement établies dans les Provinces.

D'une part, les Grands voyolent avec regret la ceffation de leur defpotifme, & à diverfes époques, ils avoient fufcité de grands troubles & des guerres civiles.

D'autre part, les Rois crurent de leur fageffe d'anéantir tous les veftiges du régime féodal, & après le regne défaftreux de Charles VI, fon fucceffeur ayant chaffé les Anglois du Royaume, calmé les factions & pacifié tous les troubles, finit par entretenir une armée à fa folde, pour que fes fucceffeurs puffent faire ceffer le fervice militaire des fiefs.

Charles VII affembla quelques-uns des Grands des deux Ordres privilégiés ; il leur propofa de confentir à l'impôt néceffaire pour l'entretien de l'armée ; mais il finit par être obligé de leur en accorder l'exemption, & de leur faire des penfions, pour qu'ils ne fe révoltaffent pas contre cet établiffement falutaire (1).

Les Plébéiens feuls prévinrent les intentions bienfaifantes du Roi ; ils payerent arbitrairement la taille pour la folde des Gens de guerre ; ils ne virent que le bien préfent qui en réfultoit pour leur tranquillité, en faifant ceffer le bri-

_____

(1) Ordonnances du Louvre.

gandage des Militaires ; & ni Charles VII, ni son Peuple ne considérerent qu'en portant cette atteinte à la Constitution, c'étoit donner un moyen à la Noblesse d'asservir tôt ou tard la Nation, & d'envahir de nouveau l'autorité des Rois.

Louis XI contint les Grands dans leur devoir (1).

Louis XII sembla prévoir les calamités dont son Peuple étoit menacé ; mais il n'eut pas la prudence & le courage de rétablir l'ordre politique dans son état naturel ; & depuis la mort de ce Pere du Peuple jusques à nos jours, il a existé dans la Nation une quadruple aristocratie qui n'a été interrompue que quelques instants par le despotisme ministériel (2).

A peine, dans le cours de près de dix siecles, avons-nous joui de quelques années de bonheur : Louis IX, Charles V, Louis XII, Henri IV furent de bons Rois ; mais les circonstances ne leur permirent pas de rétablir le regne des Loix.

Enfin, depuis près d'un siecle, l'oubli de tous les droits (3),

---

(1) Sous ce Prince, plusieurs Grands du Royaume oserent se révolter, sous prétexte du bien public : de nos jours, ferons-nous assez sages & assez éclairés pour ne pas être dupes des mots ? Les guerres civiles sous Charles VI & Charles VII ; la guerre du bien public sous Louis XI ; les effroyables calamités de la Ligue ; les coupables excès des Frondeurs, tout nous dit que le Tiers-Etat a souvent été trompé ; & qu'il a mérité d'être malheureux, lorsqu'il a été assez aveugle pour se rendre l'instrument des passions & des erreurs des Grands.

(2) Le Ministere du Cardinal de Richelieu & le regne de Louis XIV : il est à remarquer que l'autorité arbitraire qu'on peut leur reprocher d'avoir employée, a principalement eu pour objet d'abaisser la morgue parlementaire & féodale ; aussi l'aristocratie a-t-elle insinué de nos jours que ces deux brillantes époques de notre Histoire sont souillées des attentats de la tyrannie.

(3) Les emprunts sous Colbert, les erreurs du système de Law, les opérations arbitraires de l'Abbé Terrai, &c. &c. la légalité donnée aux Loix nouvelles, par l'enregistrement des Officiers du Roi, qui en sont eux-mêmes exécuteurs & dépositaires.

& la dépravation des mœurs publiques, avoient frappé le Corps politique d'une confomption mortelle, & fa diffolution s'opéroit lentement, lorfqu'un déficit énorme, publiquement manifefté entre la recette & la dépenfe, a fait fortir tous les Citoyens de leur léthargie.

L'intérêt perfonnel de chaque Citoyen fe trouvant tout-à-coup compromis, la commotion a été violente & générale : les uns ont craint la banqueroute, les autres de nouveaux impôts ; les Privilégiés ont tremblé de voir ceffer leur ariftocratie ; le Peuple, toujours foulé, mais toujours modéré, toujours jufte ; le Peuple, prefque feul (1), a fait des vœux finceres pour la régénération politique de l'État, & il a été écouté.

Louis XVI ne croyant plus qu'à fes vertus perfonnelles, a eu la grandeur d'ame d'annoncer folemnellement qu'il veut rétablir le regne des Loix ; il s'eft uniquement dirigé par de grandes vues de juftice ; il s'eft entouré de Miniftres fages ; il a donné à la vérité un libre accès auprès du Trône (2) ;

---

(1) Quelques Magiftrats (M. d'Epremefnil & autres) ont eu la fageffe de fe dépouiller de tout efprit de Corps, pour être les interpretes de la voix publique; & leur noble dévouement a éclairé Louis XVI fur l'illégalité des opérations du 8 Mai 1788.

(2) La liberté de la Preffe, & c'eft la derniere reffource des Rois pour connoître la vérité. Sans la liberté indéfinie de la Preffe, un Souverain eft néceffairement livré aux opinions de fa Cour, & alors tout change de couleur & de nature à fes yeux : par exemple, un Intendant, un homme puiffant a-t-il opprimé tout le Peuple d'une Province, on trouve à la Cour que c'eft un homme utile, précieux même par les talents qu'il emploie pour faire refpecter l'autorité du Roi...... Au contraire, un Mably, un Letrone éclairent-ils la Nation fur les coupables excès de l'ariftocratie, ou fur les abus effrayants du travail en finance, ce font des féditieux qu'il faut punir ; mais comme l'opinion publique leur fert de fauvegarde, on prend le parti de s'emparer de leurs Ouvrages, de les brûler, quel-

il affemble fon Peuple pour délibérer en famille fur l'avantage commun, & la France eft fauvée.

Il ne falloit rien moins que l'effroi falutaire que le
déficit nous a infpiré, pour nous faire approfondir tout
le danger de notre pofition ; il fera au nombre des maux
paffagers qui auront produit un bien éternel.

Mais la grande époque d'une Affemblée d'États-Généraux,
au lieu d'être un jour de fête pour la Nation, pourroit
devenir un jour de deuil pour le Peuple François & pour
fon Roi.

Les Ariftocrates, fous le nom de *Privilégiés*, femblent
ne vouloir concourir à la formation & à la compofition de
l'Affemblée Nationale que pour y conformer l'exiftence
légale d'une quadruple ariftocratie.

Je n'accufe perfonne, jamais aucun fiel n'a fouillé mes
écrits ; j'obferve que l'amour du pouvoir eft inné dans le
cœur humain, & que tout homme tend naturellement à ce que
fa volonté faffe loi. Il eft à remarquer que le Clergé, par
fa profeffion, eft fpirituellement juge defpotique de la penfée
& des actions des hommes ; que la Nobleffe a toujours
regretté l'ancienne anarchie féodale, & que la tyrannie de ce régime n'eft pas encore éteinte à beaucoup d'égards (1) ; que les

---

quefois même de les mettre à la Baftille. . . . . Enfin un Turgot devient-il
Miniftre, ... les perfidies de l'intrigue ne tardent pas à le repréfenter comme un
homme dangereux ou pufillanime, & que les intérêts du Roi exigent de congédier. . . . .

(1) Cent volumes *in-fol.* ne fuffiroient pas pour donner le développement de
cette importante vérité. Je me contenterai de citer le glaive de la Juftice feigneuriale, comme la caufe premiere de l'aviliffement du Peuple des campagnes,
de la dépopulation des villages, de la langueur de l'agriculture, & du bas prix

Magiftrats, en leur qualité d'Officiers du Roi, jouiffent du pouvoir exécutif de l'autorité royale, pour tout ce qui concerne l'exercice de la Juftice civile & criminelle. Du moment que trois genres de pouvoirs confidérables fe trouvent réunis exclufivement dans les mains d'une feule cafte de Citoyens, il eft dans la nature des chofes que cette cafte regarde l'exercice du pouvoir comme une propriété inhérente à fes Membres, & finiffe par en abufer.

L'ariftocratie a donc pu fe former par le feul concours de l'intérêt particulier de chaque Evêque, Noble poffédant fief & Magiftrat.

Le développement des faits prouvera cette vérité.

Depuis que les Communes s'étoient mifes univerfellement fous la protection tutélaire des Rois, & qu'elles leur entretinrent une armée à leur folde toujours fur pied, les Grands perdirent tout efpoir de rétablir l'anarchie féodale; mais ils

---

des terres dans tous les territoires affervis à la haute, moyenne & baffe Juftice féodale. Depuis que les Seigneurs n'exercent plus par eux-mêmes les auguftes fonctions de rendre la juftice, (& c'étoit une ufurpation de l'autorité royale) leurs prépofés, foit Juges, foit Baillis & Procureurs-Fifcaux, font devenus les plus terribles fléaux des Peuples des campagnes; & fi toutes les Communes du Royaume étoient interrogées fur ce point capital de l'ordre public, (fans qu'elles euffent à craindre le danger des revenants) on frémiroit d'horreur au récit qu'elles feroient de leurs calamités......

Les Edits du 8 Mai 1788, contre lefquels les ariftocrates, les aveugles & les vrais Citoyens ont tant déclamé par des motifs différents, avoient attaqué la caufe du mal politique dans fa fource (les reftes de Juftice feigneuriale qui exiftent encore, & le pouvoir des Parlements.) Il faut attribuer le peu de fuccès de cette tentative à l'autorité arbitraire dont on a fait ufage, & à l'établiffement de la Cour Pléniere, qui étoit un véritable monftre moral pour un Peuple éclairé : aux Etats-Généraux étoit réfervée la gloire d'éclairer la juftice du Roi, & de prendre des moyens légitimes de faire ceffer le malheur des François.

réuffirent

réuſſirent, à reprendre, ſous le nom même des Souverains, l'autorité qu'ils avoient perdue.

La Nobleſſe s'empara de toutes les avenues du Trône des Rois; les placcs importantes dans le Miniſtere, dans les Tribunaux , dans le Militaire, dans le Clergé, devinrent exclufivement ſon partage.

Dès qu'il ſe fut élevé une barriére entre les Communes & le Trône, la vérité ne fut plus connue des Rois.

Les États-Généraux ne ſe tinrent plus qu'à des époques éloignées, & en 1614, ils finirent par perdre toute influencè & toute conſidération.

Les Cours ſouveraines uſurperent le droit de conſentir les impôts & de donner la ſanction légale aux Loix, quoique le pouvoir exécutif leur en fût confié.

Enfin tout fut vénal, & la dépravation des mœurs pu-bliques eſt devenue ſi générale, que toutes les idées ſaines de la morale & du patriotiſme ont été ſucceſſivement dé-naturées ; l'égoïſme le plus affreux s'eſt emparé de tous les cœurs ; non ſeulement chaque individu ramene tout exclu-ſivement à lui, mais on eſt parvenu de nos jours à un tel point de corruption, que l'on croit faire aſſez pour la ſo-ciété, en conſervant à peine les apparences ; & il nous étoit réſervé de voir la décence tenir lieu de vertu à ceux qui n'ont que des vices en partage.

Le Peuplc a été écraſé ſous la verge de fer de la tyrannie fiſcale, & les producteurs des plus riches récoltes man-quent du plus étroit néceſſaire, depuis que le fiſc les a ſucceſſivement aſſervis à cette foule innombrable d'impoſitions accablantes, arbitraires & vexatoires ſous leſquelles ils ſuc-combent.

G

La Nobleſſe a ſans ceſſe accumulé privilege ſur privilege, & depuis très-long temps elle ſe trouve exemptée du ſervice militaire féodal, d'une très-grande partie des impôts, & elle a continuellement abſorbé en graces & en honoraires la plus grande partie des contributions nationales.

Mais l'objet qu'il convient principalement d'approfondir, c'eſt que depuis la mort de Louis XII, la Nobleſſe a vraiment joui, preſque ſans interruption, de l'autorité ſouveraine.

Sous le nom des Monarques, & en qualité de Miniſtres, elle a joui du pouvoir légiſlatif.

Comme Magiſtrats, elle a uſurpé le droit de ſanctionner les Loix, & elle a joui du pouvoir exécutif.

Comme Intendants, elle a gouverné les Provinces.

Comme haut Militaire, elle a reçu annuellement des ſommes immenſes pour un ſervice qu'elle devoit autrefois féodalement & dont elle reçoit aujourd'hui le ſalaire, ſans contribuer proportionnellement aux impôts néceſſaires pour le payer.

Comme haut Clergé, le patrimoine des pauvres eſt devenu ſon héritage (1).

Comme Courtiſans, elle a conſtamment entretenu le ſommeil des Rois, tantôt par de baſſes adulations, en perſuadant aux Souverains qu'ils ne tenoient leur autorité que de Dieu;

_____

(1) La diſcipline eccléſiaſtique oblige tous les Evêques, Abbés .... à réſidence; & s'il faut en croire les Canons de l'Egliſe, le Clergé eſt obligé de diſtribuer aux pauvres l'excédent de ſon néceſſaire. Si le Clergé remplit toutes ſes obligations à cet égard, il faut convenir que le Peuple Francois eſt bien malheureux, puiſque, malgré l'important ſecours des aumônes eccléſiaſtiques, la quantité de pauvres eſt encore effrayante; mais ſi le Clergé ne remplit pas cette obligation ſacrée, que penſer de ce premier Ordre de l'Etat?

tantôt en leur faifant regarder le Peuple comme dangereux & fufceptible de fe livrer aux plus coupables excès, fi l'on ceffoit de le tenir affervi fous la verge de fer de la tyrannie.

Enfin, c'eft fous ce dernier nom de Courtifans, que plufieurs Membres de la Nobleffe ont été, pendant deux fiecles, le fléau le plus redoutable des Peuples.

Les Rois ont cru fur la parole des Gens de Cour, que le plus bel attribut de leur puiffance confiftoit dans la diftribution des graces, & les mines les plus riches du nouveau mond en'ont jamais fourni affez de métaux précieux pour fatisfaire à tous les befoins factices dont les Courtifans fe font rendus les efclaves. Ils ont toujours paru ignorer, ces hommes fuperbes, combien leur luxe faifoit répandre de larmes de fang à leur Nation; ils ignoroient combien de Citoyens étoient forcés de fe refufer du pain, pour pouvoir payer l'impôt dont ils favorifoient la dilapidation! Ah! fans doute, ils auroient été avares du tréfor public, s'ils avoient pu connoître la foule de victimes que la Gabelle feule immole tous les ans (1).

_____

(1) *De l'Adminiftration des Finances*, *Necker*, tome II, page 57. D'après les dépouillements qui ont été faits, en vertu des ordres que j'avois donnés de la part du Roi, il paroîtroit que le faux-faunage auroit occafionné, année commune, par tout le Royaume,

3700 faifies dans l'intérieur des maifons.

L'on voit de plus, qu'on a arrêté, année commune, fur les grands chemins, ou dans les lieux de paffage, & principalement dans les directions de Layal & d'Angers, frontieres de Bretagne,

2,300 hommes.
1,800 femmes.
6,600 enfants,
1,100 chevaux,
50 voitures.

Finalement le haut Tiers fe dégrada jufqu'à occuper des places de baffes Magiftratures & de Municipalité, à titre d'office ; & dans l'univerfalité du Royaume ; les Laboureurs, les Vignerons & les Négociants (toute la claffe précieufe des Sujets du Roi qui compofe effentiellement la Nation) furent par-tout également opprimés par les Ariftocrates.

Cependant l'ariftocratie a d'abord voilé fa marche, & ce n'eft que fucceffivement qu'elle s'eft formée telle que nous la voyons aujourd'hui.

Les Citoyens du Tiers-Etat furent d'abord admis à l'exer- cice de quelques places dans la Robe, dans le Militaire & dans le Clergé.

Mais les Cours fouveraines, qui n'avoient dans le principe exigé la qualité de Noble, que pour exercer les places de la plus haute Magiftrature, ont infenfiblement introduit la doctrine, qu'il faut vraiment être Noble pour pouvoir être admis dans leurs Compagnies.

La Nobleffe a fucceffivement envahi prefque toutes les places du haut Clergé, & après avoir exclu les Plébéiens de tous les Evêchés, fous le prétexte qu'il falloit récompen- fer avec la mitre les fervices de l'épée, elle a fini par obte- nir que prefque tous les Chapitres importants fuffent enno-

---

Mais il eft jufte d'obferver que le plus grand nombre des femmes & des enfants qui compofent cette lifte, font relâchés promptement, la punition, à leur égard, fe bornant, dans les cas ordinaires, à la confifcation & à une courte détention : cependant, comme ces femmes & ces enfants retournent à leur habitude, il arrive que les mêmes individus font arrêtés & relâchés à plufieurs reprifes dans la même année.

Le nombre d'hommes envoyés annuellement aux galeres pour la contrebande du fel & du tabac, paffe 300; & le nombre habituel des captifs, eft de 17 à 1800.

C'eft à-peu-près le tiers des forçats.

blis, & réfervés exclufivement à des Citoyens Nobles. De nos jours, fous le nom d'*Ordre du Clergé*, quelques individus nobles font une cafte à part dans la Nation, avec tous les Miniftres de la Divinité, qui fe trouvent être uniquement gouvernés & repréfentés par des membres de la Nobleffe.

Les hauts grades de l'armée étoient depuis long temps le partage exclufif de la Nobleffe, & l'on a fini par rendre depuis peu une loi qui exclut les Plébéiens de tous les honneurs militaires. De nos jours, & fous le regne du meilleur des Rois, les Ariftocrates ont fait l'infulte au Peuple François de lui dire : « A la Nobleffe feule appartient le droit » de commander; nous ne voulons plus que la France puiffe » s'honorer de vos Chevert, de vos Jean Barth, de vos » Fabert, de vos du Guay-Trouin. . . . à vous, Plébéiens, » à vous n'appartient plus de pouvoir produire de grands » hommes ».

Depuis que la Nobleffe a exclufivement réuni dans fes mains le pouvoir légiflatif & le pouvoir exécutif, les abus de l'exercice de la Juftice font devenus effrayants, la Juftice a deux poids & deux mefures (1) ; le Plébéien eft ruiné, avili, mis à mort, pour les mêmes actions qui n'impriment aucune tache aux Citoyens Nobles.

Les Ariftocrates fe font fouftraits à la majeure partie des impôts : le haut Clergé, à la faveur de fes abonnements & de fes emprunts ; les Magiftrats, par la crainte qu'ils infpiroient ; les poffédants fiefs & les Courtifans, par leur crédit & par des privileges.

---

(1) Les citations feroient trop affligeantes ; il n'y a point de famille plébéienne qui n'ait plus ou moins à fe plaindre des abus qui réfultent de l'exercice de la Juftice, exclufivement par une claffe de Citoyens privilégiés.

Les plaintes des Peuples n'ont jamais été connues des Rois : d'une part, les Intendants ont toujours été Juges & Parties (1) ; de l'autre, pour prévenir toute réclamation puiffante, la Noblefle a eu la politique de laiffer aux Citoyens riches du Tiers-Etat une porte toujours ouverte, pour changer de pofition, & d'opprimés devenir oppreffeurs.

Le privilege de la Noblefle fut rendu vénal (2), en l'affectant à certaines charges. Dès-lors l'ambition des Plébéiens a été uniquement de fortir de leur cafte, &, à notre honte, plufieurs ont bientôt cru defcendre des Dieux de l'antiquité, graces aux faifeurs de généalogie.

Enfin le haut Tiers eft devenu le fléau le plus redoutable des Peuples, en fe rendant l'inftrument de la haute ariftocratie ; & les Officiers de la baffe Magiftrature, les Baillis, les Procureurs-fifcaux, les Propriétaires de charges municipales à titre d'office, en un mot, prefque toute la Bourgeoifie, ayant perdu tout efprit public, & ne connoiffant

_____

(1) Eft-on opprimé par un Intendant ou par fes Subdélégués, on adreffe fes plaintes au Roi : mais les Rois ne peuvent pas tout voir par eux-mêmes ; les Miniftres ont trop d'occupations importantes pour lire les requêtes, & ils les renvoient à l'Intendant de la Généralité, pour leur en faire le rapport ; l'Intendant (fi la plainte n'eft pas contre lui) la renvoie à fon tour au Subdélégué du diftrict ; mais c'eft précifément le coupable contre lequel on a porté plainte ; il met néant à la requête ; l'Intendant en fait de même ; le Miniftre rend la juftice au nom du Roi, en fuivant cet exemple ; & les opprimés doivent s'eftimer trop heureux, fi leurs plaintes ne font pas un nouveau fujet de vexations contr'eux : *o tempora ! o mores !*

(2) Cette invention fifcale date de François Premier, & le Chancelier Duprat difoit à fes amis, que plus il fabriquoit de parchemins, plus il trouvoit de fots pour en acheter ; l'événement a prouvé que ce Miniftre étoit dupe de fon impéritie, & depuis cette époque jufqu'à nos jours (Sully & Turgot exceptés), il femble que les Miniftres aient prefque toujours couru après l'argent, fans fe foucier des hommes.

d'autres Loix que celles du plus affreux égoïfme , a fait payer avec ufure aux Laboureurs , aux Vignerons & aux Artifans les oppreffions dont elle eft elle-même accablée , par le defpo-tifme miniftériel , & par le haut Clergé , les poffédants fiefs & les Magiftrats.

Dans l'état actuel de défordre focial , la Nobleffe ayant dans fes mains tous les pouvoirs, & le Peuple fe trou-vant fans autre appui que fa mifere & fes droits impref-criptibles de liberté & de propriété, faut-il s'étonner que les Privilégiés foient fideles à leurs principes d'ariftocratie , & qu'ils aient voulu prendre des moyens pour s'affurer une influence décifive dans l'Affemblée Nationale ?

N'avons-nous pas eu la douleur de voir que tantôt , fous le nom des Magiftrats, on a réclamé la forme & la compofition de l'impofante cohue de 1614 ? Tantôt, fous le nom de *poffédants fiefs* , ne veut - on pas conferver des privileges pécuniaires , comme formant une propriété légale & facrée ? Enfin l'on paroît confentir à la répartition proportionnelle de l'impôt ; mais la Nobleffe ne menace-t-elle pas d'une fciffion, fi, dans l'Affemblée Nationale, les fuffrages font pris par tête, & non par Ordre ?

A la vue d'une réclamation fi impofante (1) , fi générale & fi opiniâtre , impofons-nous tous la circonfpection d'une

_____

(1) Proteftation de plufieurs Princes du Sang , dont l'exemple a été fuivi par la Nobleffe de Bretagne, de Provence, de Franche-Comté. . . . La religion des Princes a été trompée, & il eft difficile de défigner la caufe de leur adhéfion avec la Nobleffe , comme formant enfemble un feul & même Ordre diftinctif dans la Nation. Une des maximes nationales eft que la Famille Royale forme effentiellement à elle feule un Ordre très-diftinctif dans la Nation & dans la fubordination politique ; il doit exifter une prééminence perfonnelle . infiniment plus grande entre le dernier Prince du Sang & le premier Noble de France, qu'entre celui-ci & le dernier Sujet du Roi.

crainte univerfelle ; approfondiffons les prétentions des Privilégiés : elles paroiffent devoir être effrayantes fous tous
les rapports ; déjà le voile qui les couvre encore, commence
à fe lever ; déjà les Ariftocrates nous difent, fous le nom
des Magiftrats (1) :

« Que quel que foit le nombre des repréfentants dans
» les trois Ordres, on ne doit délibérer que par Ordre &
» par Chambre ; qu'en toute matiere deux voix font décret
» & pluralité, fauf en matiere d'impôt, où l'unanimité des
» trois voix eft néceffaire ;

» Que les Etats-Généraux doivent être convoqués dans
» la forme de 1614 & des précédents. Que la convocation
» doit être faite par Ordre. Que chaque Ordre doit déli-
» bérer féparément dans fa Chambre, & que les trois
» Ordres ne peuvent délibérer en commun & par tête.

» Que les Etats-Généraux ne peuvent changer ni inno-
» ver la conftitution des Etats ; que ce pouvoir n'appar-
» tient qu'à la Nation entiere, affemblée individuellement,
» ou à fes Députés, qui en auroient reçu le mandat fpécial
» de chaque individu ».

François, fi les dépofitaires de vos Loix ne fe trompent
pas, il eft donc vraiment conftitutionnel, que la Nobleffe,
d'une part, comme cafte diftinctive par elle-même ; d'autre
part, comme repréfentant prefque uniquement la cafte du
Clergé, & formant pluralité des fuffrages de cafte, à elle
feule, fe trouve légalement & irrévocablement inveftie du
pouvoir légiflatif pour tout ce qui n'eft pas impôt, & ,

---

(1) Arrêté du Parlement de Befancon, dont la doctrine inconftitutionnelle mérite
l'improbation publique, & l'a en effet obtenue univerfellement. Art. 5 , 8 , 9. . . .

comme

comme Magiſtrats, ait encore excluſivement dans ſes mains le pouvoir exécutif des Loix.

François, ſi les dépoſitaires de vos Loix ne ſe trompent pas, il eſt donc vrai qu'aux Etats-Généraux de 1789, & malgré les progrès des lumieres de la plus ſaine philoſophie, l'ariſtocratie recevra une conſiſtance légale. Les membres de la Nobleſſe deviendront des deſpotes Sénateurs; le premier Roi du monde ſera transformé en un ſimple Doge, ſans pouvoir & ſans autorité; & vous, pauvre Peuple François, vous ſerez comme les Vénitiens, légalement enveloppés de tant de chaînes, qu'il vous deviendra à jamais impoſſible de ſortir d'eſclavage (1).

François, que nos craintes ceſſent; nos Magiſtrats, nos poſſédants fiefs, notre Clergé, tous les Ariſtocrates ſortiront enfin d'erreur. Ils deviendront les plus zélés défenſeurs de nos droits, du moment qu'ils les connoîtront mieux, du moment qu'ils apprécieront leurs véritables intérêts. Déjà la plus grande & la plus ſaine partie d'entr'eux ſe plaît à répéter que nous ſommes tous freres, & qu'ils ſont Citoyens avant d'être Privilégiés. Cette importante vérité eſt victorieuſe de tous les préjugés, & s'il reſtoit quelques Nobles qui vouluſſent ſe maintenir dans leur uſurpation,

---

(1) Il eſt à remarquer qu'à Veniſe, tous les genres de proſtitutions qui peuvent corrompre, dégrader, avilir un Peuple, y ſont hautement favoriſés par les Loix de l'Etat. Mais étranger & Citoyen, ſi l'on veut vivre, il faut garder le plus profond ſilence ſur tous les lâches attentats de l'ariſtocratie de la Nobleſſe. Un Noble eſt un Dieu, un Plébéien n'eſt qu'un animal domeſtique pour le ſervice des Ariſtocrates. Il auroit été plaiſant que cette doctrine ſe fût introduite en France vers la fin du dix-huitieme ſiecle : à coup ſûr, c'eût été un des plus grands travers de l'eſprit humain!

H

l'honorable conftance de notre Roi, à vouloir établir le regne des Loix, nous eft un fûr garant que Sa Majesté trouvera dans fa fageffe, des moyens invincibles de faire triompher fa juftice.

Il ne devroit y avoir aujourd'hui dans la Nation qu'un feul ordre de Citoyens, comme il ne doit y avoir qu'un feul Roi & une feule Loi.

Par Ordre diftinctif, il faut vraiment entendre une claffe de Citoyens, fans laquelle la Nation ne pourroit effentiellement exifter, & il n'y a plus en France aucune claffe d'hommes dans ce cas : le développement des faits prouvera cette vérité.

Les fiefs ayant ceffé de jouir de l'exercice fouverain de la juftice diftributive, & n'étant plus foumis au fervice militaire féodal, le mot *Nobleffe* n'a plus fignifié la même chofe qu'autrefcis.

Par Noble on entendoit le poffeffeur d'un fief; tous les poffédants fiefs réunis compofoient effentiellement la Nobleffe, qui, à raifon du fervice militaire féodal & de l'exercice fouverain de la juftice, formoit vraiment un Ordre diftinctif dans la Nation; partie en fiefs eccléfiaftiques, partie en fiefs laïcs, & ce ne fut que par un furcroît d'abus que s'introduifit la diftinction entre les deux Ordres du Clergé & de la Nobleffe.

Mais le régime féodal n'ayant jamais été légalement confenti dans une Affemblée nationale réguliere, cet ordre de chofes n'étoit pas vraiment conftitutionnel, & les progrès des lumieres ayant fucceffivement détruit ce corps politique monftrueux & romanefque, la Nobleffe n'eft plus aujourd'hui qu'une prééminence perfonnelle purement honorifique; & depuis que cette diftinction a été rendue vénale, elle a perdu dans l'opinion tout le prix qu'elle doit avoir, parce qu'elle a ceffé d'être uniquement repréfentative de fervices effentiels rendus à la Patrie.

Dans l'état actuel des chofes, s'il étoit poffible qu'il exiftât légalement deux Ordres diftinctifs dans la Nation, les poffédants fiefs eccléfiaftiques & laïcs, avec haute, moyenne & baffe Juftice, devroient feuls être admis à former un des deux Ordres : mais il n'exifte plus qu'un vain fimulacre du régime féodal ; ce régime fut établi par la force & par la violence ; il n'a jamais été légalement conftitutionnel ; enfin il a ceffé d'exifter par le fait, & il n'y a plus vraiment dans la Nation que deux claffes de Citoyens, ceux qui font Nobles, & ceux qui ne le font pas.

Les veftiges du régime féodal qui fubfiftent encore, ne peuvent conftituer les poffédants fiefs un Ordre diftinctif dans la Nation ; ce feroit admettre en principe, que les droits féodaux font revêtus du caractere légal du droit de propriété, tandis que les deux axiòmes de liberté & propriété nationale, & de liberté & propriété individuelle du Peuple François, prouvent invinciblement le contraire. Ces droits proviennent tous uniquement du rachat des communes, favorifé par Louis-le-Gros & fes fucceffeurs ; mais les communes ne fe racheterent que d'une fervitude très-inconftitutionnelle ; & dire que les droits féodaux font au nombre des propriétés légales, ce feroit admettre en principe que la monftrueufe tyrannie féodale, & tous les abus effrayants dont nos peres ont été les victimes, étoient des pouvoirs légitimes & conftitutionnels, qui avoient légalement été confentis en faveur des fiefs, dans une Affemblée nationale réguliere ; & ce feroit démentir tous les monu-

ments de l'Hiftoire & les claufes même des chartes de
rachat de chaque commune.

Continuer de nos jours de vendre des terres avec haute,
moyenne & baffe Juftice, ce feroit vouloir perpétuer le plus
fanglant outrage qu'on puiffe faire à un Peuple libre & propriétaire, parce que c'eft vendre un droit que l'on n'a pas
légitimement, c'eft vendre un droit qui eft effentiellement
attentatoire à l'autorité royale & à la liberté publique &
individuelle, & c'eft dire implicitement à l'acheteur : avec
ma terre je vous vends un troupeau d'hommes dont je vous
conftitue le Juge & l'oppreffeur. A notre honte, cette formule barbare fubfifte encore, & nous fommes à la fin du
dix-huitieme fiecle !

Ce n'eft que par l'habitude de l'erreur, qu'à l'exemple
de nos peres, nous avons regardé le Clergé & la Nobleffe
comme formant des Ordres diftinctifs, quoiqu'ils euffent
ceffé de jouir de l'exercice fouverain de la juftice, & de faire
féodalement le fervice militaire ; mais continuer de refter
dans les mêmes préjugés, ce feroit admettre en principe
que les Laboureurs & les Vignerons, que les Artifans, que
les Marchands & les Négociants, que les Militaires, que
les Magiftrats, que les Financiers font des Ordres, parce
qu'il faut naturellement dans la Nation qu'une claffe
d'hommes fe livre à la profeffion de l'agriculture, pour faire
produire à la terre les denrées & les matieres premieres,
pour fournir la fociété des chofes de néceffité & de fimple
agrément ; qu'une autre donne aux productions les formes
néceffaires pour que la fociété puiffe en faire ufage ; qu'une
autre faffe la diftribution de toutes les denrées & du produit de tous les travaux de la grande famille, à chacun de

fes membres ; qu'une autre exerce la profeffion des armes, pour défendre la propriété nationale contre les attaques de l'ennemi ; qu'une autre foit, au nom du Roi, exécuteur & dépofitaire des Loix protectrices de la liberté & de la propriété individuelle ; qu'une autre recouvre l'impôt & paie tous les frais de l'adminiftration de la famille ; comme il faut que la Noblelfe ne foit compofée que du petit nombre de Citoyens qui ont bien mérité de la Patrie, & finalement comme il faut que le Clergé remplilfe la profeffion du culte, pour apprendre à toute la famille ce qu'elle doit à la Divinité.

Les Militaires, les Magiftrats & les Financiers ne pouvant former un Ordre diftinctif dans la Nation (en fuppofant même qu'une diftinction d'Ordre pût aujourd'hui être confidérée comme conftitutionnelle) par cela feul qu'ils font les mandataires du Roi & du Peuple François, à plus forte raifon le Clergé ne peut abfolument former un Ordre diftinctif dans la Nation, parce que, quoique mandataire de la Divinité, il eft foumis à la jurifdiction d'une Puilfance étrangere.

Sous ce dernier rapport, & à juger de l'avenir par le palfé, oh ! combien il feroit dangereux de ne pas prendre des précautions pour que les erreurs de l'ambition de la Puilfance étrangere, qui a fur le Clergé de France une jurifdiction quelconque, ne puilfent jamais renouveller les fcenes affligeantes qui ont fi fouvent troublé le bonheur & la tranquillité du Peuple François & de fes Rois (1) !

---

(1) C'eft aux erreurs de la Thiare que la France doit fes premiers Etats-Généraux en 1301, & depuis cette époque jufqu'à nos jours, les mêmes erreurs ont feulement plus ou moins influé fur les malheurs dont le Peuple François a été la victime. . . .

En France, le Roi a essentiellement dans ses mains le pouvoir exécutif de toutes les Loix, & il est le Chef suprême de toute jurisdiction.

La circonspection de la prudence exige impérieusement pour le bonheur de la Nation, qu'on anéantisse entiérement les derniers vestiges des Tribunaux ecclésiastiques, & qu'il n'y ait plus dans le Royaume qu'un seul ordre de Tribunaux pour connoître, au nom du Roi, de toutes les affaires, soit canoniques, soit temporelles ; sauf à la sagesse de l'Assemblée nationale de régler, avec Sa Majesté, une augmentation dans le nombre des Magistrats Clercs, en conservant avec le Chef de l'Eglise Romaine tous les rapports & toutes les liaisons que peut exiger l'union du même culte public ; & quant aux affaires purement spirituelles, il est clair qu'elles sont uniquement du ressort du for intérieur de la conscience, & qu'aucun Tribunal humain ne peut jamais s'en mêler.

Il n'y a donc plus en France qu'un seul Ordre de Citoyens, dont les membres remplissent les différentes professions utiles à l'ensemble de la société. Le gouvernement est monarchique, la constitution est le pacte qui lie tous les membres de la société, pour le plus grand bonheur de chacun, & ce pacte, pour être légal, doit être librement consenti par la majorité de suffrages de tous les intéressés à la chose publique, parce que l'administration est municipale.

C'est là vraiment la constitution nationale, & elle varie à fur & à mesure des Loix nouvelles & des usages qui nous gouvernent.

Ainsi, en 1789, la Nation Françoise sera légalement assemblée, & composée de Citoyens librement élus par des membres de la famille, que l'on diftingue mal-à-propos en Clergé, Nobleffe & Tiers-Etat, parce que tous les individus qui compofent effentiellement le Peuple François, font indiftinctement appellés à donner leurs fuffrages, & à fe faire repréfenter dans celle des trois caftes à laquelle ils tiennent par leur naiffance ou par leur profeffion (1).

En 1790, la Nation ne feroit plus légalement affemblée & compofée de cette manière, dans le cas où les Etats-Généraux de 1789, de concert avec le Roi, n'auroient pas ftatué fur cet objet important de l'ordre public, & où, dans l'intervalle d'une affemblée à l'autre, Sa Majefté, en vertu du pouvoir légiflatif & exécutif provifoire qui réfide effentiellement & uniquement dans fes mains, donneroit une Loi, par laquelle il feroit dit & ordonné de reconnoître que le Clergé eft une profeffion, & non pas un Ordre diftinctif, & que les Nobles de cette profeffion entreront dans la cafte de la Nobleffe, & ceux du Tiers-Etat dans leur cafte.

Il y a plus, perfonne ne peut contefter au Roi le pouvoir d'ennoblir fes Sujets, & d'ériger une terre en fief; & pour détruire tous les anciens préjugés, il n'y a peut-être pas d'autre parti que d'ériger allodialement (2) dès aujourd'hui l'univerfalité du territoire national en fief, & d'ennoblir

---

(1) Nobleffe eft un titre honorifique, une diftinction perfonnelle qui eft hérédi-taire; Clergé & Tiers-Etat défignent les différentes profeffions qui font exercées par tous les Citoyens.

(2) Ce n'eft pas une innovation, c'eft rétablir l'ordre des chofes dans fon état naturel, parce qu'à l'origine de la Monarchie, toute l'univerfalité du territoire national étoit poffédée allodialement par les Propriétaires, & les devoirs féodaux ne fe font introduits qu'au huitieme fiecle.

l'univerfalité des Citoyens ; alors nous ferions vraiment dirigés par les Loix éternelles de la juftice, & il n'y auroit plus d'autre diftinction entre les Citoyens, que celle qui réfulteroit de leurs vertus perfonnelles, & des places qu'ils occuperoient dans l'ordre politique de la fociété.

Mais fi les circonftances nous commandent impérieufement de nous conformer à l'ufage actuel ; s'il eft de la juftice du Roi & de la fageffe de l'Affemblée nationale, de conferver la diftinction des deux claffes de Citoyens qui exiftent, il faut ceffer cependant d'avilir la Nobleffe par la vénalité ; continuer davantage à confondre la véritable Nobleffe avec les ennoblis à prix d'argent, c'eft dégrader, c'eft déshonorer d'avance la feule récompenfe qu'on puiffe réferver à la vertu ; ce feroit éteindre dans le cœur des François tout amour de la gloire. La juftice femble exiger que tous les ennoblis entrent dans la claffe des Citoyens nobles, il refte feulement à approfondir fi les poffeffeurs actuels des charges qui ennobliffent, ne doivent pas être foumis à donner gratuitement quittance de la finance de leur charge, s'ils veulent être Patriciens ; & s'ils ne doivent pas refter Plébéiens, en préférant de recevoir le rembourfement de la fomme qui leur fera légitimement due.

Il faut donc commencer par rendre au Peuple François fa liberté & fa propriété, en anéantiffant tous les veftiges du régime féodal qui fubfiftent encore, & bientôt nos anciens préjugés s'éteindront d'eux-mêmes. Nul doute que la Loi de l'Etat ne pût légalement annuller tous les droits féodaux; mais la juftice exige de confidérer que, par fucceffion de temps, les fiefs ont tous changé de maîtres, & qu'il ne s'en trouve peut-être aujourd'hui aucun dans la poffeffion des

defcendants

descendants directs des anciens usurpateurs. Le long sommeil de la Loi a rendu les Propriétaires actuels de bonne foi, & il est de la dignité du Peuple François de respecter une propriété même illégale : la Loi du rachat paroît être la seule juste, & il est convenable de l'établir en faveur de toutes les Communautés d'habitants, & de tous les Citoyens dégradés par leur assujettissement à ces droits avilissants.

Avec de bonnes Loix, dans moins d'un siecle, on sera plus éclairé & plus sage que nous ne le sommes, & les progrès des lumieres feront insensiblement établir en principe-pratique, que celui-là seul est vraiment Noble, qui a personnellement bien mérité de la Patrie; & si de nos jours nous ne voyons pas réaliser ce bel axiôme d'un de nos plus grands Philosophes :

« Les hommes sont égaux ; ce n'est pas la naissance,
» C'est la seule vertu qui fait la différence (1) ».

Il sera alors de la sagesse de l'Assemblée Nationale de convertir nos préjugés en une institution utile, en n'accordant à l'avenir la Noblesse héréditaire qu'à ceux des Citoyens qui auront bien mérité de la Patrie.

Le Peuple François est essentiellement dirigé par l'honneur, & il lui convient d'établir une véritable distinction honorifique entre les Citoyens, pour pouvoir accorder une juste récompense aux grandes actions. De nos jours la Noblesse est héréditaire, & on peut la conserver telle, sans s'exposer à de grands inconvéniens ; il faut cesser de la rendre vénale ; il faut qu'elle devienne uniquement la ré-

_____

(1) Voltaire, mais avant lui, Coulanges avoit fait chanter à l'Europe entiere ce Couplet plein de sens : d'Adam nous sommes tous enfants, &c.

I

compenſe des vertus éminentes ; il ne lui faut donner aucune prérogative qui ſoit au détriment des autres Citoyens.

Mais finalement , les Députés du Clergé , de la Nobleſſe. & du Tiers-État réunis , ne compoſent eſſentiellement que l'Aſſemblée générale des Communes de France. L'objet de la miſſion de chaque Député eſt le même , il conſiſte uniquement à ſtipuler , à la pluralité des ſuffrages , ſur la liberté & ſur la propriété nationale & individuelle de leurs commettants. Tous les Mandants des trois Caſtes de Députés ont le même intérêt à défendre , & cet intérêt ſe borne uniquement à conſentir avec le Souverain les Loix conſervatrices de la liberté & de la propriété publique & individuelle. Si , contre tous les principes , il étoit poſſible que les Mandataires des Citoyens Eccléſiaſtiques & Nobles vouluſſent délibérer à part , dès-lors ils deviendroient des intrus dans l'Aſſemblée Nationale ; ils n'en ſeroient plus que les acceſſoires , puiſque leurs commettants ne ſont eux-mêmes que Membres acceſſoires dans la Nation ; dès-lors les Députés du Tiers-État ſe trouveroient de droit & de fait , ſeuls à repréſenter légalement le Peuple François ; leur délibération à la pluralité des ſuffrages , formeroit décret & deviendroit loi obligatoire pour l'univerſalité des Citoyens , lorſque ce décret ſeroit revêtu du conſentement royal.

Pour prévenir une ſciſſion ſi malheureuſe , les Députés du Tiers-État doivent avoir pour leurs Collegues des deux premieres caſtes , toutes les déférences qui ne bleſſeront en rien les droits de leurs commettants ; la dignité de Préſident & d'Orateur eſt élective , & tous les ſuffrages doivent naturellement être en faveur des Membres les plus reſpecta-

bles du Clergé & de la Nobleſſe ; enfin, pour réunir tous
les intérêts en un ſeul, « Citoyens, ſeront fondés à dire les
» Députés du Tiers, Citoyens du Clergé & de la Nobleſſe, ſur
» quel titre fondez-vous la prétention de délibérer à part? Vos
» Mandants ont-ils un autre intérêt à défendre que les nôtres ?
» N'êtes-vous pas François comme nous , &, comme nous,
» n'admettez-vous pas que notre Gouvernement eſt vraiment
» monarchique , & que l'adminiſtration de toutes les Pro-
» vinces eſt univerſellement municipale ? Si vous pouviez
» douter de cette vérité, approfondiſſez les délibérations des
» États-Généraux de 1301 à 1560 , & vous trouverez que
» les Aſſemblées Nationales n'ont jamais eu d'autre doc-
» trine que la délibération commune ; ils n'avoient qu'un ſeul
» cahier, qu'un ſeul Préſident & qu'un ſeul Orateur , & toute
» leur force conſiſtoit uniquement à n'avoir *qu'une bouche ,*
» *qu'un cœur* & *qu'une ame.* Tant que cette harmonie a exiſté,
» les abus ont été auſſi-tôt réprimés qu'introduits. Con-
» ſidérez au contraire les effets de ces Aſſemblées irrégu-
» lieres de 1560 à 1614 , & vous trouverez que la dé-
» ſunion des trois Ordres a été le principe de tous les
» malheurs qui n'ont ceſſé de nous accabler.

» L'autorité arbitraire n'étoit pas cependant parvenue
» à détruire entiérement notre ancienne conſtitution , lorſ-
» que Louis XVI eſt monté ſur le Trône.

» Le flambeau de la vérité nous éclairoit encore.

» L'adminiſtration municipale ſubſiſtoit univerſellement
» dans toutes nos Provinces, & tant qu'il auroit exiſté
» quelque rameau de cette inſtitution précieuſe, l'arbre de
» la liberté & de la propriété publique auroit pu reprendre
» ſa force & ſa vigueur.

I 2

» Après avoir eu la lâcheté d'être efclaves du defpotifme
» miniftériel & de l'ariftocratie, aurions-nous la foiblefle
» de refufer les bienfaits du plus jufte des Rois? & fera-ce
» en vain que notre Titus nous offre l'exercice légitime de
» notre liberté & de notre propriété?

» Citoyens du Clergé & de la Noblefle, nous n'avons tous
» qu'un même intérêt à défendre, vous n'avez aucun titre
» pour vous féparer des Communes; les privileges & les
» ufages que vous pourriez alléguer, ne font que des abus;
» & pour vous rendre cette vérité plus fenfible, voyez
» quelle eft l'adminiftration de chaque Commune, & vous
» reconnoîtrez que par-tout où l'autorité arbitraire n'a pas
» achevé de détruire la liberté & la propriété publique, les
» Habitants de chaque territoire, nobles & roturiers, s'aflem-
» blent librement pour fe choifir des Officiers municipaux,
» & pour leur donner les mandats relatifs à l'avantage
» commun.

» Voyez toutes les Provinces qui font encore régies en
» Pays d'États, & vous trouverez que parmi les Députés
» des Communes, foit aux Aflemblées de Diftricts, foit
» aux Aflemblées de Provinces, il y a toujours eu des
» Nobles parmi les Députés du Tiers, & que toujours
» les États Provinciaux ont joui du droit de confentir l'impôt
» & d'en faire la répartition & le recouvrement, & que
» la délibération a toujours eu lieu en commun & à la
» pluralité des fuffrages (les États de Bretagne exceptés.)

» Si le Clergé n'étoit pas repréfenté dans les Aflemblées
» de Communes & de Diftricts, c'étoit un abus dont la
» caufe eft étrangere à l'adminiftration municipale; c'eft
» un effet de l'abonnement des fubfides dont cette claffe

» de Citoyens a perpétué la jouissance en sa faveur jusqu'à
» nos jours ; mais il faut remarquer cependant que toujours
» le Clergé a été représenté dans les Assemblées d'États
» Provinciaux, & que toujours il s'est réuni aux autres
» Députés pour délibérer à la pluralité des suffrages.

    » Une derniere preuve, & elle prouve invinciblement que
» l'administration municipale est seule essentiellement cons-
» titutionnelle, & que la délibération ne peut uniquement
» y avoir lieu qu'en commun, & à la pluralité des suf-
» frages, c'est la composition & la délibération des Assem-
» blées Provinciales, qui a obtenu les éloges unanimes de
» tous les Citoyens François, & l'admiration de toute
» l'Europe.

    » Aujourd'hui, que nous convenons tous fraternellement
» qu'il n'existe de droit aucun privilege personnel en fait
» de liberté & de propriété, sera-ce après avoir admis en
» principe que la liberté individuelle de chaque Citoyen
» est la propriété la plus sacrée ; que toutes les charges
» publiques doivent de fait être communes ; que chaque
» Assemblée Provinciale doit délibérer en commun & à la
» pluralité des suffrages ? sera-ce lorsque ces mêmes Assem-
» blées se réunissent en Corps d'États-Généraux pour voter
» les Loix & les Subsides ? sera-ce lorsqu'elles ont le plus
» grand besoin de n'avoir *qu'une bouche, qu'un cœur & qu'une*
» *ame*, que les Citoyens les plus distingués dans la Nation
» pourroient demander à délibérer séparément sur l'intérêt
» général ?

    » Citoyens du Tiers, gardons-nous de faire l'injure aux
» respectables Députés du Clergé & de la Noblesse, de
» croire qu'ils veuillent faire scission avec nous. Ils seront

» les premiers à nous dire : tous les Députés librement élus
» par les suffrages des Citoyens François forment par leur réu-
» nion les communes de France, & quelque mandat qui puisse
» leur avoir été donné, tout Mandant & tout Mandataire
» isolé sont Sujets, & les Mandataires seuls réunis, ont le
» pouvoir co-législatif avec le Souverain. Aux Princes du
» Sang & aux Pairs seuls appartiendroit le droit de faire
» une Chambre à part dans l'Assemblée Nationale, s'ils
» avoient celui d'y siéger autrement que comme Députés
» ordinaires ; mais aux Députés des Communes seuls ap-
» partient le droit de régler avec le Souverain, s'il est
» nécessaire pour le bonheur public qu'il existe une triple
» balance de pouvoir co-législatif dans une Monarchie où
» le pouvoir exécutif est essentiellement & uniquement dans
» les mains d'un seul.

» Il est utile de tracer une ligne de démarcation entre
» l'autorité du Trône & la liberté & la propriété des Sujets,
» que les Grands & les Puissants ne puissent jamais franchir,
» & s'il est de la sagesse du Roi & des Etats-Généraux,
» d'établir une Chambre des Pairs, dans la composition de
» l'Assemblée Nationale, alors on pourra fixer le nombre des
» Pairs ; la prééminence & la distinction honorifique qu'il
» faudroit leur attribuer, ainsi que les droits dont ils doi-
» vent jouir pour former une classe de Magistrats inter-
» médiaires entre le Souverain & les Communes.

» Cette Magistrature respectable pourroit être héréditaire,
» au choix du Souverain, en faveur des primogénitures mâles
» dans les familles qui ont mérité, par les services de leurs
» ancêtres, la reconnoissance publique & le respect du
» Peuple François ; & elle seroit inamovible pour tous

„ les Citoyens qui mériteroient d'obtenir cette faveur du
„ Souverain ».

Pour pouvoir éviter un grand malheur, il fuffit de connoître fous tous les rapports, la caufe qui pouvoit le produire, & après avoir développé ce que nous devons craindre,
Citoyens, efpérons avec confiance que l'Oracle de la Patrie
prononcera favorablement fur tous les grands objets de
l'ordre public qui font aujourd'hui le fujet de nos méditations ; & en attendant, faifons des vœux pour que la félicité nationale foit vraiment établie fur des bafes inébranlables.

Depuis que la Patrie étoit devenue pour les Plébéiens
une injufte marâtre, le figne diftinctif qui nous a caractérifés
entre les Peuples, a été notre amour pour nos Rois. Nos
Rois nous rendent aujourd'hui notre Patrie : Patriciens &
Plébéiens, par quel tribut d'hommages pourrons-nous
reconnoître un pareil bienfait ? Ah ! s'il exifte un moyen
de nous acquitter envers notre augufte Monarque, c'eft
de nous dévouer à fon bonheur & à celui de notre
Patrie.

Patriciens & Plébéiens, préfentons-nous avec confiance
aux pieds du Trône de notre Roi : notre devoir eft de lui
épargner les pénibles efforts de chercher la vérité ; notre
devoir eft de lui dénoncer avec un noble courage tous les
ennemis de la Patrie, qui ne fe revêtent du manteau de
l'humanité que pour en être les fléaux ; notre devoir eft
de lui dire tous d'une voix unanime :

« Pere de la Patrie,

„ Le remede à tous les maux de la grande famille eft
„ dans la nature.

» Le mal moral n'eft jamais incurable, & dans l'état
» des chofes le plus défefpéré, pour tout changer en bien,
» il fuffit de la volonté du Souverain & du concert de
» l'opinion des Sujets.

» Notre amour pour notre Roi & pour notre Patrie,
» va fuccéder à ce dur égoïfme qui alloit nous anéantir.

» L'édifice de notre Corps politique alloit fe difloudre;
» mais nous pouvons le rétablir fur des bafes inébranlables,
» & pour feconder les magnanimes deffeins de notre Roi,
» nous allons lui expofer dans la fincérité de nos cœurs,
» ce que nous croyons être jufte.

» Il faut déformais que l'homme foit utile à l'homme;
» c'eft le devoir le plus faint que la nature impofe à tous
» les hommes réunis en fociété; c'eft le bonheur le plus
» grand que le Peuple François puiffe attendre du regne
» des Loix.

» Mais, fans de bonnes Loix, fans une conftitution
» fage, il n'eft point de bonheur public pour une Nation.

» La Nation Françoife eft effentiellement compofée du
» Roi & du Peuple François.

» La conftitution eft vraiment monarchique.

» L'adminiftration eft municipale, & eft formée par
» les Affemblées d'États - Généraux, d'États Provinciaux,
» d'Affemblées de Diftricts & de Paroiffes.

» Les États-Généraux ont le pouvoir co-légiflatif avec
» le Roi.

» Les États Provinciaux, les Affemblées de Diftricts &
» de Paroiffes ont le pouvoir exécutif de la partie d'ad-
» miniftration relative à la répartition & au recouvrement
» des impôts & à la police municipale.

» Les

» Les Cours fouveraines, les Bailliages, les Juges royaux
» font, au nom du Roi, les dépofitaires & les exécuteurs
» des Loix civiles & criminelles.

» On doit accorder aux Cours fouveraines le droit de
» remontrances, jamais celui d'oppofition ; ce pouvoir
» n'appartient qu'aux États-Généraux.

» Le Roi tient la place d'un Pere de famille : il eft
» perfonnellement revêtu de l'autorité la plus impofante,
» & la Royauté eft héréditaire & fubftituée à perpétuité
» aux primogénitures mâles de fa famille. Lorfque la race
» mâle des Rois fe trouve éteinte, le Peuple François rentre
» dans tous fes droits, & il fe choifit librement un nouveau
» Roi.

» Le Peuple François eft une grande famille dont les
» Membres rempliffent les différentes profeffions (1) qui

---

(1) La profeffion du Clergé eft la plus refpectable de toutes celles auxquelles
les membres de toute la famille puiffent fe livrer, foit Patriciens, foit Plébéiens.
Le Clergé eft compofé d'un nombre quelconque d'hommes, voués au célibat
pour honorer Dieu d'une maniere plus particuliere. Toute affaire temporelle eft
étrangere à la fainteté de cette profeffion, qui confifte uniquement à apprendre
aux hommes la maniere d'honorer dignement la Divinité.

Les hommes qui exercent cette profeffion, s'appellent *Moines*, *Prêtres*, *Abbés*,
Evêques. . . . . Réunis, ils s'appellent *Clergé*; & leurs fonctions font fublimes,
lorfqu'elles ne fortent pas du cercle que la Religion elle-même leur preferit.

Tout doit être fpirituel dans les occupations des membres du Clergé ; les récompenfes & les peines qu'ils nous prêchent au nom d'un Dieu de paix, ne font pas
de ce monde ; ils font fpirituellement juges de la penfée & des actions des
hommes. Cependant, quoiqu'ils tiennent leur pouvoir de Dieu, ils font foumis
à la jurifdiction des Papes, qui, fous le nom de *Vicaires de la Divinité*, ont le
pouvoir exécutif des articles de foi & de difcipline convenus dans les Affemblées
générales du Clergé : ces Affemblées s'appellent *Conciles ;* elles font éclairées de
l'efprit de la Divinité ; & leurs décrets font article de foi pour les Chrétiens,
Catholiques Romains.

K

» établiſſent entre tous les individus une réciprocité fra-
» ternelle de ſervices.

» La Famille Françoiſe eſt compoſée de deux claſſes
» d'individus : les vraiment Nobles, & ceux qui ne le ſont pas.

» Le pouvoir légiſlatif réſide eſſentiellement dans une

Après le Service-Divin, la plus belle fonction du Clergé eſt d'être le dépoſitaire
& l'économe du patrimoine des Pauvres : les décrets des Conciles ſont ſublimes à
cet égard ; mais, de nos jours, ce ſont les plus belles inſtitutions qui ont le plus
dégénéré.

« Citoyens, nous dira ſans doute le Clergé, dans l'auguſte Aſſemblée nationale,
» Citoyens, nous reconnoiſſons que les richeſſes ſont corruptrices. Vos peres
» n'eurent pas la ſageſſe d'approfondir combien il étoit dangereux pour le Peuple
» François, de confier des biens immenſes à une claſſe d'hommes qui, par ſa
» profeſſion, doit préférer cette heureuſe médiocrité qui n'admet aucun beſoin
» factice. C'eſt à la ſainteté de nos mœurs, & non à l'étalage du luxe mondain,
» que vous devez reconnoître les Miniſtres de votre divine Religion.

» Vos peres nous avoient confié le patrimoine des Pauvres, & nous avoient
» appellés à l'adminiſtration de la choſe publique ; reprenez, reprenez le dépôt
» que vos peres nous avoient confié ; reconnoiſſez avec nous combien ils
» s'étoient trompés : depuis que nous ſommes le premier Ordre de l'Etat, nous
» n'avons pu empêcher que vous n'ayez été continuellement les malheureuſes
» victimes des plus effroyables abus ; & malgré nos aumônes abondantes, nous
» avons la douleur aujourd'hui de voir plus de huit millions de nos freres dans la
» plus affreuſe indigence ; inutilement nous faiſons des efforts pour faire ceſſer la
» miſere publique, & notre cœur en eſt déchiré.

» Citoyens, ſoyez plus ſages que vos peres ; établiſſez une caiſſe nationale des
» Pauvres & des travaux de charité ; rendez-en l'adminiſtration publique ; prenez-
» en vous-mêmes la direction ; nous ne vous demandons que de remplir uniquement
» nos ſublimes fonctions, & elles conſiſtent eſſentiellement à réſider individuellement
» dans le territoire que la Providence nous a départi, pour y donner aux
» Peuples l'exemple de toutes les vertus. Citoyens, croyez à la ſageſſe évangélique
» qui nous inſpire ; prenez tous nos domaines, faites-en une répartition nouvelle ;
» nous ne réclamons que le néceſſaire pour nous & pour nos ſucceſſeurs ; nous
» reconnoiſſons que le reſte appartient aux Pauvres ; prenez-en vous-mêmes l'admi-
» niſtration ; nous ne demandons que d'être les Avocats des malheureux, &
» d'éclairer la bienfaiſance publique ». Oh ! combien le Clergé s'honorera, s'il
tient ce langage ! . . . .

„ Affemblée légale de la Nation, c'eſt-à-dire compoſée du
„ Roi & des Députés de la Famille Françoiſe, librement
„ élus par tous les intéreſſés à la choſe publique.

„ Une Loi a la ſanction légale, lorſqu'elle a été votée
„ par la pluralité des ſuffrages de l'Affemblée Nationale,
„ & qu'elle a reçu le conſentement royal.

„ Le pouvoir exécutif des Loix réſide eſſentiellement dans
„ les mains feules du Roi.

„ Au Roi ſeul appartient le pouvoir légiſlatif provi-
„ ſoire ſur tous les objets intéreſſants l'ordre public, ſur
„ leſquels la Nation légalement affemblée, n'a pas encore
„ prononcé.

„ Les infracteurs à la Loi de l'État, ſur les objets im-
„ portants de l'ordre public, ſont coupables du crime de
„ haute trahiſon : la Loi les dévoue à l'infamie & à la
„ mort. Au Roi ſeul appartient le droit de commuer la
„ peine infligée par la Loi ; & c'eſt le plus bel attribut de ſa
„ puiſſance, parce que c'eſt le ſeul point où l'autorité des
„ Rois puiſſe ſe mettre légalement au-deſſus de la Loi (1).

„ Le réſultat du contrat ſocial eſt compris dans la pro-
„ tection que les Loix doivent à chacun des Membres de
„ la grande famille (la Nation), & dans l'obéiſſance de
„ tous à la Loi.

„ Le réſultat des Loix eſt de pourvoir à la conſervation
„ de la propriété nationale contre l'invaſion de l'ennemi ,

_____

(1) Sans doute il eſt beau que les Rois puiſſent ſe mettre au-deſſus des Loix,
pour exercer leur clémence ; mais il eſt des cas où il paroìt que la Loi doit être
inflexible, & où le Roi le plus humain doit au bonheur de ſon Peuple, de laiſſer
dormir ſon pouvoir ; & au nombre de ces cas eſt celui où un Citoyen, de quelque
rang qu'il ſoit, porte atteinte à une Loi fondamentale du Corps politique.

» & à la bonne adminiftration de la Juftice diftributive,
» pour affurer à tous & à chacun l'exercice légitime de
» fa liberté & de fa propriété.

» Dans une conftitution fage, il faut néceffairement que
» le bonheur de toutes les claffes de Citoyens foit le réfultat
» du grand enfemble de toutes les Loix de l'État.

» Pour former une conftitution fage, il femble qu'il
» faut confidérer, fous tous les rapports, une infinité de
» maximes fondamentales des bonnes Loix, & entre autres :

» 1°. Que dans un Corps politique, le phyfique confifte
» dans le concours, l'activité & la profpérité de l'Agriculture,
» des Arts & du Commerce, & que le moral eft la
» volonté générale de tous, manifeftée par des Loix claires,
» & qui obligent tous les membres de la famille à des
» devoirs réciproques pour le plus grand bonheur de chacun ;

» 2°. Que l'amour de foi eft la bafe de la morale du
» genre humain, & que quant au moral, l'homme n'eft
» jamais que le réfultat des Loix & des mœurs de la grande
» famille (appellée *Nation*) dont il eft membre ;

» 3°. Que l'amour de foi dirigé par les mœurs publiques,
» produit le patriotifme du Citoyen dans tout État Mo-
» narchique, où de bonnes Loix en vigueur protegent,
» récompenfent, ou puniffent fans exception de perfonnes;
» mais que par la raifon des contraires, une Nation touche
» à fa ruine, lorfque quelques membres de la fociété fe
» trouvent au-deffus de la Loi, ou lorfqu'une partie de la
» grande famille a le crédit d'accabler l'autre de tout le
» poids des charges publiques ;

» 4°. Que les privileges fur la contribution nationale
» font un défordre dans l'état focial, & que les maximes

„ antiques & nationales de nos peres, étoient d'exempter
„ de tout tribut ceux de la claſſe indigente des Citoyens
„ qui ne poſſédoient que ſix arpents de terre (1);

„ 5°. Que ce ſont principalement les privileges pécuniai-
„ res, qui, en exemptant les riches d'une partie des con-
„ tributions pour en ſurcharger les pauvres, font naître
„ parmi les membres d'une Nation l'égoïſme, cet amour
„ de ſoi dégénéré, qui rend l'homme ennemi de l'homme ;

„ 6°. Que la contribution aux charges publiques doit
„ être proportionnellement ſupportée par tous les membres
„ d'une Nation, parce qu'elle n'a pour but que de conſerver
„ la propriété nationale contre l'invaſion de l'ennemi, &
„ de pourvoir à la dépenſe néceſſaire pour aſſurer également
„ à tous les Citoyens l'exercice légitime de leur liberté & de
„ leur propriété, par la protection de la juſtice diſtributive ;

„ 7°. Que la propriété nationale doit être proportion-
„ nellement ſoumiſe à l'impôt, & qu'elle conſiſte d'abord
„ dans l'univerſalité du territoire productif, enſuite dans
„ l'augmentation de valeur que l'induſtrie des Citoyens
„ donne aux productions du territoire, & finalement dans
„ les rentes payées par des impôts levés ſur le territoire
„ & ſur l'induſtrie ;

„ 8°. Qu'aucune autorité arbitraire ne doit porter la
„ moindre atteinte à la liberté légitime & individuelle de
„ chaque Citoyen ;

„ 9°. Que le bien particulier eſt toujours renfermé dans
„ le bien général, & que le bien général eſt le ſeul fon-
„ dement de l'édifice ſocial.

---

(1) Les Loix capitulaires ſous Charlemagne.

» 10°. Et finalement, que les hommes, chacun en par-
» ticulier, font tous foibles & néceffiteux, & que le de-
» voir le plus faint que la nature leur impofe, eft de s'ac-
» corder une réciprocité fraternelle de fervices, axiôme
» dont il réfulte effentiellement que chaque individu eft
» perfonnellement comptable de fon exiftence à la fociété,
» dont il eft membre, & que c'eft uniquement à elle qu'il
» doit s'adreffer, pour fçavoir jufqu'où il doit être Roi,
» pere, fils, ami & Citoyen.

» D'après tous les grands principes du bonheur d'un
» Peuple, il paroît d'abord qu'il eft néceffaire d'établir
» des Loix claires, fimples, fenfibles, en petit nombre,
» & faciles à expliquer (1), pour que tout Citoyen puiffe
» fçavoir par lui-même ce qui lui eft prefcrit & défendu.
» Alors tous les membres de la Nation auront le plus grand
» refpeft pour les Loix, parce que chacun fera bien perfuadé
» que ce n'eft qu'en les obfervant, qu'il fera affuré d'un
» bonheur d'autant plus durable, qu'il aura pour bafe
» l'intérêt de tous.

» Il femble encore qu'il faut rendre à toutes les Provinces
» du Royaume le droit imprefcriptible de liberté & de

---

(1) L'exercice de la Juftice ouvre aftuellement la porte aux plus effroyables abus, & les frais de procédures font au nombre des impôts les plus accablants pour les Peuples. La réforme de nos Loix civiles & criminelles eft univerfellement defirée par tous les Citoyens, à l'exception peut-être de cette armée de Procureurs, qui ne reffemblent pas mal à ces fauterelles d'Afie qui dévorent dans un inftant les plus belles récoltes. La liberté & la propriété nationale & individuelle de tous les Citoyens femblent exiger impérieufement que l'adminiftration de la Juftice par Jurés foit établie au civil & au criminel : ce n'eft point une innovation, c'eft le rétabliffement des anciens ufages.

» propriété, que les maximes antiques & nationales de
» nos peres leur affurent.

» Alors, chaque Province feroit régie en Pays d'État,
» & fe diftribueroit en diftrict & en territoire.

» Les Habitants de chaque territoire fe choifiroient libre-
» ment leurs Officiers Municipaux, à la pluralité des fuf-
» frages (1).

---

(1) Après l'exercice de la Juftice civile & criminelle par Jurés, le point le plus
important d'une bonne conftitution paroît confifter effentiellement dans les rapports
d'intérêts des Repréfentants d'un Peuple. Chaque individu a le même droit à la
liberté, mais c'eft par la propriété qu'on tient davantage au pacte focial.

Il femble qu'au lieu de former les délibérations en raifon fimple du nombre
d'individus, il feroit préférable de les former proportionnellement en raifon
compofée de l'intérêt perfonnel de chaque Citoyen.

Ainfi, par exemple, pour avoir voix délibérative au Confeil municipal des Habitants de chaque territoire, il faudroit qu'un Citoyen payât au moins 25 livres
d'impofitions nationales. Ceux d'entre les Citoyens qui paieroient moins de 25 liv.
fe réuniroient en nombre fuffifant pour repréfenter ladite fomme de contribution,
& le plus âgé d'entre les contribuables feroit de droit leur Repréfentant.

La délibération auroit toujours lieu en commun & à la pluralité des fuffrages,
chaque délibérant n'ayant qu'une voix, quel que fût le rang, la dignité ou la
naiffance de quelques membres des Délibérants, parce qu'il eft effentiellement
utile que le pauvre défende fon néceffaire, tandis que le riche n'a à défendre que
fon fuperflu.

Pour pouvoir être honoré des fonctions d'Officiers Municipaux, il faudroit payer
au moins une quotité de 50 liv. de contribution nationale; mais chaque Délibérant
pourroit être nommé pour remplir les fonctions de Commiffaire du Confeil
municipal, dans les opérations qui ne feroient pas exclufivement réfervées aux
Officiers Municipaux, telles que la répartition des impofitions.

Les Officiers Municipaux auroient feuls le droit de former les Affemblées de
diftricts, & de nommer les Députés aux Etats Provinciaux; & pour pouvoir être
nommé Député à ces Affemblées, il faudroit payer au moins 200 liv. d'impofitions nationales; mais lorfque la députation auroit pour objet les Etats-Généraux
du Royaume, alors feulement l'élection auroit lieu par tous les Délibérants des
Communes, & il faudroit payer au moins 500 liv. d'impofitions nationales pour
pouvoir être élu.

» La durée du pouvoir de ces Officiers feroit fixée à
» quatre années, & tous les deux ans on en renouvelleroit
» la moitié.

» Ils feroient foumis à faire décider toutes les affaires
» importantes de la communauté, à la pluralité des fuffrages
» du Confeil Municipal des Habitants.

» Leur fonction comprendroit, conjointement avec une
» commiffion du Confeil Municipal, l'exercice de la répar-
» tition paternelle de l'impôt, dont le recouvrement feroit
» confié à l'adminiftration des Provinces.

» Ils auroient perfonnellement l'adminiftration de la Po-
» lice, pour la formation & l'entretien des chemins, pour
» la caiffe nationale des Pauvres & des travaux de charité,
» pour les fecours néceffaires aux enfants abandonnés, &
» généralement pour tout ce qui concerne l'ordre public
» de chaque communauté d'Habitants.

» Les Officiers Municipaux de chaque territoire fe réu-
» niroient à diverfes époques de l'année, & au nombre fixé
» par la Loi de l'État, pour former les affemblées de
» diftricts, dans lefquelles il feroit délibéré librement fur
» les objets qu'ils auroient à préfenter à l'Affemblée géné-
» rale de la Province, pour l'avantage commun & le
» maintien du bon ordre. Ils ftatueroient fur les travaux

De cette maniere, il femble que les Affemblées, tant nationales que particulieres, feroient toujours compofées de Citoyens qui auroient un grand intérêt perfonnel au maintien du bon ordre, & dont les facultés ne permettroient pas, regle
générale, de les foupçonner de corruption ; enfin l'élection auroit toujours lieu
par la voie du fcrutin & à la pluralité des fuffrages; & le nom de tous les Citoyens
dans le cas d'être élus, feroit infcrit dans un tableau expofé à la vue de tous les
Electeurs.

publics

» publics néceſſaires dans le diſtrict, & la dépenſe en
» feroit répartie ſur chaque communauté d'Habitants, à
» raiſon des propriétés reſpectives.

» Dans tous les diſtricts, on tiendroit chaque année
» une Aſſemblée générale de tous les Officiers Municipaux,
» & ils choiſiroient, à la pluralité des ſuffrages, le nombre
» de Députés fixé par la Loi de l'État, pour compoſer
» l'Aſſemblée générale de la Province.

» Les États-Généraux de chaque Province ſe tiendroient
» tous les ans, à l'époque fixée par la Loi de l'État, &
» alors l'Aſſemblée générale de toutes les Communes pren-
» droit en conſidération tous les objets relatifs à l'intérêt
» général de chaque communauté d'Habitants, & les Dé-
» putés de ces Aſſemblées porteroient annuellement aux
» pieds du Pere de la Patrie, le juſte tribut de la recon-
» noiſſance publique.

» La partie de l'impôt national, légalement conſenti
» par les États-Généraux du Royaume, & dont le recou-
» vrement feroit confié aux Provinces, feroit réparti dans les
» Aſſemblées générales d'États Provinciaux, d'abord par
» diſtrict, & enſuite par territoire (1).

» Chaque communauté d'Habitants auroit le droit d'éta-

_____

(1) Il exiſte des moyens de confier la totalité du recouvrement de l'impôt aux
adminiſtrations municipales de chaque Province; mais peut être ſera-t-il convenable de ne les charger d'abord que de la répartition & du recouvrement des impôts
qui portent directement ſur les individus, tels que la capitation; ſur les comeſtibles, tels que les Aides & Octrois municipaux; ſur les terres ou ſur les productions du ſol, tels que la taille, les vingtiemes, les décimes, &c.

Cette derniere claſſe d'impoſition préſente une grande difficulté à vaincre quant à

L

» blir la quotité d'impofition, foit en nature fur les pro-
» ductions de fon fol (1), foit fur le fol, à raifon de fa
» valeur préfumée, ou de fa valeur réelle & fixée par un

---

fa répartition proportionnelle, d'abord entre les diverfes Provinces, enfuite entre les diftricts, enfin entre les territoires.

Le cadaftre général eft fufceptible des inconvénients les plus graves; la répartition arbitraire eft intolérable de fa nature; l'impôt territorial, uniforme dans tout le Royaume, trouveroit mille obftacles de localité qu'on ne peut prévoir; mais l'Ouvrage intitulé, l'*Impôt abonné*, préfente des vues fages fur le moyen de former une efpece de cadaftre général d'un nouveau genre, & à la faveur duquel la répartition proportionnelle pourroit, en quelque forte, fe réalifer en peu d'années. Il refte à confidérer s'il n'y a pas de moyen plus fimple, & s'il ne feroit pas préférable d'établir que chaque Propriétaire feroit obligé de déclarer fur le regiftre de fa Paroiffe, la valeur de fes domaines productifs, & celle de fes domaines non productifs, tels que les maifons. On établiroit une amende proportionnée aux fauffes déclarations qui feroient prouvées par le rapport d'Experts, nommés par les Officiers Municipaux; & on pourroit encore établir en principe, que tout Propriétaire feroit obligé de porter la déclaration de valeur de fa propriété à la fomme qui lui en feroit offerte argent comptant par un Citoyen, & qu'en cas de refus, il feroit forcé par la Loi de l'Etat d'en paffer l'acte de vente à ce prix. Par exemple, Pierre poffede une terre qu'il a déclarée de la valeur de 12,000 liv. fur les regiftres nationaux, Jean déclare que la terre eft de la valeur de 15,000 liv. & offre de les payer argent comptant; Pierre feroit foumis à porter la valeur de fa terre à 15,000 liv. fur les regiftres, pour régler la répartition proportionnelle des impofitions; & à fon refus, il feroit forcé d'en paffer acte de vente à Jean. Par ce moyen, il paroît poffible d'avoir un cadaftre général dans moins d'une année, & ce cadaftre acquerroit fucceffivément tout le degré de perfection qu'on peut defirer dans cette matiere.

(1) En Provence, l'expérience des faits prouve que toutes les communautés d'Habitants qui font le recouvrement des impofitions par le moyen de l'impôt territorial, y trouvent un grand avantage, quant à la facilité du recouvrement; mais il n'en eft pas de même quant à la répartition proportionnelle; & en effet, l'impôt territorial, tel qu'il eft établi dans diverfes communautés de Provence, renferme deux inconvénients des plus graves : l'un confifte dans l'obligation de tous les Propriétaires, de contribuer également à raifon de la quantité des productions qu'ils récoltent, quels que foient les frais de culture; ainfi la portion de la feconde & de la troifieme claffe du territoire paie proportionnellement deux fois plus que

» cadaſtre que chaque communauté d'Habitants feroit libre
» de faire dreſſer à ſes frais; ſoit enfin par des impoſitions
» ſur la conſommation des comeſtibles.

» Il n'y auroit plus de diſtinction entr'une partie de
» terrein eccléſiaſtique, noble ou roturier (1); les impo-
» ſitions réelles porteroient proportionnellement ſur l'uni-
» verſalité de chaque territoire, & la pluralité des ſuffrages
» des contribuables feroit Loi pour la maniere d'établir
» & de recouvrer l'impoſition.

» Aux époques fixées par la Loi de l'État, le Tréſorier
» de chaque communauté d'Habitants, feroit tenu de comp-
» ter des impoſitions échues au Tréſorier du diſtrict, &
» celui-ci au Tréſorier général de la Province, qui finale-
» ment feroit lui-même comptable au Tréſor royal.

» Le recouvrement de l'impôt feroit fait à moins de ſix
» deniers par livre par territoire, trois deniers par diſ-
» trict, & trois deniers pour le Tréſorier général (2).

» A la faveur des cautions & des Aſſureurs de cautions
» des différents Tréſoriers, le Gouvernement pourroit

---

les terreins de premiere qualité, & tous les Economiſtes en ont fait l'obſervation; l'autre conſiſte dans la différence de la quantité de productions de deux
portions égales d'une terre de même qualité, dont l'une eſt bien cultivée, &
l'autre ne l'eſt pas. La partie bien cultivée produira moitié plus que l'autre, &
paiera à raiſon de ce produit : c'eſt décourager l'Agriculture, en taxant l'induſtrie
des Cultivateurs.

(1) Tant qu'il ſubſiſtera une diſtinction entre les diverſes parties de terreins,
il fera impoſſible de faire une répartition vraiment juſte & proportionnelle de
l'impôt.

(2) Pluſieurs Communautés de Provence font le recouvrement de leurs impoſitions à moins de ſix deniers par livre, & on trouveroit encore une économie a-
les Tréſoriers de diſtricts & de Provinces, ſi on traitoit avec eux a

.. à torfait.

» compter à des époques fixes, fur la rentrée des impo-
» fitions, & le bon ordre général feroit établi dans cette
» partie effentielle d'une bonne adminiftration (1).

» Il femble enfin que les États-Généraux du Royaume
» peuvent être affemblés périodiquement, fous deux rapports
» & de deux manieres.

» Les uns feroient affemblés de la maniere la plus fo-
» lemnelle & la plus impofante (comme en 1789) pour
» vérifier fi les Loix fondamentales ont befoin d'être re-
» touchées, à raifon, foit du progrès des lumieres, foit des
» ufages qui pourroient s'être introduits, foit d'un change-
» ment inopiné dans les mœurs. A ces Affemblées natio-
» nales feules appartiendroit le droit de toucher aux Loix
» fondamentales de l'État, de voter l'impôt national, de
» confentir des Loix nouvelles fur tous les grands objets
» de l'enfemble de la chofe publique ; elles pourroient fe
» tenir tous les cinq ans.

» Les autres pourroient être formés par le feul concours
» des Députés des États Provinciaux en nombre propor-
» tionné, & leur fonction fe borneroit à la grande admi-
» niftration de la chofe publique, ftrictement d'après les
» Loix fondamentales qu'ils ne pourroient altérer dans aucun
» cas. Ces Affemblées pourroient fe tenir tous les ans,
» afin de pourvoir à tous les befoins de l'État, & pour

---

(1) L'adminiftration municipale de la Province de Provence eft la plus parfaite de toutes celles qui exiftent dans l'Univers (à quelques abus près qu'il faut
fupprimer) ; les plus grands fervices que les Provençaux puiffent rendre à la
Nation affemblée, c'eft de donner le développement de leur adminiftration intérieure.

» mettre continuellement la vérité fous les yeux du Pere
» de la Patrie ».

Patriciens & Plébéiens, ah ! gardons-nous d'en douter,
notre magnanime Titus nous accordera tout ce que nous
lui demanderons de jufte, pour le bonheur de fon
Peuple.

Déjà, ne confultant que fes vertus perfonnelles & fon
amour pour fes Sujets, il a déchiré les étendards de la fuperftition qui flottoient encore fur nos têtes (1).

Il a vu que fi la connoiffance de Dieu eft néceffaire à
l'homme pour le confoler du mal phyfique qui l'affiege ;
que fi la Religion eft la médiatrice entre l'homme & la
Divinité, cependant la puiffance des Rois ne pouvoit s'étendre
au-delà des droits que les Loix ont elles-mêmes fur les
actions des hommes, & qu'enfin la Divinité feule étoit juge
de la penfée des foibles mortels & de la maniere dont ils
l'honorent.

Mais que ne fera pas notre Roi, lorfque fe trouvant au
milieu de fon Peuple, il verra que de toutes fes forces, la
plus irréfiftible eft l'afcendant qu'il peut prendre fur nos
efprits, en faifant notre bonheur ; lorfqu'il verra qu'un
feul acte de fa volonté va pofer les bafes immuables de fa
gloire & du bonheur de vingt-quatre millions d'hommes,
& de leur poftérité ; lorfqu'il verra que grands & petits,
riches & pauvres, fon Peuple tout entier, ne forme plus
qu'un feul & même corps de famille dont il eft le Pere.

« Patriciens & Plébéiens, nous dira notre Roi, je fuis

---

(1) La Loi fainte de la tolérance civile, au rapport d'un Archevêque, principal Miniftre.

» votre Pere commun, & vous êtes tous mes enfants;
» je vous ai affemblés en famille, pour que vous éclairiez
» ma juftice fur les moyens que je dois employer pour
» affurer à jamais votre bonheur & celui de votre pof-
» térité.

» Pere de la Patrie, lui dirons-nous tous d'une voix
» unanime, nous béniffons vos magnanimes deffeins, & vous
» ferez le héros de la juftice, de la bienfaifance & de l'hu-
» manité; mais jufques à ce jour, rien n'a été ftable dans
» la nature des chofes & dans l'ordre politique des fo-
» ciétés.

» Domitien fuccéda à Titus; Nerva, Trajan & Marc-
» Aurele eurent Commode pour fucceffeur.

» Les maximes & les Loix de liberté & de propriété
» que nos peres avoient apportées de Germanie, furent
» violées avant la fin de la premiere Race de nos Rois.

» Les Loix fublimes de Charlemagne furent enfevelies
» avec lui dans le même tombeau.

» Les regnes de François Premier, de Médicis & de fes
» enfants ont fuivi celui de Louis XII.

» Le fang de Henri IV fumoit encore, & fous le nom
» de Louis XIII, Richelieu fut obligé de régner fur nous
» avec une verge de fer pour abattre la tyrannie féodale,
» qui renaiffoit de fes cendres.

» Pere de la Patrie, tout dit à vos enfants, à vos Sujets
» fideles, que pour maîtrifer le hafard des deftins contraires
» au bonheur d'un Peuple, il faut des Loix fondamentales
» qui maîtrifent également les Rois & les Sujets, & il
» faut encore que la Nation légalement affemblée, puiffe
» feule périodiquement retoucher à fes Loix, pour leur

„ donner toute la perfection dont elles peuvent devenir
„ fufceptibles.

„ Pere de la Patrie, tout dit à vos Sujets fideles que
„ pour établir le bonheur d'une Nation fur des bafes iné-
„ branlables , & pour créer une heureufe harmonie de con-
„ fiance entre les Rois & les Sujets, dont il réfulteroit
„ fans interruption la juftice & la protection du Souverain
„ envers fon Peuple , & la reconnoiffance , l'amour, le
„ refpect & la vénération des Sujets envers leur Roi, il
„ femble qu'il faudroit que la Loi de l'État ordonnât :

„ 1°. Que le Peuple François fût effentiellement compofé
„ de deux claffes de Citoyens : les vrais Nobles ou Patri-
„ ciens , & les Plébéiens , s'il n'eft cependant pas préférable
„ d'ériger allodialement l'univerfalité du territoire national
„ en fiefs, & d'ennoblir l'univerfalité des Citoyens (1);

„ 2°. Que dans toute délibération nationale qui auroit
„ pour objet les impôts ou les Loix fondamentales , la dé-
„ libération ne pût être prife en confidération par la Cham-
„ bre des Pairs , (fi l'on juge à propos d'en établir une,)
„ qu'après avoir obtenu la pluralité des fuffrages des Com-
„ munes ; & qu'avec la pluralité des fuffrages des deux
„ Chambres , la Loi fût revêtue du confentement royal ,
„ pour être légale ;

„ 3°. Que le pouvoir exécutif de toutes les Loix , ainfi
„ que le droit de faire la paix & la guerre , continuât d'être

---

(1) Les préjugés qui ont réfulté jufques aujourd'hui du titre de Noble & de
non Noble , ont été la fource de tant de calamités pour la Nation , qu'il doit au
moins être permis de faire des vœux pour que nous foyons plus fages que nos
peres , & que nos enfants foient plus fages que nous.

» exclusivement & uniquement dans la main seule du Souverain;

» 4°. Que chaque Province eût une Cour souveraine dont
» les membres fussent, au nom du Roi, les exécuteurs & les
» dépositaires des Loix; que leurs Arrêts, au civil & au cri-
» minel, fussent sans appel; qu'elles eussent le droit de re-
» montrances tant sur les Loix promulguées par les Assem-
» blées nationales, que sur celles qui dériveroient du pou-
» voir législatif & exécutif provisoire du Roi; mais que
» dans aucun cas, elles n'eussent le droit d'opposition.

» 5°. Que chaque district eût un Bailliage, & chaque terri-
» toire un Juge Royal & des Jurés;

» 6°. Que toute procédure au civil & au criminel fût
» d'abord portée devant le Tribunal des Jurés : au civil,
» pour y être nommé des arbitres dont le jugement seroit sans
» appel, jusques à la somme de cinquante livres; & au
» criminel, pour que le Juge n'eût que l'application de la
» Loi, & jamais l'instruction de la cause;

» 7°. Que tous les Tribunaux Militaires fussent constam-
» ment subordonnés à ceux du droit civil, & que tous
» les délits qui pourroient se commettre par le Soldat
» contre les individus des autres classes de Citoyens, fussent
» de la compétence du Juge civil; même le cas où il auroit
» fait usage de ses armes par ordre de ses Supérieurs, à
» moins qu'il n'en fût encore expressément requis par les
» Magistrats Municipaux, qui alors seroient personnellement
» responsables des voies de fait qu'ils auroient autorisées;

» 8°. Que toutes les places dans l'ordre politique de la
» société fussent exclusivement à la nomination du Souverain;
» mais que pour éclairer la justice des Rois, toutes les
» dignités ecclésiastiques fussent électives, & que le choix

du

» du Souverain tombât uniquement fur un des Sujets qui
» auroit obtenu la pluralité des fuffrages des États Pro-
» vinciaux, pour les Évêchés, Abbayes, &c.... & des Com-
» munautés d'Habitants pour les Cures & Bénéfices fitués
» dans leur territoire ;

9°. Que la contribution nationale fût proportionnelle-
» ment fupportée par tous les membres qui compofent le
» Peuple François ; & que, fi jamais on y admettoit un privi-
» lege, ce fût en faveur de la claffe indigente des Citoyens ;

» 10°. Que les États-Généraux fe tinffent irrévocablement
» à des époques périodiques ;

» 11°. Que les États Provinciaux fe tinffent annuellement,
» & que la délibération eût lieu en commun, de même
» qu'aux Affemblées de Diftricts & de Paroiffes ;

» 12°. Que la dépenfe publique fût fixée pour tous les dé-
» partements, & que le compte en fût rendu public par la
» voie de l'impreffion ;

» 13°. Que les penfions fuffent accordées uniquement aux
» fervices rendus à la Patrie (1), & que les noms des
» penfionnaires & du motif de la penfion fuffent rendus
» publics par la voie de l'impreffion ;

» 14°. Que les erreurs des Miniftres fuffent jugées libre-
» ment par les États-Généraux du Royaume, & que tous
» les Citoyens qui occuperoient des places dans l'ordre po-
» litique de la fociété, fuffent comptables à la Patrie de
» tous les abus d'autorité (2) ;

---

(1) Pour qu'un Citoyen ne fût pas obligé de quitter fes occupations, pour
importuner les Miniftres fur les récompenfes dues aux fervices rendus à la Patrie,
& pour qu'un Miniftre puiffe être irréprochable dans fes fonctions, ne feroit-il pas
néceffaire d'établir un tarif pour les penfions, & ainfi de même pour tous les
emplois de l'adminiftration générale ?

(2) Sous une bonne conftitution, il eft très-vraifemblable que les Law, le

M

» 15°. Qu'aucune place, dans l'ordre politique de la
» société, ne fût vénale, & que les exécuteurs & dépositaires
» des Loix fuffent déformais préfentés au choix du Sou-
» verain, par l'eftime & par la confiance publique portées
» aux pieds du Trône, par la pluralité des fuffrages de
» chaque Affemblée d'États Provinciaux, pour les Cours
» fouveraines ; & des Affemblées de Diftricts & de Paroiffes,
» pour les Magiftrats ordinaires (1) ;

» 16°. Que tous les exécuteurs & dépositaires des Loix
» fuffent comptables au Roi & aux États-Généraux du
» Royaume, de tous les abus d'autorité contraires à la Loi
» de l'État, qu'ils auroient tolérés ;

» 17°. Que chaque Affemblée générale d'États Provinciaux
» jouît du pouvoir d'interdire dans le diftrict de fon admi-
» niftration, les Magiftrats infideles, & eût le droit de les
» traduire devant le tribunal augufte du Souverain & des
» États-Généraux, pour y être folemnellement jugés ;

» 18°. Que les décrets des États-Généraux fuffent exé-
» cutés contre les coupables convaincus du crime de
» leze-Patrie & de leze-Majefté, & que, dans ce cas feule-
» ment, le Roi fût fupplié de laiffer dormir fa clémence,
» quel que fût le rang, la dignité, la naiffance d'un coupable ;

» 19°. Et finalement que la liberté de la Preffe fût in-

_____

Terrai & les Calonne auroient auffi bien mérité de la Patrie que les Sully & les
Turgot : tant il eft vrai qu'il ne fuffit pas d'avoir un grand génie pour bien admi-
niftrer, mais qu'il faut encore n'être pas contrarié par les confidérations perfonnelles & par de mauvaifes Loix !

(1) Non feulement il faut ceffer de dégrader la Magiftrature, en fupprimant la
vénalité, mais il convient que le Magiftrat foit encore honoré des fuffrages de fes
Concitoyens, pour qu'il foit davantage refpecté. Les Peuples n'exiftent point pour
les Magiftrats, mais les Magiftrats doivent uniquement exifter pour les Peuples,
& alors on ne peut trop honorer leurs fonctions.

» définie; mais que les Citoyens qui n'auroient pas signé
» leurs écrits, &, dans ce cas, les Imprimeurs, Libraires
» & Colporteurs qui les auroient imprimés & vendus, fuf-
» fent foumis à telles peines que la fageffe de l'Affemblée
» Nationale jugera à propos de ftatuer ».

Roi, Patriciens & Plébéiens, fi j'ai le bonheur que vous
jugiez que ce travail contient quelque vérité utile à la
Patrie, daignez permettre que je vous adreffe encore les
derniers vœux que je fais pour que vos heureux travaux
établiffent réellement la félicité publique fur des bafes vraiment inébranlables.

Pour confolider à jamais l'édifice du corps politique que
vous aurez relevé, pourquoi le Peuple François ne feroit-il
pas fucer avec le lait (1) à tous les enfants de la Patrie,
les principes facrés, qui feront les garants du bonheur de tous.

Pourquoi n'aurions-nous pas un catéchifme de morale
& de patriotifme, pour que tout Citoyen fçût, dès fon
enfance, ce qu'il doit à la fociété dont il eft membre, &
ce qu'il doit en attendre?

Pourquoi les inftituteurs de l'enfance ne feroient-ils pas
obligés de faire apprendre par cœur à leurs éleves ce que

---

(1). Les préjugés de l'enfance influent fortement fur le caractère moral. Quels
hommes ne feroient pas les François, fi, à la place de l'erreur, on commencoit par les
nourrir de la vérité, & fi, à la place de l'ariftocratie, ils avoient une bonne &
fage conftitution! C'eft uniquement aux mœurs publiques & à de bonnes Loix que
les Perfes, les Grecs & les Romains ont dû la gloire dont ils ont joui; ne les
imiterons-nous que dans leurs erreurs, lorfqu'au contraire tout nous appelle à
devenir le premier Peuple du monde, par nos vertus? Profitons des lumieres de
la célefte philofophie dont le flambeau nous éclaire encore; bientôt peut-être nous
ne ferions plus à temps d'en profiter; donnons-nous une conftitution fage; &
dans moins d'un fiecle, tous les Peuples du monde viendront rendre hommage à
nos Loix & à notre urbanité, & le Peuple François deviendra le légiflateur & le
modele de toutes les Nations.

tout Citoyen doit à fon Roi, à fa Patrie, & fe doit à lui-même, pour le maintien de la puiffance & du bonheur de la grande famille?

Pourquoi à tous ces théâtres multipliés avec fcandale, à tous ces foyers de corruption qui alterent fans ceffe les principes, & qui énervent tout à la fois les ames & les corps, ne fubftitueroit-on pas ces inftitutions antiques que la politique pufillanime du defpotifme a profcrites dans plufieurs de nos Villes, parce que les corps ne fe fortifient point fans que les ames prennent une nouvelle énergie (1).

Pourquoi, à l'exemple des inftitutions militaires, le Peuple François n'auroit-il pas un Ordre civique, pour décorer indiftinctement tous les Citoyens qui auroient bien mérité de la Patrie, par des fervices moins brillants, mais quelquefois plus utiles, que les fervices militaires?

Pourquoi, à chaque Affemblée d'Etats-Généraux, le Pere de la Patrie ne diftribueroit-il pas lui-même les couronnes civiques (2) à tous les Citoyens vertueux qui les auroient méritées, au rapport des Affemblées générales d'Etats Provinciaux?

Pourquoi, à l'exemple des Grecs & des Romains, le Peuple François n'auroit-il pas un grand monument public, un Temple de la Patrie, pour donner un afyle aux buftes

_____

(1) Depuis l'origine du régime féodal, on a interdit au Peuple l'exercice de la chaffe & le privilege du port des armes..... Seroit-ce, ainfi que le difent tous les Arrêts de Réglement des Cours fouveraines, pour prévenir les crimes que le défœuvrement peut produire?.... Non fans doute, les Ariftocrates ont toujours craint le réveil des opprimés, & toujours ils ont également redouté leur défefpoir & les progrès des lumieres, qui devoient tôt ou tard développer les caufes du malheur public.......

(2) Quelques feuilles de chêne & de laurier, diftribuées à propos, ont fait faire de plus grandes actions aux Romains, que tous les monceaux d'or qu'on prodigue à nos Adminiftrateurs & à nos Guerriers.

& aux statues de tous les grands hommes qui ont honoré & qui honoreront encore le nom françois.

Pourquoi les Etats-Généraux du Royaume ne se tiendroient-ils pas dans le Temple de la Patrie, pour que tout rappellât à la pensée des Députés du Peuple François, les héros de l'humanité qu'ils doivent prendre pour modeles, s'ils veulent être Citoyens, & qu'ils doivent égaler en vertus, s'ils veulent obtenir un jour la même récompense (1)?

Pourquoi enfin, pour rappeller à chaque instant à tous les Citoyens leurs devoirs envers la Patrie, les monnoies ne porteroient-elles pas l'emblême du résultat du contrat social?

C'est alors que vous serez la pierre angulaire de la félicité publique, divine Philosophie, qui, par les progrès des lumieres, aurez éclairé tous les Citoyens François, & qui les aurez réunis au Pere de la Patrie, pour concerter en famille les moyens d'assurer irrévocablement pour jamais le bonheur d'un grand Peuple & de sa postérité.

Vous serez aussi les bases de la félicité publique, Loix saintes qui aurez détruit tous les abus, & qui aurez fait revivre parmi le Peuple François les maximes antiques & nationales de ses peres (2).

Et vous, redoutables Aristocrates. . . . . . devenez Citoyens,

---

(1) A Athenes & à Rome, les statues des grands hommes avoient une telle influence sur le cœur de tous les Citoyens, que dans les calamités publiques, elles devenoient les Divinités tutélaires de la Patrie; elles étoient le point de ralliement de tous les Citoyens, & la calamité cessoit. François, vous contenterez-vous d'avoir le sel attique & l'urbanité romaine? La nature vous appelle à quelque chose de plus noble & de plus grand.

(2) Ces maximes sont, UN SEUL ROI, UNE SEULE LOI, LIBERTÉ ET PROPRIÉTÉ NATIONALE, LIBERTÉ ET PROPRIÉTÉ INDIVIDUELLE DE TOUS LES CITOYENS.

foumettez-vous aux Loix, & refpectez vingt millions d'hommes.... ils font vos freres, & vous aviez l'atroce barbarie
de les opprimer... Ne fermez pas vos cœurs à la juftice...
Ils réclament d'une voix unanime le droit imprefcriptible
de rétablir l'autorité royale dans toute fon effence & dans
toute fa dignité ; de plus, ils demandent de rentrer individuellement dans tous leurs droits légitimes de liberté & de
propriété... ils méritent d'obtenir juftice... ils ont la fageffe & la modération de ne fe préfenter qu'avec les armes
pacifiques de la raifon.

Ariftocrates, jugez vous-mêmes vos privileges ?

Votre quadruple ariftocratie eft-elle légale , & doit-elle
exifter encore ?

Croirez-vous déroger en renonçant librement à tenir dans
l'oppreffion vingt millions de vos freres ?

Croyez-vous pouvoir être juftes, en continuant de vous
mettre au-deffus des Loix ?

Vous honorerez-vous encore long-temps d'être nobles, en
aviliffant ce beau titre par la vénalité ?

La dignité du Peuple François ne peut davantage admettre l'exiftence des privileges, fi ce n'eft en faveur de la
claffe indigente des Citoyens ; fa juftice les profcrit, mais
elle donne une indemnité pécuniaire pour tous ceux qui peuvent avoir quelque apparence de propriété, quoiqu'illégale (1).

Ariftocrates.... voici l'époque la plus célebre, qui doit

---

(1) Les Privilégiés ont tort de jeter les hauts cris fur la révolution qui s'opere:
on ne leur demande que le facrifice de quelques préjugés barbares, on leur
conferve beaucoup au-delà de ce qu'ils pouvoient raifonnablement prétendre ; le
rachat des droits féodaux fera rentrer dans leurs mains la valeur d'une propriété
illégale & nuifible. Il eft à remarquer que fi les Privilégiés avoient vraiment
confulté leur intérêt bien entendu, depuis long temps ils auroient fait d'eux-mêmes

être confignée dans les faftes de notre Hiftoire ; votre deftinée eft dans vos mains... vos prétentions femblent nous
menacer du plus grand des malheurs... vous nous avez infpiré une crainte univerfelle.... vous avez allumé les flam-
beaux des difcordes civiles... mais nos cœurs ne font pas
encore totalement fermés à l'efpérance.... Déjà l'Europe
attentive, a les yeux levés fur vous & fur nous... Si de vous-
mêmes vous donnez un grand exemple de juftice au monde...
fi vous reconnoiffez noblement que vous êtes hommes, & que
votre premier devoir eft d'être Citoyens... en n'étant même
que juftes, vous pénétrerez le Peuple François de refpect
& d'amour, & la poftérité la plus reculée élevera des
Autels à votre magnanimité ; mais fi vous ne renonciez pas
librement à votre ariftocratie ; fi vous fouteniez par la force
vos injuftes prétentions , & fi vous aviez le malheur de pouvoir vous maintenir dans votre ufurpation....j'en frémis.....
vous obligeriez le Peuple François de prendre le courage du
défefpoir , ou de fuir de fa terre natale.... vous........
ou vous ne régneriez plus que fur un vafte défert.....;
c'eft votre caufe que je plaide ; votre intérêt perfonnel eft
vraiment de concourir de toutes vos lumieres & de toute
votre influence , à l'établiffement du regne des Loix. Jetez
un coup-d'œil rapide fur le tableau des révolutions politi-
ques.... toujours il a exifté un terme fatal à la tyrannie...
le glaive de la Juftice éternelle a toujours été levé fur la tête

---

le facrifice de tous les droits & de tous les préjugés féodaux, parce que , fans
l'anéantiffement des moindres veftiges de la féodalité, on ne peut pas établir une
bonne & durable adminiftration , & cependant avec une bonne adminiftration , on
peut réuffir à doubler en peu de temps la valeur de la propriété nationale, foit
par la réforme des impôts actuels , foit par les améliorations dont l'Agriculture ,
les Arts & le Commerce font fufceptibles.

des tyrans , & toujours le regne de l'ariftocratie a fini par fes propres excès.

Venez épurer vos droits dans l'augufte Affemblée Nationale que le Peuple François doit à la magnanimité de fon Roi ; foyez vraiment nobles , foyez plus ; ... foyez hommes & Citoyens, notre ambition n'eft pas de ceffer d'être Plébéiens. Si vous ne répondez pas à la grande idée que vous pouvez nous infpirer par vos vertus, la poftérité vous jugera avec rigueur ; vous n'échapperez pas à la honte dont votre fiecle vous couvrira , & vous deviendriez un objet de mépris pour votre Roi, & pour vingt millions de vos freres.

Roi , Patriciens & Plébéiens, marchez tous au flambeau de la célefte philofophie, elle vous donnera cet efprit de juftice & de modération, qui, en conciliant tous vos intérêts, vous fera établir en principe l'oubli du paffé , la juftice pour le préfent , & la févérité la plus impofante pour maintenir à jamais le bon ordre que vous aurez établi.

Alors n'ayant plus que le même intérêt à défendre , les Loix vous tiendront toujours effentiellement réunis, & les fiecles s'écouleront fans que les événements les plus calamiteux puiffent jamais ébranler ni diffoudre le corps politique. Mais fi vous aviez un jour le malheur de vous divifer, ou fi vous n'aviez pas aujourd'hui la fageffe de vous réunir.... je me tais, je n'ofe prévoir quelles feroient les fuites de ce funefte aveuglement...... Confultez l'Hiftoire...... vous y verrez qu'il fut toujours l'avant-coureur de la chûte des plus grands Empires.

Fin des premieres Obfervations au Peuple François,

SECONDES OBSERVATIONS
AU PEUPLE FRANÇOIS.

Compte rendu à la Nation, de la fomme de fa contribution, du produit net de fa recette & de fa dépenfe.

Dénonciation du travail en finance, & reftauration de la chofe publique, par la feule réforme des abus de l'impôt, de fa répartition & du recouvrement. Suite des vues générales fur la conftitution & fur la félicité publique.

Tout ce qu'on peut attendre du plus tendre intérêt au bonheur public ; tout ce qu'on peut demander à un Souverain, le premier ami de fes Peuples, vous pouvez, vous devez l'efpérer de mes fentiments.

Difcours de LOUIS XVI, aux Députés de fon Peuple, affemblés en Etats Généraux, en 1789.

Par Jean-Baptifte BREMOND, *Citoyen François, de l'Ordre du Tiers-État de Provence.*

1789.

SUITE

DES NOTIONS PRÉLIMINAIRES.

IL n'exifte dans la nature aucun effet fans caufe.

Toutes les caufes motrices font abftraites & fe réuniffent dans un feul point ; c'eft l'ordre ou le défordre.

L'ordre eft la vérité primordiale, dont réfultent l'harmonie, le jufte ; l'injufte & la confufion ont le défordre pour caufe.

Le Peuple François eft-il régi par l'ordre ou par le défordre ? Telle eft la premiere vérité que l'augufte Affemblée Nationale de 1789 doit approfondir.

Si nos Etats-Généraux de 1789 fe bornent à fe difputer la préféance, le droit de porter des plumes & de fe tenir divifés... s'ils imitent les folles prétentions de nos ineptes & trop orgueilleux ancêtres, ils deviendront la rifée de l'Europe attentive & de la poftérité.

Si, au contraire, on fe fait un devoir de feconder les vues bienfaifantes de LOUIS XVI; fi toutes les caufes qui ont jufques ici fait le malheur des Peuples & des Rois, y font traitées, difcutées, approfondies avec fageffe, & jugées avec un amour inflexible pour la vérité primordiale, alors l'augufte Affemblée de 1789 aura mérité les hommages & la vénération non feulement des François, mais encore celle de tous les Peuples qui exiftent, & elle obtiendra le refpect de la poftérité la plus reculée.

Les Monarchies font fondées fur l'honneur, a dit Montefquieu, & c'eft uniquement par la caufe motrice de l'honneur, ajoute-t-on aujourd'hui, que cet Empire a profpéré depuis quatorze fiecles.

Qu'eft-ce donc que l'honneur, & fous quel rapport peut-il être confidéré comme le fondement de l'Empire François?

Si par honneur, on entend propriété, vertu, perfeftion & juftice, Montefquieu a raifon, & ce font là les vrais fonde-ments de toute fociété bien organifée; fi, au contraire, le mot *honneur* fe trouvoit en France n'être exprimé que par les aftions qu'un Peuple fage appellera toujours légéreté, incon-féquence, exercice du pouvoir arbitraire, concuffion, fana-tifme, crime, rebellion, démence, folie, il eft évident que c'eft vouloir totalement diffoudre un Corps politique, que de le laiffer davantage dans un tel état de dégradation.

C'eft uniquement par l'examen des faits qu'il faut juger cette grande queftion, & fi les faftes de notre Hiftoire prou-vent qu'en France, par honneur, on entend des aftions qui fe trouvent contraires à l'ordre & à la juftice, les fondements de l'Empire François ne font donc pas établis fur l'honneur.

Il y a huit fiecles, les François élevés en dignité, ufurpe-rent l'autorité royale, & afservirent la Nation; ils firent une aftion contraire à l'ordre & à la juftice, & fi aujourd'hui il y a des François qui puiffent s'honorer d'être iffus de cette claffe d'hommes, il eft évident que l'honneur françois ex-prime une aftion oppreffive, injufte & déshonorante, & qu'un Peuple fage l'appellera toujours *déshonneur*.

Si les Rois ont cru s'honorer, en tendant tantôt avec force, tantôt avec adreffe, toujours avec un plan fuivi, au pouvoir arbitraire;

Si les Miniftres ont cru s'honorer, en détruifant le travail de leurs prédéceffeurs, & en écrafant les Peuples d'impôts;

ou en proſtituant l'autorité des Rois par des décrets encore plus iniques (1) que ceux du Viziriat ;

Si les Grands ont cru s'honorer, en portant un cordon de la même couleur que celui du Prince, ou en commandant une Province, une Ville, une troupe d'hommes habillés en uniforme, & que ce ſoit par le haſard de la naiſſance & par le caprice de la faveur, plutôt que par la concurrence de mérite, qu'ils prétendent à cette diſtinction ;

Si l'honneur exclut de la hiérarchie des dignités, ceux d'entre les François qui n'ont pas le malheur de compter, parmi leurs ancêtres, quelques-uns des anciens oppreſſeurs de la Nation ; & ſi on tient pour dégradé & déshonoré, celui des deſcendants de la claſſe oppreſſive qui exerce une profeſſion d'une utilité générale ;

Si les Magiſtrats ſe trouvent honorés d'avoir acquis à prix d'argent le droit de décider de la fortune, de l'honneur & de la vie des Citoyens, & d'enregiſtrer cette foule de loix fiſcales, civiles & criminelles qui font l'opprobre de la France & qui exciteront l'horreur & le mépris de la poſtérité ;

Si les Militaires s'honorent de s'aſſaſſiner à coups d'épée ou de piſtolet (le duel), & s'il ſe trouve que cette ſorte d'honneur eſt au-deſſus des loix divines & humaines ;

Si le pauvre a payé l'impôt pour le riche, & ſi le riche s'en eſt trouvé honoré ;

S'il exiſte une claſſe d'hommes qui s'honore de ne pas payer ſes dettes ;

_____

(1) Les Lettres-de-cachet, &c. Peut-on ſe diſſimuler avec quelle incroyable facilité la femme trouvoit à acheter la proſcription de ſon mari ; les nouveaux Caïns celle de leurs freres, &c. ?..... Et c'étoit en France que cet exécrable abus du pouvoir s'exerçoit !... & nous en étions les témoins, & en quelque ſorte les complices!

Enfin, fi dans toutes les claffes de Citoyens, on ne tient plus pour déshonorés, les hommes fans mœurs & fans principes, qui, au mépris de leur croyance, de leurs loix & de leurs profeffions, fe font un jeu de la Religion, de leurs engagements les plus facrés, & affichent le libertinage & le cynifme le plus révoltant ;

Quel nom faut-il donner à une telle dépravation, à un pareil délire?..... Eh bien! depuis huit fiecles, tels font les fondements de l'Empire François : & fi les Peuples ont joui de quelques années de bonheur, ils les ont dues uniquement aux vertus perfonnelles d'un Louis IX, d'un Charles V, d'un Louis XII, d'un Henri IV.

Tu n'étois donc qu'une divinité fanguinaire... toi, que les François adoroient fous le nom de l'*Honneur?* Sous un nom impofant & refpectable, tu confacrois à la fois tous les crimes, & notre idolâtrie pour l'honneur eft plus coupable encore que celle des anciens Gaulois, lorfqu'ils arrofoient les Autels de leurs Dieux, du fang de leurs Concitoyens.

Si le Peuple François peut fe croire permis de refter idolâtre, qu'il prenne une Divinité moins contraire à la vérité primordiale; qu'il adore fa propriété, des Loix juftes & fon Roi; qu'il éleve à la Patrie, des Autels dans tous les coins de l'Empire; alors le Dieu Terme circonfcrira la propriété publique & individuelle, & la même Loi qui affurera le Trône du Monarque, garantira pour jamais la liberté & la propriété de tous & de chacun des Sujets; alors il y aura en Europe un Peuple dont les membres feront dignes de porter le nom d'*Hommes* & de *Citoyens;* & les François libres, vertueux & régénérés commenceront à connoître le jufte & à le pratiquer, & alors feulement ils rendront à la Divinité le culte qui eft le plus agréable à fes yeux, l'exercice de la juftice.

Quand une fois un Peuple s'eft écarté des idées fimples de la vérité primordiale, les erreurs fe fuccedent rapidement, la fuperftition & les préjugés s'emparent de tous les efprits, & les hommes intéreffés au regne des abus, introduifent la monftrueufe doctrine, que l'homme n'eft pas né pour être heureux fur la terre.

Telle eft aujourd'hui la déplorable dégradation des différents Peuples, qu'ils paroiffent méconnoître les droits les plus facrés & les plus imprefcriptibles qu'ils tiennent de la Nature.

Il étoit réfervé à Louis XVI d'être le Régénérateur de fes Sujets, & en les réintégrant dans tous les droits légitimes de liberté & de propriété, il deviendra le Bienfaiéteur de l'humanité, par l'heureufe influence que la régénération du premier Peuple du monde doit avoir néceffairement fur tous les autres Peuples de la terre.

N. B. Les Ouvrages de M. de Calonne & de M. Necker ne paroiffant pas remplir le but de la reftauration des finances, relativement à la liberté, à la propriété nationale & individuelle de chaque Citoyen, & à la profpérité dont l'agriculture, l'éducation des beftiaux, les arts & le commerce font fufceptibles en France, j'ai cru devoir rendre mes idées publiques, par la voie de l'impreffion.

Elles ferviront de complément aux vues fublimes du célebre M. le Trone, fur l'Adminiftration Provinciale, & fur la réforme de l'Impôt. Heureux, fi j'ai pu rectifier quelques-unes des erreurs d'un grand homme, que, depuis quelques années, tous les Administrateurs & tous les faiseurs de projets se font permis de piller & de défigurer, sans être affez justes pour le citer !

Le Compte rendu en 1788, par ordre du Roi, me fert de bafe pour le développement des différents calculs ; & je dois obferver que ce n'eft que par l'examen le plus rigoureux de toutes les pieces de comptabilité, de recette & de dépenfe, que le Souverain & l'augufte Affemblée des Etats-Généraux pourront vraiment connoître l'état des finances.

Le tableau des recettes & des dépenfes fixes, préfenté par ordre du Roi aux Etats-Généraux, indique quelques erreurs fur le Compte de 1788 ; & notamment fur les recettes, les Loteries ne font portées qu'à 9,860,000 livres, au lieu de quatorze millions, &c. mais le Compte de 1788 porte en recette fixe divers objets, dont M. Necker ne fait pas mention ; &, en derniere analyfe, l'augmentation de recette fixe, préfentée aux Etats-Généraux, n'eft que de 2,878,451 liv. & il y auroit une diminution effective d'environ 3,000,000, fi l'on n'avoit pas paffé en compte la retenue fur les penfions.

Le Compte de 1788 annonçoit des réductions importantes fur les différents départements, & le tableau des dépenfes fixes, préfenté aux Etats - Généraux, donne le réfultat des diminutions des dépenfes qu'on a déjà effectuées fur les Affaires Etrangeres, fur l'Armée & fur la Marine ; on a fans doute réuni les penfions affignées fur les recettes en un feul département, puifqu'elles s'élevent à 29,560,000 liv., au lieu de 27 millions, & on a effectué la retenue qu'on avoit annoncée ; mais les dons & aumônes font

moitié

moitié plus confidérables qu'en 1788, &, en derniere analyfe, la fomme des dépenfes fixes refte à-peu-près la même.

Pour que la Nation puiffe connoître au vrai quelles font fes reffources en finance, il faut qu'elle faffe le dépouillement de la contribution annuelle des Peuples, des frais de recouvrement, non-valeurs & gafpillages, & de la fomme vraiment néceffaire aux befoins publics.

On trouvera que les finances, ainfi que toutes les autres branches de l'adminiftration de la chofe publique, fe réuniffent dans un feul point, la conftitution.

Si la conftitution eft établie fur la propriété, & fi l'impôt eft proportionnellement réparti fur la maffe de la propriété publique, le rétabliffement de l'ordre dans les finances fera facile, & fon premier réfultat fera une diminution importante de la fomme de la contribution actuelle, en opérant encore la répartition proportionnelle de l'impôt, tant national que local, & la reftauration de l'Agriculture, de l'éducation des beftiaux, des Arts & du Commerce.

On ne doit confidérer mon travail que comme un apperçu général des moyens qu'on peut employer avec fuccès & avec facilité pour affeoir l'impôt national fur la propriété; & en ajoutant des fous pour livre, on trouvera l'impôt local néceffaire à l'adminiftration intérieure des Provinces & des Communes.

Je n'ai point traité la partie de l'impôt qui eft étrangere au Tréfor royal, n'ayant pas pu me procurer les connoiffances locales qui m'étoient néceffaires : en l'état, je ne crois pas poffible qu'on puiffe conftater au vrai quelle eft la fomme que paient les Communes, pour les milices, les corvées & pour tous les autres objets de leur adminiftration intérieure : elles

B

font ufage prefque par-tout des impofitions fur les confommations & les frais de recouvrement, où les bénéfices des
Fermiers abforbent une partie confidérable de la contribution des Peuples, en outre qu'elles grevent le pauvre, proportionnellement mille fois plus que le riche.

Mais fi la conftitution continue d'avoir l'arbitraire pour
bafe, il eft inutile de fe livrer aux travaux pénibles qu'exigeroit
le développement d'une bonne adminiftration des finances
& de la répartition proportionnelle de l'impôt. M. Necker
paroît avoir mis en pratique cette importante vérité, &
les plans qu'il a préfentés à l'augufte Affemblée nationale, méritent d'être adoptés de préférence à ceux de M. de Calonne (1); ils font, à coup fûr, les meilleurs qu'on puiffe
employer, pour que la Nation puiffe reconnoître plutôt que
plus tard, ce qu'il lui importe d'opérer pour la gloire de
fes Rois, & le bonheur des Sujets.

---

(1) M. de Calonne confacre les reftes du régime féodal, & donne en quelque
forte une fanction légale à l'ariftocratie.

M. Necker laiffe à-peu-près les chofes comme elles étoient.

L'un paroît avoir époufé les préjugés du haut Clergé, de la Nobleffe & des
Magiftrats, pour fe faire un parti; l'autre paroît refter neutre.

SECONDES OBSERVATIONS
AU PEUPLE FRANÇOIS.

Compte rendu à la Nation de la somme de sa contribution, du produit net de sa recette & de sa dépense.

Dénonciation du travail en finance, & restauration de la chose publique, par la seule réforme des abus de l'impôt, de sa répartition & du recouvrement. Suite des vues générales sur la constitution & sur la félicité publique.

AU ROI DU PEUPLE FRANÇOIS,
ET AUX ÉTATS-GÉNÉRAUX,

Assemblés en 1789.

SIRE,

MESSEIGNEURS,

LE bonheur d'une Nation est le résultat des rapports de toutes les parties de la société entr'elles, & de l'appui qu'elles se prêtent pour maintenir le bon ordre (1).

---

(1) Mably, Introduction à l'Histoire de France.

B 2

La contribution aux charges publiques tient un des premiers rangs dans l'ordre naturel d'un bon Gouvernement, & dans tous les temps & chez tous les Peuples, la mauvaise adminiſtration, dans la partie des finances, a cauſé plus de troubles & de révolutions que tous les autres abus.

La France eſt aujourd'hui accablée du poids de ſa dette nationale; un déficit énorme exiſte entre la recette & la dépenſe publique.

Pour faire face aux beſoins pécuniaires, il y a à choiſir entr'une augmentation de contribution des Peuples, & la réforme des abus.

Une augmentation de contribution paroît impoſſible : on ne peut même l'établir ſans danger. Déjà la Nation ſuccombe ſous le poids des impôts. La miſere univerſelle des campagnes, le découragement de tous les Atteliers de l'induſtrie & du Commerce, la conſternation publique, tout annonce qu'une taxe nouvelle peut porter le déſeſpoir dans le cœur de tous les Citoyens.

La ſeule reſſource qui reſte à la France, eſt uniquement dans la réforme des abus.

Avant d'expoſer quels ſont les abus dont la ſuppreſſion peut opérer le bonheur public, par la réforme de l'impôt, de l'arbitraire, & de l'inégalité de ſa répartition & des vexations odieuſes du recouvrement, il eſt néceſſaire de remonter à l'origine des cauſes qui ont ſucceſſivement produit l'aſſerviſſement de la Nation, & de fixer rapidement par les faits quelle eſt la conſtitution françoiſe, relativement aux impôts.

Par mes premieres Obſervations, j'ai prouvé que, libres & propriétaires ſous un Roi, les Francs, ſoit dans les forêts de la

Germanie, foit après la conquête des Gaules, vécurent jufques à la fin de la feconde race, fous un Gouvernement monarchique, dont l'Adminiftration étoit militaire, & qu'ils étoient tous dans l'origine, Soldats & Citoyens.

Les impôts leur étoient inconnus, ils faifoient gratuitement le fervice militaire, & fe partageoient proportionnellement les dépouilles de l'ennemi.

Une feule Loi & un feul Roi.
Liberté & propriété nationale.
Liberté & propriété individuelle de tous les Citoyens.

Telles font les maximes antiques & nationales que nos Peres apporterent de Germanie dans les Gaules; telles font les maximes qui les gouvernerent après la conquête.

Les Rois avoient pour revenus le produit des terres qui leur étoient échucs en partage, & les préfents qui leur étoient offerts par la Nation réunie dans le Champ de Mars.

Ces maximes furent dans tout leur éclat fous Clovis: négligées fous les derniers Rois de la premiere race; rétablies fous Charlemagne; anéanties par la force & par la violence des Grands, fous le régime féodal; elles fortirent de leurs cendres fous Louis-le-Gros, par l'établiffement de l'Adminiftration municipale des Communes (1); reprirent une partie de leur empire fous Philippe-le-Bel & fes fuccef-feurs, à mefure que l'autorité royale reprenoit fes droits fur les ufurpations féodales (2). Elles furent de nouveau

_____

(1) Rachat de la fervitude, & établiffement des Communes.

(2) Les Procès-verbaux des Etats-Généraux, depuis Philippe-le-Bel jufqu'à Charles VII, prouvent que tantôt la Nation a accordé au Souverain le fubfide néceffaire à la dépenfe publique, & s'eft réfervée d'en faire la répartition, la levée & l'emploi, & que tantôt, elle a prié les Rois de faire par leurs Prépofés, la levée

ébranlées par Charles VII (1); & difparurent avec Louis XII (2).

Lorfque les Loix conftitutionnelles des Communes eurent été impunément violées, l'arbitraire s'établit rapidement, & un pouvoir jufques alors inconnu en France, s'éleva fur les ruines des droits & des franchifes de la Nation.

Les Parlements fe mirent dans le dangereux ufage de confentir pour la Nation l'établiffement & la levée des impôts; & des Officiers créés par le Roi, pour exercer l'Adminiftration de la Juftice, finirent par jouir des fonctions auguftes des Etats-Généraux.

Les lumieres des Parlements & l'intégrité des Officiers qui les compofoient, leur avoient mérité l'eftime & la confiance des Peuples; mais dès qu'ils eurent ufurpé les droits de la Nation, ils devinrent les inftruments du defpotifme miniftériel & le boulevard de l'ariftocratie, en fe rendant les enregiftreurs forcés ou complaifants de l'impéritie & des vues fifcales des Miniftres, depuis la vénalité des Duprat, les emprunts de Colbert (3), les délires du fyftême de Law,

---

des impôts qu'elle avoit accordés, & fe repofe fur leur fageffe, de l'emploi qu'ils en feront; les Rois avoient tenté, à différentes reprifes, de faire arbitrairement des levées de deniers, mais toujours ils avoient été ramenés à la juftice & à l'obfervation du droit national, par le cri de leur Peuple.

(1) Epoque de l'établiffement de la taille, fans le confentement des Etats-Généraux.

(2) Epoque de la vénalité de la Juftice & des Charges de Magiftrature.

(3) En 1759, M. de Silhouette, rendant compte à Louis XV de l'état des finances, lui difoit : « quelque éloignement que Votre Majefté montre pour l'im-
» pofition, mon devoir m'obligé de lui repréfenter qu'elle eft devenue la feule
» reffource de l'Etat, & elle fera d'autant plus fâcheufe, qu'on a attendu plus long
» temps à l'employer. Si, au commencement de la guerre, il eut été établi une
» proportion entre les revenus, & entre les dépenfes & les engagements contractés,

la concuffion de Terrai (1), les funeftes erreurs des derniers emprunts, & les déplorables effets de l'excès intolérable de l'impôt, de l'agiotage des effets royaux, & de nos mœurs viagériftes.

Les Loix & les ufages qui prennent leur origine dans le régime monftrueux de la féodalité, & toutes les nouveautés dangereufes qui ont été fucceffivement introduites depuis Philippe-le-Bel jufqu'à nos jours, font anti-conftitutionnelles,

_____

» non feulement l'ufage du crédit fe feroit prolongé, mais encore les paiements
» annuels, tant en capitaux qu'en intérêts des fommes empruntées depuis la guerre,
» ne formeroient pas une déduction fur les revenus, capable d'abforber une partie
» des nouvelles impofitions ; l'Etat ne feroit pas furchargé d'une foule de créances
» exigibles, qu'il eft impoffible, dans le moment actuel, de fatisfaire dans leur tota-
» lité, & qu'on ne peut même fatisfaire en partie, qu'avec des effets dont la perte
» oblige les fournisfeurs à vendre plus cher.

» Tel a toujours été l'effet des emprunts qui n'ont pas été accompagnés d'un
» nouveau fonds capable d'en amortir les intérêts & les capitaux dans un nombre
» d'années.

» Ce qui fe paffa en 1662, entre M. Colbert & le Premier Préfident du Parle-
» ment, femble avoir été une prédiction dont la France a éprouvé trop fouvent la
» funefte certitude. Le Parlement préféra, par les confeils de M. de Louvois, les
» emprunts aux impôts. _M. Colbert fit de vains efforts pour diffuader les Magiftrats,_
» _& finit par leur dire qu'ils répondroient devant Dieu du mal qu'ils faifoient au Roi_
» _& à l'Etat, en introduifant ce principe pernicieux._

» En effet, en 1710, vingt-huit ans après fa mort, les arrérages des emprunts
» abforboient déjà le produit de la capitation & du dixieme des biens, qui, impofés
» au commencement, euffent fuffi pour le foutien des affaires, & épargné à l'Etat
» les révolutions que tout le monde connoît ». _Collection des Comptes rendus_,
pages 20 & 21.

Que de réflexions douloureufes fe préfentent à la penfée, en lifant le Rapport de
M. de Silhouette, & en approfondiffant les caufes de l'état actuel de la France !

(1) Si la révolution de trente années eft néceffaire pour opérer la prefcription,
les créanciers de l'Etat, volés par l'Abbé Terrai, devroient préfenter requête aux
Etats-Généraux : le devoir de la Nation feroit de payer ; en réformant les abus, elle
en a les moyens.

& doivent être réformées. Ainſi, en ſupprimant tous les veſtiges de la ſervitude féodale, tous les privileges pécuniaires & toutes ces ingénieuſes inventions fiſcales qu'a enfantées le travail en finance, on n'opere pas un changement ; on ſe borne à rétablir l'ordre public dans toutes les parties, & c'eſt le ſeul moyen de remplir l'attente de L o u i s XVI & de ſon Peuple ,

1°. En rétabliſſant l'autorité royale, la liberté & la propriété nationale & individuelle dans toute leur eſſence & dans toute leur dignité ;

2°. En reconſtituant nos Tribunaux de maniere que les Magiſtrats ceſſent d'être avilis par la vénalité, & ſe rendent reſpectables en leur qualité d'Officiers du Roi, en exerçant gratuitement leurs fonctions ;

3°. En conſolidant la dette publique ;

4°. En faiſant diſparoître le déficit , & en trouvant un excédent de revenu net, d'une ſomme aſſez importante pour établir une caiſſe nationale d'amortiſſement ;

5°. En diminuant, dès-à-préſent, la contribution nationale le plus qu'il ſe pourra, & en ſupprimant tous les impôts déſaſtreux pour l'Agriculture , l'éducation des troupeaux, les Arts & le Commerce ;

6°. En abonnant ſur le pied du produit net, en faveur des redevables, tous ceux d'entre les impôts onéreux qui ne pourront être ſupprimés dès aujourd'hui ;

7°. En établiſſant une caiſſe nationale des Pauvres & des travaux de charité , pour procurer à nos Villes & à nos Campagnes les moyens néceſſaires pour détruire la mendicité, en offrant un aſyle, des travaux & des ſecours à tous les malheureux ;

8°. Et

8°. Et finalement, en procurant un accroiffement de richeffe nationale, par les progrès & la perfeétion des Arts & de l'induftrie, par la liberté du Commerce, par le produit du temps & des travaux utiles des Satellites du fifc, des Contrebandiers, des Citoyens qui étoient ruinés par les amendes, &c... & par le produit net de la culture du tabac, & de l'ufage du fel pour la nourriture des beftiaux & pour l'amélioration de nos engrais.

Pour rétablir la félicité publique, SIRE & MESSEIGNEURS, il faut déraciner le vice, extirper les abus : le palliatif ne feroit qu'empirer le mal ; & pour guérir à jamais la plaie profonde qui faifoit le malheur de la grande famille françoife, c'eft au Tribunal augufte du Roi & de la Nation, que je dénonce le travail en finance, & fes œuvres infernales.

Je vous dénonce, SIRE & MESSEIGNEURS, un monftre dans l'ordre moral, qui eft en quelque forte comparable à cette fameufe boîte de Pandore, dont il fortit à la fois tous les vices, puifqu'il a produit, 1°. la vénalité des offices qui donnent la Nobleffe ; 2°. la vénalité de la Juftice & des charges qui donnent le droit exclufif d'exercer les fonétions de Magiftrats ; 3°. les Annates ; 4°. la Loterie Royale de France ; 5°. les droits de traites, d'aides, de Courtiers - Jaugeurs, &c. qui font établis à la circulation intérieure dans le Royaume ; 6°. les droits d'aides, de Courtiers – Jaugeurs, d'oétrois municipaux, d'Infpeéteurs aux Boucheries, &c. qui fe perçoivent à l'entrée & dans plufieurs Villes & lieux du Royaume ; 7°. les impôts fur les cuirs & peaux tannés, fur la marque des fers, fur la marque d'or & d'argent, fur les poudres & amidons, fur les papiers & cartons, fur le contrôle des toiles, fur la fabrication des huiles & favons ; 8°. les mai-

C

trifes & les jurandes ; 9°. l'impôt fur le tabac & le privilege exclufif du débit de cette denrée ; 10°. enfin, la Gabelle, qui feule a produit plus de maux que les guerres les
plus longues & les plus malheureufes que la France ait eues
à foutenir.

1°. Je vous dénonce la vénalité des offices qui donnent
la. Nobleffe, SIRE & MESSEIGNEURS, parce que
nos maximes antiques & nationales font, que la Nobleffe
doit être une diftinction, une prééminence perfonnelle dans
l'état focial (1), qui fuppofé dans celui qui en jouit,
ou les fervices qu'il a rendus lui-même à la Patrie, ou
ceux que. nos peres ont reçus de fes ancêtres.

La Nation verra abolir cette œuvre du travail en finance
qui avoit converti l'or en plomb, en attribuant à quelque
peu d'argent le pouvoir magique (2) de repréfenter les
travaux utiles, & de reporter fur la claffe indigente du
Peuple ; le fardeau le plus pefant des charges publiques.

_____

(1) Dans les forêts de la Germanie , comme à l'époque de leur établiffement dans
les Gaules , tous les François étoient égaux , & n'avoient au-deffus d'eux que la Loi
& le Roi ; ils devenoient Leudes , c'eft-à-dire fideles , diftingués entre les autres Citoyens, par les fervices qu'ils rendoient à la Patrie ; alors ils prêtoient ferment de
fidélité au Roi , & cette diftinction étoit perfonnelle , & ne devint héréditaire que
dans l'origine du régime féodal. Le territoire national étoit divifé en bénéfices,
(les terres de la Couronne) & en franc-aleux , (propriété indépendante de toute
autre propriété) : la dignité de Leudes donnoit ordinairement la jouiffance annuelle
ou viagere d'un bénéfice ; & lorfque les Leudes s'approprierent les bénéfices , en
plaçant Hugues-Capet fur le trône , ils affervirent en même temps prefque tous les
franc-aleux au régime féodal. Le Clergé conferve encore quelques traces de l'ancienne
liberté & propriété nationale , en ne prêtant que le ferment de fidélité au Roi pour
plufieurs de fes Domaines : tout le refte du territoire eft foumis à la foi & hommage,
c'eft-à-dire à la formule de l'anarchie féodale ; & hommes & terres , prefque tout
eft encore dégradé par les veftiges honteux de la fervitude des biens & des perfonnes.

(2) Les privileges pécuniaires attachés aux charges.

Nous ne verrons plus de nos jours le petit Propriétaire de terres payer proportionnellement dix fois plus que les grands Tenanciers ; & fi, comme au temps de nos peres, nous ne pouvons pas affranchir de l'impôt ceux de nos Concitoyens qui poffedent moins de fix arpents de terre, du moins nous pourrons les foulager par une répartition plus égale des charges publiques fur toute la propriété nationale.

La Nobleffe fera rendue à la pureté de fon inftitution primitive, & loin de refter au nombre des fléaux de la Nation, elle deviendra le gage du bonheur public, par le devoir qu'elle impofera de n'être élevé au-deffus de la claffe ordinaire des Citoyens, que pour contribuer davantage à la félicité publique.

2°. Je vous dénonce la vénalité de la Juftice & des charges qui donnent le droit exclufif d'exercer les honorables fonctions de Magiftrats, SIRE & MESSEIGNEURS, parce que nos maximes antiques & nationales font, que nos Rois, en leur qualité d'exécuteurs & de confervateurs fuprêmes de la Loi, n'ont pu mettre à prix les fonctions publiques qu'ils ne pouvoient pas exercer par eux-mêmes, & dégrader l'autorité royale jufqu'à autorifer leurs Officiers de lever un tribut fur les Citoyens, qui étoient déjà affez malheureux pour être obligés d'avoir recours à la protection de la Loi.

Nos Loix antiques, la juftice, la raifon, d'accord avec les mœurs publiques, exigent impérieufement d'abolir cette œuvre du travail en finance, qui adjugeoit aux encheres le privilege de décider de la fortune, de l'honneur & de la vie des Citoyens, & qui, de la maniere la plus immorale & la plus impolitique dont les annales du genre humain aient confervé le fouvenir, livroient vingt-quatre millions d'hommes

C 2

au pillage d'une armée d'Huissiers, de Procureurs, d'Avocats
& de Jugeurs.

Ce défordre focial ceffera de nos jours; & c'eft à votre
fageffe, SIRE & MESSEIGNEURS, de décider fi, pour
rétablir l'adminiftration de la Juftice civile & criminelle dans
toute l'effence, dans toute la dignité de l'objet qu'elle a pour
but, il ne feroit pas convenable de renouveller la jurifdiction des
Jurés, en premiere inftance, & de n'élever au rang honorable
d'Officiers du Roi, Magiftrats, que des Citoyens qui, après
avoir mérité les fuffrages des Compagnies fouveraines (par
les fervices qu'ils auroient rendus aux opprimés, dans les
fonctions d'Avocats) auroient encore obtenu le fuffrage de
la Nation, & feroient préfentés au choix du Souverain, par
l'eftime & par la reconnoiffance publique, portées au pied
du Trône par la pluralité des fuffrages de la Commune pour
les Magiftrats ordinaires; & par celle des Etats Provinciaux
pour les Magiftrats des Cours fouveraines.

Alors chaque Province auroit fa Cour fouveraine, chaque
Diftrict fon Bailliage, chaque Territoire fon Juge Royal
& fes Jurés. Chaque Communauté d'Habitants attribueroit
des honoraires fixes à fon Juge Royal; chaque Diftrict aux
Magiftrats du Bailliage; & chaque Province aux Magiftrats
des Cours fouveraines & aux Avocats qui mériteroient d'être
appellés à l'honorable fonction de défendre le Citoyen opprimé contre le Citoyen oppreffeur, foit devant les Cours
fouveraines, foit devant les Bailliages (1).

_____

(1) Suppofons que chaque Cour fouveraine foit compofée de foixante Magiftrats, qui exerceroient les fonctions de Parlement, de Cour des Aides, Chambre
des Comptes & des Tribunaux d'exception, & que les honoraires foient de 3000 liv.
par place, & d'autant pour chaque Avocat, en même nombre que les Magiftrats,

Vous penferez fans doute, SIRE & MESSEIGNEURS, qu'il eft jufte d'affurer l'état des Magiftrats en exercice, ainfi que les moyens de liquider la finance des charges ; & il eft convenable qu'on donne la préférence aux Magiftrats actuels, pour former les nouveaux Tribunaux, & qu'on accorde le titre d'*Honoraires* à tous ceux qui préféreront la retraite à leurs nouvelles fonctions, ou qui n'obtiendroient pas les fuffrages de leurs Concitoyens.

La liquidation de la finance des offices feroit faite par la caiffe des amortiffements, en affignant aux Propriétaires le dixieme par année de remboursement de la fomme de leurs créances (1), en fus de l'intérêt qui leur feroit légitimement dû.

3°. Je vous dénonce les Annates, ce tribut honteux que nous payons annuellement à une Puiffance étrangere, SIRE & MESSEIGNEURS, parce que nos maximes antiques & nationales font, que les Papes n'ont pas pu vendre à nos Rois le droit de nommer aux Evêchés & autres grands Bénéfices

---

ce fera une dépenfe de 360,000 liv. par Province ; fuppofons encore qu'il en coûte 640,000 liv. pour les honoraires des Magiftrats & des Avocats des Bailliages, ainfi que des Juges Royaux, la dépenfe annuelle fera d'un million par Province, & de trente-trois millions pour tout le Royaume.

Suppofons enfin que cette dépenfe s'élevât à 42 millions, au lieu de 33; mais ce ne feroit qu'une fomme équivalente de celle que les Cours fouveraines & royales reçoivent annuellement pour leurs attributions d'épices & droits de greffes, &c.

On ne croit pas d'exagérer, en établiffant en fait qu'il en coûte annuel'ement plus de cent trente millions à la Nation, en frais d'Huiffiers, de Procureurs & d'honoraires, & de préfents aux Avocats & aux Juges.

Si l'on prend en confidération la dépravation des mœurs, qui eft depuis fi long temps l'effet de la vénalité, on fera étonné qu'un tel défordre focial ait pu fe maintenir, fans occafionner la diffolution totale du Corps politique.

(1) J'ai traité des moyens d'affurer les fonds néceffaires à la liquidation de la finance des Offices, fans augmenter la contribution nationale. *Livre* 4e, *ch.* 16.

eccléfiaftiques : ce droit n'appartient ni aux Papes , ni aux Rois.

Les Papes n'ont qu'une jurifdiction purement fpirituelle, & tout ce qui concerne l'ordre public des Nations, leur eft totalement étranger.

Les Rois, en fe mettant dans le dangereux ufage de nommer aux dignités eccléfiaftiques, n'ont pas prévu fans doute combien leur fageffe pouvoit être trompée par l'intrigue, & les funeftes effets qui devoient réfulter pour les mœurs publiques, de faire des Evêques courtifans, gouvernant leurs Diocefes, du fein du luxe & de la molleffe.

Bientôt la difcipline eccléfiaftique n'a plus eu de rigueur que pour la feconde claffe du Clergé ; les Chefs fe font cru permis d'accumuler Bénéfices fur Bénéfices ; l'opulence a introduit le luxe dans le Sacerdoce , & le luxe a fini par tenir lieu de mérite à ceux que la Religion appelle à la pratique des plus éminentes vertus , pour remplir les devoirs de Peres fpirituels des Peuples , & de dépofitaires du patrimoine des pauvres.

Si le bonheur des hommes réunis en fociété eft le réfultat des mœurs publiques & des Loix, vous croirez jufte, Sire & Messeigneurs, de réfilier le Concordat fcandaleux paffé entre François Premier & Léon X, comme portant atteinte aux mœurs & aux Loix : comme portant atteinte aux mœurs, en accumulant dans les mains de la premiere claffe du Clergé , des richeffes corruptrices, dont le dépôt n'a été confié à l'Églife que pour en faire la diftribution à tous les malheureux, la fubfiftance des Prêtres prélevée; & de nos jours nous avons la douleur de voir la feconde claffe du Clergé manquer du plus étroit néceffaire , & le Peuple

François, appauvri par la dîme, par les frais de naiſſance, de mariage & de ſépulture, ne pouvoir ſecourir plus de huit millions de leurs freres, à qui les Prélats prodiguent des Indulgences,& qu'ils laiſſent languir dans la plus affreuſe miſere; comme portant atteinte aux Loix, parce que nos Rois ont dégradé la Majeſté Royale, en ſoumettant leurs Sujets à un tribut, en faveur d'une Puiſſance étrangere, pour un droit qui n'appartenoit point aux Papes, mais à l'Egliſe Gallicane, c'eſt-à-dire à tous les Citoyens François qui profeſſent la Religion Catholique Romaine.

La régénération des mœurs publiques & des Loix exige impérieuſement qu'en France, le Gouvernement étant plei-nement monarchique, toute la Hiérarchie des dignités, tant civiles qu'eccléſiaſtiques, ſoit excluſivement à la nomi-nation du Souverain, d'après le vœu national, parce que rien n'exiſte dans la Nation que par elle & pour elle; & pour que la juſtice des Rois ſoit conſtamment éclairée par le vœu national, il faut que chaque Commune ſoit autoriſée, par la Loi de l'Etat, à préſenter au choix du Souverain les Prêtres qu'elles croiront dignes d'occuper les places de Curé; & chaque Aſſemblée d'Etats Provinciaux préſenteroit les Curés qui ſe feroient rendus aſſez recommandables par leurs vertus, pour mériter d'occuper le Siege d'Evêque, &c. &c.

Lorſque le regne des mœurs & des Loix ſera rétabli, l'Egliſe fera rentrer les Pauvres dans leur patrimoine, & l'on recon-noîtra enfin que la piété des Rois & du Peuple François (1)

---

(1) Dans l'origine de la Monarchie, les Rois vivoient du produit de leurs domaines, & lorſqu'ils s'en ſont dépouillés ſucceſſivement pour doter les Egliſes, il a fallu qu'ils ſe créaſſent de nouveaux revenus, en établiſſant des impôts ſur les Peuples.

n'a pas accumulé des biens immenfes dans la main des Moines, des Prêtres & des Evêques, &c. pour les faire vivre dans le luxe & dans la molleffe, mais pour qu'ils puffent donner l'exemple de la plus éminente de toutes les vertus, la charité chrétienne.

4°. Je vous dénonce la Loterie Royale de France, SIRE & MESSEIGNEURS, parce que nos maximes antiques & nationales profcrivent toutes les inftitutions qui portent en elles un principe de corruption des mœurs publiques.

Il vous paroîtra immoral, autant qu'impolitique, de conferver une branche de revenu national, qui détruifoit tous les principes de la morale, en excitant dans le cœur de tous les Citoyens une cupidité défordonnée, qui a fait des victimes de tous les genres, en amenant le fuicide, le vol domeftique, une foule de maux inconnus à nos peres.

Si vous jugiez, SIRE & MESSEIGNEURS, qu'il fût à craindre pour la Nation que quelques-uns de fes enfants poffédés de la fureur du jeu, puffent encore, malgré votre cenfure, porter leur richeffe aux Loteries étrangeres; alors la dignité du Peuple François, ne vous permettant pas de conferver une partie de fon revenu, qui eft un foyer de corruption & de ruine des Citoyens, pour vous accommoder,

---

Les impôts ont appauvri une partie de la Nation, &, fous tous les rapports, les biens de l'Eglife, donnés par les Rois, appartiennent à la claffe indigente de la Nation. La difcipline eccléfiaftique eft d'accord avec la juftice, puifqu'elle oblige ftrictement tous les Prêtres à donner leur fuperflu aux pauvres. Si la difcipline eccléfiaftique n'eft pas exécutée publiquement, comme dans l'origine du Chriftianifme, c'eft la faute des Rois; l'Eglife n'a qu'une jurifdiction purement fpirituelle, elle doit perfuader, & jamais forcer la croyance : toutes les actions des Prêtres concernent l'ordre civil, & alors ils font fous la main de Céfar, c'eft-à-dire fous la main de l'exécuteur fuprême de la Loi qui gouverne tous les Citoyens.

en

en quelque forte, à notre feiblesse, vous croirez convenable, SIRE & MESSEIGNEURS, de former un établissement qui, en calmant autant qu'il est possible ce délire de notre raison, porte à la caisse nationale des Pauvres les pertes de tous ceux qui auront la démence de vouloir s'appauvrir.

5°. Je vous dénonce les droits de traites, d'aides, &c. qui se perçoivent à la circulation dans l'intérieur du Royaume, SIRE & MESSEIGNEURS, parce que nos maximes antiques & nationales font fondées fur la liberté & fur la propriété publique.

L'armée des Satellites du fifc fera congédiée, & on abolira ces bureaux de tyrannie, dont l'origine remonte à Philippe-le-Bel, qui, par les circonstances où il se trouva placé, & par le génie dont la Nature l'avoit favorisé ; pouvoit être le fecond Charlemagne de la Nation, & qui, par fa prodigalité & fon despotisme, fit le malheur de fon Peuple & de fa postérité.

Toutes les parties du Royaume cesseront de nos jours d'être dans un état respectif d'hostilité, & comme au temps de nos Peres, si nous ne sommes pas exempts de tout impôt, du moins l'impôt ne fera plus qu'une offrande que nous ferons à la Patrie. Nos Provinces cesseront d'être étrangeres les unes aux autres, & la Nation aura enfin le bonheur de communiquer librement avec tous fes Membres, dans tous les points du Royaume ; alors nous ne formerons plus qu'un feul Peuple & qu'un feul Empire.

6°. Je vous dénonce les droits d'aides, d'octrois municipaux, de Courtiers-Jaugeurs, d'Inspecteurs aux Boucheries, &c. qui se perçoivent dans plusieurs Villes & lieux du Royaume, SIRE & MESSEIGNEURS, parce que nos maximes an-

D

tiques & nationales font fondées sur la liberté & sur la propriété individuelle de tous les Citoyens.

L'on reconnoîtra l'injustice des impôts sur les consomma-
tions, parce que l'homme indigent en supporte dix fois plus
la charge que l'homme riche; & l'on congédiera cette armée
de surveillants & de suppôts du travail en finance, qui nous
enlevoit une portion de notre propriété à chaque pas, à
chaque mouvement que nous faisions faire à nos productions,
& nous ne ferons plus obligés d'acheter vingt fois la per-
mission d'user du même objet.

Nos bibliotheques seront enfin purgées de cet amas immense de Loix inintelligibles, dont il étoit impossible aux
Citoyens d'acquérir la connoissance; de maniere que les con-
traventions, les amendes, les confiscations se trouvoient, en
derniere analyse, former la principale branche du produit.

Vous calculerez dans votre sagesse, SIRE & MESSEI-
GNEURS, les moyens de remplacer le produit de ces impositions arbitraires & vexatoires; & si vous trouvez qu'il n'y
a pas de ressource pour former le revenu national, sans y
comprendre le remplacement de ces impôts, alors vous rendrez du moins au Peuple François l'exercice de ses droits
imprescriptibles de liberté & de propriété; & si vous ne croyez
pas possible de pouvoir établir dès-à-présent la répartition proportionnelle de l'impôt sur la propriété entre les Provinces, les
districts, & les Habitants de chaque Commune; alors vous
convertirez tous ces droits en abonnements, que vous fixe-
rez sur le pied du produit net actuel, en faveur des Villes
& lieux sujets, & vous trouverez juste, SIRE & MES-
SEIGNEURS, de laisser la liberté à chaque Communauté
d'Habitants de s'imposer à ce sujet comme ils le trouveront

convenable, à la pluralité des suffrages, parce que c'est là
le droit que notre ancienne constitution leur assure & leur
garantit ; enfin, vous réglerez que la somme des abonnements de ces droits sera successivement réduite, & entiérement supprimée au fur & mesure des fonds libres que la
Nation acquerra par l'extinction progressive des rentes viageres & par le remboursement de la dette.

7°. Je vous dénonce les impôts sur les cuirs & peaux
tannés ; sur la marque des fers, sur la marque d'or & d'argent, sur les poudres & amidons, sur les papiers & cartons,
sur le contrôle des toiles & sur la fabrication des huiles &
savons, SIRE & MESSEIGNEURS, parce que nos
maximes antiques & nationales défendent de porter la
moindre atteinte à la liberté entiere & indéfinie de l'industrie des Citoyens, toutes les fois qu'ils n'en abusent pas,
pour porter préjudice à la liberté & à la propriété publique.

On verra enfin abolir cette œuvre du travail en finance, qui
asserviffoit l'industrie nationale à des marques & à des em-
preintes toujours insuffisantes pour éclairer la religion du
Juge, sur les prétentions du fisc accusateur & de l'Artiste
opprimé (1).

Le régime actuel, SIRE & MESSEIGNEURS, n'a
point de bases solides, & ne suffit point à la perception de
l'impôt ; il tient dans l'oppression cette claffe nombreuse de
Citoyens qui, par des travaux pénibles, décuplent la valeur
de nos productions ; & vous les rendrez à cet état primitif

---

(1) *Vide* le Mémoire concernant le régime actuel de l'impôt sur les cuirs &
peaux tannés, présenté au Gouvernement par l'Administration des Etats de
Provence, & le rapport de cette affaire, par M. Dupont, Conseiller d'Etat.

de liberté légitime, dont la nature, la raison & les Loix juftes défendent de priver un feul homme. Alors le commerce national fera délivré de fes liens, & nous aurons le bonheur de voir l'induftrie de nos Concitoyens n'avoir plus d'autres bornes que celles que la nature elle-même a pu lui pref-crire.

Pour remplacer toutes ces impofitions deftructives de l'induftrie nationale, & cependant pour faire contribuer l'induftrie de la Nation à former le revenu public, vous peferez dans votre fageffe, SIRE & MESSEIGNEURS, fi un droit modéré de timbre fur tous les papiers de commerce ne fera pas la repréfentation la plus jufte & la plus propor-tionnelle que l'on puiffe établir à la place de tous ces droits qui étoient une caufe de ruine pour le commerce lui-même, dans fes plus précieufes branches.

8°. Je vous dénonce les maîtrifes & les jurandes, SIRE & MESSEIGNEURS, parce que nos maximes antiques & nationales affurent à chaque Citoyen en particulier, & à tous en général, la liberté indéfinie d'exercer leur induftrie comme il leur plaît.

On ceffera enfin de mettre à prix le privilege d'exercer librement les arts & les métiers ; & nous aurons le bonheur de voir de nos jours tous les Citoyens François former un Peuple de freres, exercer à leur gré leur induftrie, & fous la fauve-garde des Loix nationales, lever des boutiques avec la franchife la plus indéterminée, dans toutes les Villes & lieux du Royaume qu'il leur plaira ; & fi les droits fur les confommations font fupprimés, pour être proportionnel-lement impofés fur l'univerfalité de la propriété, on recon-noîtra alors que le prix naturel de toutes les denrées, de toutes les marchandifes & de tous les travaux, eft le réfultat unique de la concurrence & de la liberté (1).

Vous aurez à régler dans votre fageffe, Sire & Messei-gneurs, quels font les moyens d'affurer la liquidation de toutes les charges & de toutes les dettes dont les différentes Corporations d'arts & de métiers fe trouvent grevées, & fans doute vous croirez jufte d'en affurer la liquidation.

Vous aurez encore, Sire & Messeigneurs, à prononcer fur un point bien important, pour affurer à jamais les progrès du commerce national : c'eft de décider fi, en fupprimant les maîtrifes & les jurandes, il ne feroit pas utile de conferver cependant les Corporations, & d'établir que tous les Citoyens exerçant les arts & les métiers, fuffent obligés de faire infcrire tous les ans, pardevant le Magiftrat Municipal du lieu de leur domicile, leur nom, leur proffeffion, le nombre de leurs Ouvriers, l'état de leur commerce, & les moyens qu'ils croiroient convenables pour que la puiffance pu-blique employât pour en augmenter, ou du moins pour en affurer la profpérité ; & enfin, fi, en détruifant tout privilège exclufif pour les inventions nouvelles, il ne feroit pas jufte que tous les Citoyens exerçant les arts & les métiers, contribuaffent

---

(1) On fe plaint du traité de commerce avec l'Angleterre, & l'on croit dire quelque chofe en obfervant que les Anglois ont fur nous l'avantage de l'induftrie, & que nous fommes vingt-quatre millions d'hommes à confommer leurs marchan-difes, lorfqu'ils ne font que huit millions pour confommer nos denrées, &c. Ceffons d'être Anglomanes, ayons une patrie, des loix juftes, une propriété ; foyons François & Citoyens ; que nos Rois nous donnent l'exemple de ne jamais fe vêtir que des étoffes nationales ; qu'aucun Citoyen ne puiffe remplir de fonction publique qu'étant vêtu des étoffes fabriquées en France, bientôt les Anglois n'auront rien à nous fournir, fi ce n'eft quelques étaims, &c. Ils feront forcés de confommer nos fels, nos vins, nos eaux-de-vie, nos fruits fecs, &c....

à former la fomme que la Nation accorderoit, par forme d'encouragement, aux découvertes utiles, pour perfectionner & accroître toujours davantage notre induſtrie nationale.

Les moyens les plus puiſſants d'augmenter la profpérité publique, SIRE & MESSEIGNEURS, (après les Cultivateurs) réfident dans les mains de ceux qui donnent une nouvelle valeur à la production par leur induſtrie. Malgré les lumieres, le zele & les travaux des perſonnes en place qui ſont occupées de l'adminiſtration du commerce, cependant on a à peine encore ſuivi quelques-uns des rameaux de l'induſtrie nationale.

Il eſt temps que cette inertie ceſſe, il eſt temps que la Nation connoiſſe à fond toutes les branches de ſon agriculture, de l'éducation des troupeaux, des arts & du commerce, pour qu'elle puiſſe les vivifier toutes par l'influence d'une protection ſuivie & éclairée, parce que ce ſont là vraiment les baſes uniques de l'édifice ſocial. Il ne nous ſuffira donc plus de rechercher à grands frais, & toujours d'une maniere néceſſairement très-inexacte, quels ſont les rapports qui exiſtent entre les exportations & les importations du commerce.

Un plan plus vaſte & plus utile mérite de fixer l'attention de l'auguſte Aſſemblée nationale, il conſiſte, SIRE & MESSEIGNEURS, à conſtater annuellement quels ſont les rapports qui exiſtent en France entre la population, les produits de l'agriculture, de l'éducation des beſtiaux, des arts & du commerce, & entre les impoſitions tant nationales que locales.

Alors on pourra trouver le moyen d'établir la répartition proportionnelle de l'impôt à raiſon des propriétés, & connoître le réſultat des rapports qui exiſtent entre les produits annuels de notre agriculture, de l'éducation des beſtiaux, & des arts, avec les quantités de ces productions néceſſaires à notre confommation, & entre celles que notre commerce exporte & qui nous font importées.

Les bafes de cette grande opération fe trouvent uniquement dans l'Adminiftration municipale de chaque Commune, vraiment repréfentative de l'univerfalité des Citoyens (1).

Le Confeil municipal de chaque Commune diviferoit fes travaux en trois parties : 1°. Légiflation; 2°. Adminiftration, Police, répartition, recouvrement & emploi de l'impôt; 3°. agriculture, éducation des beftiaux, arts & commerce.

Les Affemblées de Diftriéts feroient la rédaction des obfervations des Communes; les Affemblées d'Etats Provinciaux en feroient l'examen approfondi relativement à toutes & à chacune des Communes de la Province; & les Etats-Généraux du Royaume deviendroient alors le complément de l'Adminiftration municipale, & fe trouveroient éclairés fous tous les rapports de ce que la juftice légiflative du Souverain devroit fanctionner comme utile, ou profcrire comme nuifible au bien général & particulier de l'univerfalité des Communes.

Ce travail, jufques aujourd'hui impoffible à raifon de la monftruofité de notre organifation fociale, peut à préfent s'effectuer en peu d'années, fi la Nation rentre dans l'exercice légitime de fes droits imprefcriptibles de liberté & de propriété.

9°. Je vous dénonce l'impôt fur le tabac, & le privilege exclufif des travailleurs en finance, pour le débit de cette denrée, Sire & Messeigneurs, parce que nos maximes antiques & nationales défendent de violer la liberté & la propriété publique & individuelle des Citoyens.

_____

(1) *Voyez* mes premieres Obfervations.

Le travail en finance aura la douleur de voir abolir le chef - d'œuvre de son génie monstrueux, parce qu'il prive, depuis un siecle, la propriété nationale d'une culture précieuse, & qu'il nous imposoit un tribut immense en faveur des Peuples étrangers & souvent ennemis (1).

La Nation s'attend, SIRE & MESSEIGNEURS, à ne plus voir une partie de ses enfants quitter les travaux utiles, par la cupidité d'exercer une contrebande repréhensible, & une autre partie armée par les Loix, pour l'empêcher.

Nous mettrons en valeur la portion de nos héritages qui n'étoient propres qu'à cette culture, & nous créerons une nouvelle production nationale, qui, en augmentant nos richesses réelles, nous affranchira pour toujours du tribut que le fisc nous avoit imposé en faveur des Nations étrangeres. Bientôt, peut-être, nous récolterons une assez grande quantité de cette denrée, pour en faire un objet d'échange avec les Peuples qui en manquent, & nous nous procurerons de nouvelles richesses & de nouvelles jouissances.

10°. Enfin, SIRE & MESSEIGNEURS, je vous dénonce la Gabelle.... Ce mot annonce un des plus grands malheurs qui puisse affliger un Peuple, & déjà il me semble voir toute l'horreur qu'elle vous inspire.... Ce mot rappellera à votre souvenir plusieurs siecles de barbarie.... Vous gémirez de penser, SIRE & MESSEIGNEURS, que nous sommes au dix-huitieme siecle, que nous nous enorgueillissons de nos lumieres, de notre sagesse, de notre humanité, & que cependant vous trouvez que cet impôt existe encore.

_____

(1) Environ 20 millions par année, dont 9 millions pour les achats de matieres nécessaires à la Ferme, & le reste est vendu en France par des contrebandiers, partie étrangers, partie Citoyens,

Oui,

Oui, SIRE & MESSEIGNEURS, il exifte encore, cet impôt monftrueux, même aux yeux des travailleurs en finance, puifqu'il eft néceffaire qu'ils fe dépouillent de tout fentiment humain, pour pouvoir l'exercer, fans frémir des maux qu'il occafionne.

Profcrit dès fa naiffance, cet impôt défaftreux fut fans doute toléré par les Peuples, parce qu'ils ne trouverent pas d'autre reffource pour délivrer le Roi Jean de fes fers. Mais, dit-on, hélas! la Nation fembla prévoir tout le poïds de la chaîne dont elle fe chargeoit par amour pour fon Roi malheureux.

Il eft temps, SIRE & MESSEIGNEURS, il eft temps que nos fers fe brifent & que l'humanité refpire; donnez ordre de compulfer les regiftres mortuaires des Tribunaux d'exception & des Cours fouveraines du Royaume, & vous trouverez des milliers de Citoyens affaffinés par la Loi (1).... & vous trouverez des milliers de Citoyens que la Loi fait traîner tous les ans dans les Galeres, pour y vivre mêlés & confondus avec cette fange de la Nation qui s'étoit vouée au crime.... & vous trouverez des milliers de Citoyens qu'annuellement la Loi flétrit dans leur honneur, mutile dans leurs biens, & réduit, eux & leur famille, à cet excès de mifere, qui ne laiffe pour derniere reffource que de devenir réellement criminels.

A la vue d'une calamité fi affligeante, fi générale, & qui dure depuis tant de fiecles, vous ferez révoltés, SIRE & MESSEIGNEURS, de toutes les horreurs qui fe préfenteront en foule à votre penfée, & vous demanderez pourquoi cette Loi barbare, cette armée de Satellites du fifc, ces

---

(1) Plufieurs François condamnés à mort toutes les années, trois à quatre cents envoyés aux Galeres, & plus de dix mille mis en prifon.

E

Tribunaux d'exception , ces bourreaux , ces gibets ; ces victimes?.......... Alors la voix impofante de vingt-quatre millions d'hommes opprimés fe fera entendre; & l'on vous répondra , c'eft parce que la Nature bienfaifante a prodigué le fel fur tous les rivages du Peuple François, & que le travail en finance lui a fait interdire l'ufage de cette denrée , quoiqu'elle foit de premiere néceffité pour tous les hommes, pour tous les animaux.... pour communiquer à la terre un nouveau principe de reproduction & de fécondité.... quoiqu'enfin elle foit néceffaire à tous les Peuples de l'univers qui en manquent prefque tous, & avec qui la France auroit pu former des échanges réciproquement utiles & néceffaires entre Peuples.

Oh ! combien je regrette de ne pouvoir pas réunir dans un feul point tous les crimes que cet impôt défaftreux a fait commettre.... tous les malheurs publics & particuliers dont il eft la caufe.... toutes les larmes de fang qu'il a fait couler & que tous les jours il fait couler encore!... Alors je vous préfenterois cet épouvantable tableau, SIRE & MES-SEIGNEURS, & à l'afpect de cette nouvelle Gorgone , vous refteriez glacés d'effroi. ... Alors je ferois ruiffeler fous vos yeux tout le fang des malheureux François que cet impôt exécrable a fait affaffiner; & pour mieux pénétrer votre ame de toute l'horreur que la Gabelle m'infpire, je demanderois à VOTRE MAJESTÉ, je demanderois à VOS SEIGNEU-RIES quelles font nos maximes antiques & nationales qui ont pu autorifer les Rois à établir un pareil tribut; les Peuples à le tolérer; les Parlements à en confacrer les augmentations fucceffives; le fifc à en exercer la perception; les Tribunaux à condamner les droits imprefcriptibles de la liberté & de la propriété des Citoyens ; & les bourreaux à exécuter leurs Arrêts.

Alors, Sire & Messeigneurs, je vous demanderois pourquoi, fi nos maximes antiques garantissent la liberté & la propriété nationale & individüelle de tous les Citoyens, cependant on a pu se croire permis de les violer à ce point, pendant plusieurs siecles.

Ah! s'il étoit possible, Sire & Messeigneurs, que vous laissassiez seulement subsister le nom de cet impôt horrible & inhumain , vous vous rendriez coupables aux yeux de l'univers, du crime affreux de lese-Patrie & de lese-humanité.

Mais, où m'emporte mon zele ? Le Pere de la Patrie n'a-t-il pas déjà solemnellement annoncé ses intentions bienfaifantes?

Ai-je pu douter un feul moment que le Roi & les Députés du Peuple François manqueroient affez de patriotifme & d'amour de la juftice , pour ne pas faire ceffer le malheur de vingt-quatre millions d'hommes opprimés & dégradés par le travail en finance ?

Oh! non, fans doute ; non, perfonne ne doute moins que moi des vues paternelles du Souverain, & de l'efprit de concorde, de paix & de juftice qui va animer tous les Repréfentants de la Nation. Je fuis fi pénétré de refpect pour les oracles que le tribunal augufte du Peuple François va prononcer, que je finis ma dénonciation par préfenter la caufe qui fit naître le travail & les travailleurs en finance ; la caufe qui depuis Philippe-le-Bel, a mis la divifion dans la grande famille françoife ; la caufe enfin, qui, depuis Hugues-Capet , a été le foyer des prétentions défordonnées des uns, de la fervitude des autres , & du malheur des Rois & des Sujets.

E 2

Ce font les reftes de la monftrueufe anarchie féodale &
de fes préjugés barbares que je finis par vous dénoncer,
Sire & Messeigneurs; &, conformément à nos
maximes antiques & nationales, je vous demande à la face
de l'Univers, je vous demande au nom de la Nation Françoife,
dont vous tenez les deftinées dans vos mains ; je vous demande
au nom de vingt-quatre millions d'hommes & de leur poftérité,
je vous demande un Arrêt folemnel de profcription de tous
les ufages, de toutes les coutumes, de toutes les redevances,
de toutes les fervitudes, &c. . . . qui prennent leur origine
dans la fource impure de la féodalité.

La Patrie, Sire & Messeigneurs, la Patrie
s'attend à voir rétablir l'autorité royale, & la liberté & la
propriété des François dans toute leur effence & dans toute
leur dignité, en aboliffant pour jamais tous ces ufages barbares
qui appefantiffoient le joug de la fervitude fur une partie des
Citoyens, & en les autorifant à racheter tous ces droits auffi
onéreux qu'humiliants qui avoient anciennement été établis
par la force, qui fe trouvent aujourd'hui en quelque forte
confacrés par l'ufage, mais auxquels le temps n'a pu donner
le titre légal de propriété facrée.

Lorfque cet Arrêt folemnel de juftice aura été rendu, alors,
Sire & Messeigneurs, vous aurez été juftes, notre
conftitution fera rétablie, & comme au temps de nos peres,
nous ferons libres & propriétaires ; nous aurons une feule Loi
& un feul Roi ; nous ne formerons plus qu'un Peuple de
freres, parce que la Nation en corps & chaque Citoyen en
particulier jouira de fes droits légitimes & imprefcriptibles de
liberté & de propriété.

Alors nous aurons le bonheur de voir une feconde fois en

France, l'or être véritablement utile à la félicité publique ; &
en devenant l'échange des reftes barbares du régime féodal (1) ;
ce métal expiera en quelque forte les crimes qu'il a fait
commettre , & tous les malheurs publics & particuliers dont
il a été la caufe.

La Loi fainte qui aura profcrit le régime féodal, rétablira
cette heureufe harmonie de volonté publique qui n'auroit
jamais dû ceffer d'exifter entre les François ; & dès qu'ils
n'auront plus que le même intérêt à défendre, la nature
reprendra d'elle-même fes droits, & la raifon fon empire fur
tous les Citoyens.

On- reconnoîtra que tous les François font hommes &
Citoyens avant d'être Moines , Prêtres , Evêques ou Nobles ;

---

(1) Les recherches faites , en 1758 , par M. de Boulogne , prouvent que les
revenus annuels des droits féodaux, autres que ceux dans la main du Roi, s'élèvent
annuellement à 15,6000,000 liv., claffés de la manière fuivante : 1°. Droits des
décimes fur les récoltes, attribués aux Seigneurs desParoiffes, 6,000,000 liv.; 2°. droits
de lods-&-ventes , cens & rentes , dus aux Seigneurs des Paroiffes fur les biens en
roture fitués dans leurs feigneuries, de même fur les biens nobles qui relevent des
grandes feigneuries , 4,600,000 liv. ; 3°. grand nombre de péages dans le Royaume ,
appartenants aux Seigneurs des Paroiffes , 4,500,000 liv.; 4°. droits fur les boiffons
vendues en détail dans les Villes , Bourgs, Paroiffes , formant un Duché-Pairie.

Ces droits , d'un verre par pot , payés en efpeces , font attribués aux Ducs , Comtes
& Pairs , 500,000 liv.

Total, 15,600,000 L., dont le Clergé doit être propriétaire d'au moins 5,600,000 l. ;
& le rachat de cette propriété anti-fociale , produira la fomme néceffaire pour acquitter
fa dette.

Les 10,000,000 reftants font une propriété des poffeffeurs de fiefs nobles & roturiers ;
cette fomme eft entrée dans les partages des familles , & il faut en affurer le rembourfement aux propriétaires , parce qu'ils étoient de bonne foi.

Elle repréfente un capital de trois à quatre cents millions , & il devient indifpenfable
de rendre une Loi claire & précife pour affurer la liquidation de tous ces droits ;
il faut plus , il eft néceffaire que la Nation s'oblige de racheter elle-même tous ceux
de ces droits qui n'auront pas été liquidés dans l'efpace de dix ans ; & j'en ai fait
article au projet de Loi de la caiffe nationale d'amortiffement.

que comme Citoyens diftingués dans la Nation, on ne tient qu'à des aggrégations connues fous le nom de *Clergé* & de *Nobleffe* ; mais que comme hommes & Citoyens, on eft membre de la Commune, & que rompre l'unité de l'Admi-niftration municipale, c'eft vouloir perpétuer tous les abus, en mettant des obftacles à ce que la Loi puiffe vraiment exprimer le vœu national ; c'eft priver le commerce des lumieres des Citoyens les plus recommandables ; & c'eft entretenir le flambeau des difcordes civiles, qui produiroit néceffairement la diffolution du Corps politique.

Lorfque l'unité de l'Adminiftration municipale aura été confacrée, alors la conftitution repofera irrévocablement pour jamais fur des bafes immuables, SIRE & MESSEIGNEURS, & l'augufte Affemblée nationale pourra fe livrer avec fuccès à l'examen des moyens d'effectuer la reftauration des finances, par la feule réforme des abus de l'impôt, de fa répartition & du recouvrement.

On trouvera que le Compte rendu en 1788, par ordre du Roi, préfente deux tableaux importants à approfondir.

Le premier eft celui de la fixation de produit du revenu national, porté à la fomme de 472,415,549 liv. ; le fecond eft celui des dépenfes nationales, portées à 663,153,041 liv. & pour réfultat il exifte un déficit de 160,737,492 liv.

Telles font les bafes d'après lefquelles j'ai traité mon Ouvrage ; & vous trouverez, SIRE & MESSEIGNEURS, que je fuis d'accord avec les Adminiftrateurs actuels, en admettant en principe un déficit de 160,737,492 liv. confiftant en 54,929,540 liv. de différence entre les revenus & les dépenfes fixes ; 76,502,367 liv. de rembourfement, & 29,395,585 liv. de dépenfes extraordinaires.

Par l'examen du Livre premier & fecond de l'Ouvrage que j'ai l'honneur de vous préfenter, vous trouverez, Sire & Messeigneurs, que pour former la fomme de 472,415,549 liv. de fixation de produit, porté au Compte de 1788, la Nation contribue pour la fomme de 522,253,238 l. fans y comprendre la perte de temps & de travaux utiles de la part des Prépofés du fifc, de la part des Contrebandiers, de la part des Citoyens ruinés par les amendes, & réduits à la mendicité eux & leur famille, & fans y comprendre encore l'anéantiffement annuel de richeffe, relativement à l'agriculture, par la privation de la culture du tabac, & parce qu'on ne peut communiquer à la terre tout le principe de fécondité dont elle feroit fufceptible, fi l'on employoit du fel dans les engrais; relativement à l'éducation des beftiaux, parce qu'on eft forcé de leur refufer la partie de fel qui eft néceffaire pour leur nourriture ; & enfin relativement à la perfection des arts & aux progrès du commerce, par les liens dont le fifc les a enveloppés.

Cette fomme immenfe de contribution nationale fe trouve, en derniere analyfe, réduite à celle de 416,298,752 liv. , appliquée au paiement des dépenfes publiques, & la Nation perd annuellement 105,954,486 liv. en frais de perception, bénéfices du fifc, non-valeurs, indemnités & gafpillages de toute nature ; de maniere que les 522,253,238 liv. de contribution nationale fupportent d'abord 58,941,954 liv. de frais de perception, de bénéfices du fifc ou de non-valeurs pour l'Etat, & la réduifent à 463,311,284 liv. & la portent, par des objets divers, à 472,415,549 liv. de fixation de produit ; & en déduifant de cette fomme 47,012,532 liv. de traitement aux Agents du fifc, frais de bureaux, indemnités

& gaſpillages de tóute nature , conformément au Compte de 1788 ; il ne reſte de net que 416,298,752 liv. pour faire face aux véritables dépenſes publiqués , & 421,327,782 liv. en y comprenant les objets divers.

Par l'examen du Livre troiſieme, vous trouverez , S I R E & M E S S E I G N E U R S , la poſſibilité d'établir la contribution nationale ſur le pied de 483,576,631 livres ; de réduire les frais de recouvrement à 30,576,631 livres ; d'avoir un revenu national de 453,000,000 liv. net au Tréſor Royal, d'obtenir une économie des plus importantes ; & , en ſupprimant tous les impôts odieux qu'avoit enfantés le travail en finance, vous accroîtrez annuellement nos richeſſes réelles, par le produit du temps & des travaux utiles des Satellites du fiſc , des Contre-bandiers, des Citoyens qui étoient ruinés par les amendes ; & enfin par la perfection des arts, par la liberté du commerce, par la culture du tabac , & par l'uſage du ſel pour la nourriture des beſtiaux & pour l'amélioration de nos engrais.

Les diverſes branches de revenu public, dont vous trou-verez le détail dans le Livre troiſieme, S I R E & M E S S E I-G N E U R S , peuvent, à la rigueur, être exercées en totalité par les Adminiſtrations municipales des Provinces. Cependant j'ai cru préférable de les diviſer en deux parties ; la premiere , pour être exercée par les Magiſtrats municipaux ; & la ſeconde , par des Compagnies d'Adminiſtrateurs , qui, quoique direc-tement comptables au Tréſor royal, pourront encore être ſou-miſes à compter pardevant chaque Aſſemblée d'Etats Pro-vinciaux , pour que toutes puiſſent connoître en particulier , par elles-mêmes, la quotité de la contribution dans le territoire de leur adminiſtration , & l'influence de l'impôt ſur tous & ſur chacun des objets qui en ſont grevés.

La

La Gabelle fera fupprimée avec tous les impôts onéreux à l'Agriculture, à l'éducation des beftiaux, à la perfection, aux progrès des Arts & à la profpérité du Commerce ; tous les droits d'aides feront abonnés, & l'abonnement en fera progreffivement réduit & entiérement fupprimé ; les barrieres feront portées à l'extrêmité des frontieres ; les droits d'entrées de Paris, fur les vins & fur les boiffons, feront réduits d'un tiers ; l'arbitraire de la fixation des droits de contrôle, &c. fera aboli par une Loi claire & précife, autant que cette matiere peut le comporter ; chaque Citoyen rentrera dans fes droits imprefcriptibles de liberté & de propriété, par la Loi de rachat des cens & rentes, des lods-&-ventes, des péages, des francs-fiefs, des fous pour livres, des domaines engagés, &c. Toute la partie des impôts qui fera reconnue être une charge trop onéreufe pour la Nation, fera fucceffivement fupprimée au fur & mefure des fonds qui deviendront libres par l'extinction progreffive des rentes viageres, & par le rembourfement de la dette nationale.

En derniere analyfe, le Livre troifieme vous préfentera le réfultat d'une bonification de 75,377,855 livres, dont 38,676,607 liv. font appliquées en diminution de contribution nationale, & 36,701,248 liv. en augmentation de revenu public.

Si vous interrogez le travail en finance, SIRE & MESSEIGNEURS, il vous dira que cette grande & belle opération eft ruineufe pour la Patrie ; que c'eft à tort qu'on fe récrie fur la Gabelle, puifqu'elle produit environ cinquante-trois millions de net ; que l'impôt du tabac eft une contribution volontaire, & qu'elle produit plus de trente millions de net ; que tous les objets que je vous ai dénoncés, font le chef-d'œuvre d'une bonne adminiftration ; qu'à la vérité,

F

les frais de recouvrement & les gafpillages étoient un peu forts, mais qu'avec du temps & de la patience, on feroit parvenu à les réduire; qu'au furplus, tous ces frais n'étoient pas une perte pour l'Etat, & que la finance rendoit au centuple à l'Agriculture & au Commerce, le peu d'argent qu'elle en recevoit pour fes peines.

Semblable à un caméléon, le travail en finance, Sire & Messeigneurs, aura fans doute la hardieffe de fe préfenter devant votre Tribunal augufte, fous les plus brillantes couleurs; il cherchera à vous furprendre par fes preftiges; peut-être même aura-t-il la coupable audace de tenter de vous féduire, & de paroître à vos yeux fous la forme impofante de la plus ferme colonne de l'Etat.

Mais c'eft précifément devant vous, Sire & Messeigneurs, que je l'ajourne à comparoître, & c'eft devant l'augufte Tribunal de la Nation que je veux traduire l'hydre fifcal : je le dénonce comme le principal agent de la mifere publique, & je l'accufe au nom de tous les Laboureurs, de tous les Vignerons, de tous les Artifans, & de tous les Marchands & Négociants; c'eft au nom de vingt millions de François opprimés, que je l'accufe de s'être conftamment abreuvé du fang d'un grand Peuple, d'avoir toujours trompé la religion du Souverain, & porté atteinte à la liberté & à la propriété des Sujets.

. Auffi, à toutes les affertions du monftre fifcal, je ne me bornerai pas à vous dire, Sire & Messeigneurs, voyez cet infame gibet de Valence, où le Tribunal du fifc fait légalement affaffiner les François, pour avoir fait ufage du fel.

Je ne me bornerai pas à vous dire, voyez ces Galeres,

que le Tribunal du fifc a peuplécs de François, parce qu'ils avoient fait ufage du tabac & du fel.

Je ne me bornerai pas à vous dire, voyez ces millions de François, réduits à la mendicité, par les procédures, par les amendes & par les confifcations que le Tribunal du fifc leur a fait fubir.

Je ne me bornerai pas à vous dire, voyez tous les rameaux de l'induftrie nationale defféchés dans leurs racines.

Je ferai plus, SIRE & MESSEIGNEURS, je prouverai toutes les vérités que j'avance, & alors je vous dirai, voyez le défefpoir de cette claffe trop peu eftimée des François, qui, par des travaux pénibles, décuple la valeur des productions nationales ; voyez combien elle a diminué depuis trente années (1) ; & s'il vous étoit poffible, SIRE & MESSEIGNEURS, d'avoir le moindre doute fur cette importante vérité, je vous engagerois alors à faire le relevé des atteliers françois qui fe font élevés en Efpagne, en Italie, en Portugal, en Allemagne & en Ruffie, & vous reconnoîtrez que cette perte eft inappréciable.

Enfin je vous dirai encore, SIRE & MESSEIGNEURS, voyez, d'une part, le luxe effrené du travail en finance ; &, d'autre part, voyez les Laboureurs & tous ceux des François, qui par leur labeur, produifent toutes nos richeffes réelles : ils manquent du plus étroit néceffaire, & les producteurs des plus riches récoltes meurent de faim fur leur fumier. La caufe de cette calamité publique, SIRE & MESSEIGNEURS, provient uniquement de cette partie de l'impôt

---

(1) Le rapport de l'affaire des Tanneurs, fait par M. Dupont, Confeiller d'Etat, eft l'hiftoire fidele de toutes les branches de commerce opprimées par le fifc.

(75,377,855 liv.) (1) qu'on leur a fait payer pour la dépense nationale, mais qui étant partie gafpillée & partie portée à l'étranger, en échange du tabac, ne retourne plus vivifier la fource qui l'a produite.

Par l'examen du Livre quatrieme, vous trouverez, S i r e & M e s s e i g n e u r s, le moyen de faire difparoître le déficit de 160,737,492 livres, & d'avoir un excédent de revenu net de 26,248,167 liv. pour créer une caiffe d'amortiffements.

Par le Compte de 1788, les intérêts des emprunts par anticipation s'élevent à 14,860,000 liv. & donneront une économie de 3,860,000 liv. en confolidant cette partie de la dette par des paiements en contrats à 5 pour cent.

On peut fufpendre le rembourfement des 76,872,231 liv. & les affigner fur la caiffe des amortiffements, de maniere que les créanciers ne fouffrent pas de cette fufpenfion.

Les intérêts de la dette nationale s'élevent à 215,575,182 l. & la contribution des propriétaires rentiers aux charges publiques, devant être proportionnelle à la contribution de toutes les autres propriétés, elle fera d'un cinquieme, & la bonification s'élevera à 43,115,036 livres (2).

Enfin diverfes économies déjà réglées par le Compte de 1788, formeront une bonification de 39,655,530 liv. en y comprenant, d'une part, les dons & aumônes actuellement à

---

(1) A cette premiere fomme, il faut joindre la dîme eccléfiaftique, les frais d'Adminiftration de la Juftice ; & fi l'on y comprend l'anéantiffement de richeffe, alors on connoîtra vraiment la caufe de la mifere publique. *Vide* le ch. 6 du Liv. 5.

(2) Si les rentes font une propriété, il faut les impofer ; or, le produit net du territoire national payant un cinquieme, les rentes doivent payer dans la même proportion ; fi les Propriétaires de rente avançoient le paradoxe, que les rentes ne font pas impofables, alors, paradoxe pour paradoxe, on ne les confidéreroit plus comme propriété, & on réduiroit l'intérêt à deux & demi pour cent, tel qu'il eft en Hollande.

la charge de la Nation, & qui peuvent être portées à une caiffe nationale des Pauvres ; &, de l'autre, les frais de police & d'entretien du pavé de Paris, dépenfe municipale qui doit être à la charge de la Ville, & qui peut être répartie par une taxe fur les voitures, fur les chevaux & fur les domeftiques.

Le total de ces bonifications s'éleve à la fomme de 163,502,897 liv. & donne un excédent de 2,765,405 liv. en fus du déficit.

Alors la dépenfe nationale fera réduite à 426,751,833 liv. qui, déduite de 453,000,000 livres de produit net des impofitions, laiffera la fomme de 26,248,167 livres de revenu net annuel, qui pourront être appliqués, en temps de paix, à l'extinction de la dette nationale.

L'ordre une fois rétabli dans les finances, la France reprendra une prééminence politique proportionnée à fa fituation géographique, à fa population, à fes richeffes, & fur-tout à la fageffe de fon adminiftration intérieure.

Il eft à croire que fi l'on établiffoit en principe de fufpendre, en temps de guerre, les travaux publics, l'amortiffement de la dette, & d'augmenter les impofitions d'environ 40 millions; jamais dans les temps les plus critiques la Nation ne fe verroit plus dans le cas d'avoir recours à des emprunts toujours pires que des impôts : peut-être même le fléau de la guerre ne feroit plus au nombre de nos calamités : cet art meurtrier eft aujourd'hui foumis au calcul des reffources pécuniaires ; & lorfqu'on verroit la France dans tout l'éclat de fa puiffance, n'être cependant dirigée que par la modération & par la juftice; fi l'on voyoit, dis-je, la France déclarer folemnellement qu'elle renonce à augmenter fon territoire, mais qu'avant d'en avoir laiffé démembrer une feule métairie, il faudra avoir égorgé tous les

François, quelle Nation auroit la témérité d'ofer jamais lutter contre le majeftueux coloffe du Peuple François? Seroit-ce ce Peuple, plus Carthaginois que Romain, qui, tantôt pille notre commerce avant que la guerre foit déclarée, & tantôt le fait piller par les fatellites de fon accife, au mépris du droit public des Nations (1)?

Ce Peuple porte dans fon fein plufieurs caufes de la prochaine diffolution de fon corps politique. Son ariftocratie légiflative lui fera de nouveau rougir fa terre natale d'un fleuve de fang : fon defpotifme dans l'Inde forcera tôt ou tard les adorateurs de Brama à immoler ces avides Européens, ou à les précipiter dans le Gange; & fi jamais la France ouvre fes ports en franchife à toutes les Nations, fupprime tous les droits d'entrée & de fortie de fon territoire, avec les impôts fur les confommations, le Peuple Anglois feroit inévitablement forcé ou de perdre la prépondérance qu'il doit au commerce, ou de fuivre l'exemple de la France; & en perdant les deux tiers de fes revenus, que deviendroit alors fa confidération politique?

Mais fi les Anglois étoient affez fages pour devenir nos émules, s'ils fubftituoient les grands principes de l'Adminiftration municipale à leur ariftocratie légiflative, ils cefferoient alors d'être Carthaginois, ils feroient dignes de marcher nos égaux; & les deux Peuples, devenus freres par les Loix, pour-

---

(1) Si le traité de Commerce fixe l'attention de l'augufte Affemblée nationale, elle croira jufte de prendre en confidération les pertes que nos Négociants ont faites par les concuffions que l'accife de Londres s'eft permifes, en interprétant le traité, d'après les vues les plus condamnables. Il feroit peut-être de la dignité françoife, de nommer une Commiffion pour conftater les vols qu'on a faits à nos Négociants, & d'en réclamer la reftitution du fifc anglois; &, à défaut de paiement, de réfilier le traité.

roient travailler de concert à faire cesser les malheurs de tous les autres Peuples du monde.

Enfin, par l'examen du Livre cinquieme, vous trouverez, Sire & Messeigneurs, les moyens d'établir, 1°. le remplacement en faveur de la ville de Paris, de la somme qu'elle aura à payer pour les frais de police & l'entretien de son pavé; 2°. une Caisse nationale des pauvres & des travaux de charité pour faire disparoître la mendicité du Royaume, en procurant à nos Villes & à nos campagnes les ressources nécessaires pour donner un asyle, des travaux & des secours à tous les malheureux ; 3°. les moyens légitimes d'éteindre la dette du Clergé ; 4°. une Caisse d'amortissement de la dette publique ; & les divers tableaux qui forment le complément de mon travail sur les finances.

Si j'ai le bonheur que cet Ouvrage mérite de fixer l'attention de l'auguste Assemblée Nationale, daignez, Sire & Messeigneurs, daignez en agréer l'hommage : tous mes vœux sont remplis, si j'ai pu fournir à Votre Majesté & à Vos Seigneuries , un seul des moyens nécessaires pour faire cesser le malheur des François ; & je n'ai avancé aucun fait dont je ne m'empresse de donner le développement devant telle Commission qu'il vous plaira de former à cet effet.

Mais pour faire renaître la félicité publique , & pour l'établir irrévocablement pour jamais sur des bases que le temps ne puisse ébranler, les moyens simples sont ceux que la nature indique à un grand Corps politique.

Notre Gouvernement n'est ni ne doit être démocratique, cet ordre de choses ne peut convenir à un grand Peuple, où les simples Citoyens & les Magistrats ne peuvent agir fortement les uns sur les autres, & se contenir mutuellement dans le devoir.

L'aristocratie est absolument contraire à nos loix antiques & nationales, à nos mœurs actuelles & à nos usages; elle nous asserviroit à un pouvoir légistatif & exécutif de quelques Nobles, Clergé, possédants fiefs & Magistrats ; & il n'y auroit plus en France que quelques oppresseurs & vingt-quatre millions d'opprimés.

Le despotisme est anti-social, & je me dispense de le citer.

Nous gémissions cependant sous les deux fléaux réunis de l'aristocratie & du despotisme.

Mais notre constitution pleinement monarchique, ne laisse rien à désirer, pour pouvoir parvenir dans peu à une heureuse régénération du Corps politique, à la faveur de nôtre Administration, qui est universellement municipale.

Dans un pareil Gouvernement, le Roi a uniquement & exclusivement dans sa main suprême, l'exécution & la conservation de la Loi.

La Loi doit exprimer la volonté générale de l'universalité des Citoyens, & elle reçoit sa sanction légale par le consentement royal.

La volonté générale de l'universalité des Citoyens ne peut être connue que par le vœu de l'Assemblée de chaque Commune, vœu qui se trouve définitivement exprimé par la pluralité des suffrages de leurs Députés, en nombre proportionné ou de la population, ou de la propriété.

Dans une administration militaire, telle que celle des Francs à leur entrée dans les Gaules, ou lorsque la communauté des biens est admise dans une société, (comme dans l'origine du Christianisme),

Chriftianifme), alors la compofition de la Commune, à raifon du nombre des individus, eft la plus jufte; mais dans une adminiftration municipale & confervatrice de la propriété des Citoyens, l'affemblée de la Commune ne peut être formée que par les Citoyens propriétaires, de maniere que le Pauvre ait une influence relative à la confervation de fon néceffaire, lorfque le riche n'a à défendre que fon fuperflu.

Par notre conftitution, la Loi (l'acte qui exprime la volonté nationale) ne peut avoir pour but que la confervation de la liberté, de la propriété publique & individuelle des Citoyens, foit contre l'attaque d'un ennemi étranger, foit pour protéger le Citoyen opprimé contre le Citoyen oppreffeur; foit enfin pour améliorer la propriété par les progrès de l'Agriculture & de l'éducation des beftiaux, par la perfection de l'induftrie, & par la profpérité du commerce.

Cette vérité cardinale donne la folution du problême politique qui divife encore l'augufte Affemblée nationale.

Les Etats-Généraux doivent exprimer le vœu national, & pour que ce vœu puiffe être légalement exprimé, il faut que l'univerfalité des Citoyens propriétaires foit proportionnellement repréfentée dans l'affemblée de chaque Commune mandante, & dans l'Affemblée nationale mandataire.

Toute formation arbitraire du Corps municipal de la Commune & des Etats-Généraux, porteroit en foi le germe de la difcorde entre les Citoyens, & finiroit peut-être bientôt par produire une anarchie générale.

L'impôt ne pouvant être établi que fur la propriété, & le Citoyen propriétaire feul ayant droit de féance à l'affemblée de la Commune, il faut donc commencer par fe for-

G

mer une idée claire & précise de la nature des propriétés qui peuvent donner droit de représentation à la Commune, parce que, dans le fait, il n'y a que cette classe de propriété d'imposable, puisque l'impôt n'aura été délibéré & consenti que par cette classe de Propriétaires.

Je vais tâcher de développer cette vérité par des exemples.

Si l'on établit en principe que la propriété ne consiste pas uniquement dans l'universalité du territoire productif, mais qu'elle comprend encore l'universalité des productions dans les mains des Artistes & du commerce, & l'universalité du mobilier & des rentes, alors il est évident que les Citoyens François propriétaires ne sont point proportionnellement appellés, ni représentés dans l'auguste Assemblée nationale de 1789, puisqu'il n'y a pas encore de regle de proportion connue, & les Etats-Généraux, actuellement assemblés, ne sont que provisoires, & doivent se borner à pourvoir provisoirement à tous les besoins publics, & à régler, de concert avec le Souverain, les moyens de donner à la Nation une organisation légale & régulière, pour que la Loi, relativement à l'impôt, comme à tous les autres objets d'ordre public, puisse vraiment exprimer le vœu national.

Si, au contraire, l'on veut établir en principe, que le sol est l'unique propriété qui donne droit de représentation à l'Assemblée de la Commune & aux Etats-Généraux, alors l'auguste Assemblée nationale de 1789 peut en quelque sorte exprimer le vœu national, parce que le Clergé, la Noblesse & le Tiers ont été convoqués à raison de la propriété territoriale, & que cette propriété est à-peu-près proportionnelle entr'eux, à raison du nombre de leurs Députés.

Mais, dans ce cas, ils sont strictement obligés par la Loi

à voter l'univerfalité de l'impôt, uniquement fur le territoire, & cette erreur en politique & en adminiftration, ne tarderoit pas à avoir les fuites les plus funeftes.

Notre Agriculture feroit dans peu anéantie , parce qu'il eft de fait que le produit net de l'univerfalité des productions du fol ne s'éleve qu'à environ 750 à 800 millions, & que les befoins pécuniaires, tant nationaux que locaux, exigent annuellement une fomme de plus de 600 millions.

Le prix de la production augmentera proportionnellement de valeur, difent les économiftes, &, en derniere analyfe, les confommateurs auront fupporté l'impôt , fans que le propriétaire en foit pour cela plus grevé que les autres Citoyens, puifqu'il retrouvera fur l'augmentation de prix de la denrée, l'avance qu'il aura faite de l'impôt.

Ce raifonnement ne feroit même pas jufte, fi l'univers entier ne formoit qu'une feule famille, gouvernée par le même mode d'adminiftration, Mais l'erreur en eft encore plus manifefte dans l'état actuel des Nations.

Le prix d'une denrée eft toujours le réfultat de fon abondance, ou de fa rareté, comparée avec le nombre de confommateurs, & de la quantité de numéraire en circulation.

Je rendrai la preuve fenfible, en fuppofant que la mefure de grain à 40 livres, laiffe 20 livres de produit net au propriétaire de terre, & lui donne un intérêt du fonds capital, à raifon de quatre pour cent. Il eft évident que fi les 20 liv. de revenu net fupportent 15 livres d'impofition tant nationale que locale, il faut abfolument que le prix de la denrée s'éleve à 55 livres, pour que le propriétaire de terre conferve fon même revenu, & que fon capital ne produira que trois pour cent, fi le prix de la denrée n'eft que de 50 livres; deux pour cent, fi elle eft à 45 ; & un pour cent, fi elle refte à fon prix naturel de 40 livres.

Elle fera inévitablement à fon prix naturel de 40 livres, fi le commerce trouve à ce prix un bénéfice, en allant la chercher en Italie, en Afrique, en Amérique, &c.... Les propriétaires de la denrée nationale feront dans la douloureufe néceffité, ou de garder leurs productions invendues, ou de les livrer au prix du cours du commerce; &, dans l'un & l'autre cas, l'Agriculture ne tardera pas à avoir perdu toutes fes avances & à être entiérement abandonnée : alors que deviendra la France?.... Un vafte défert.

Suppofons cependant qu'en fermant nos ports aux denrées étrangeres, il fût poffible que le propriétaire de terre fît retomber l'impôt fur la confommation, dès-lors la répartition n'en feroit plus proportionnelle entre les Citoyens, à raifon de leur propriété, parce que la confommation des comeftibles eft égale entre le riche & l'indigent. Tous les hommes ont les mêmes befoins phyfiques, parce que la Nature les a tous organifés & formés du même limon. L'homme de peine, qui n'a pour toute propriété que le produit journalier de fon travail, pour nourrir une nombreufe famille, paiera proportionnellement mille fois plus que l'homme riche, végétant dans le fein du luxe & blafé fur toutes les jouiffances.

Peut-être objectera-t-on que le prix de la journée de l'homme de peine eft toujours proportionné à la valeur de la denrée; mais ce fophifme fpécieux difparoît contre l'expérience de tous les fiecles & de tous les jours; les faits prouvent invinciblement que le prix du travail des hommes eft toujours le réfultat de la concurrence dans le nombre des travailleurs, & de l'utilité, de la difficulté, de l'agrément ou de la rareté de l'ouvrage, tandis que le prix naturel des denrées n'eft jamais que le réfultat de leur abondance ou de leur rareté, comparée avec le nombre d'hommes confommateurs, & la quantité de numéraire en circulation.

Il exifte des millions d'erreurs; il n'y a qu'un petit nombre de vérités, & toutes ont un point unique de réunion, c'éft l'ordre.

Tôt ou tard, les hommes parviendront univerfellement à connoître quel eft l'ordre public des Nations, & le bonheur des Peuples ne fera plus troublé par les petites intrigues & le jeu des paffions des hommes qui ne vivent que des abus.

En politique & en adminiftration, la vérité (l'ordre primordial) paroît être, que, dans toute fociété, rien n'exifte que par elle & pour elle, & que la Loi n'eft légitime, que lorfqu'elle exprime vraiment la volonté nationale, pour le bonheur de tous & de chacun des individus qui compofent le Corps politique.

AU CLERGÉ.

N'IMITEZ jamais ces anciens Docteurs de la Loi, dont parle l'Ecriture, & qui n'étoient que des murailles blanchies, qui chargeoient les Peuples de fardeaux qu'ils n'auroient pas touchés du bout de leur doigt.

Reconnoiffez que vous êtes hommes & Citoyens, avant que d'être Prêtres, Moines, Evêques, &c.... que, comme hommes & Citoyens propriétaires, vous ne formez point un Ordre diſtinctif dans la Nation, mais que vous êtes membres de la Commune, & que vous devez en ſupporter les charges, proportionnellement à votre propriété, & rendre à Céſar ce qui eſt à Céſar; que, comme Moines, Prêtres, Evêques, vous nous devez l'exemple, de rendre à Dieu ce qui eſt à Dieu, & qu'il faut vous borner à remplir l'honorable profeſſion d'inſtruire les hommes de leur devoir envers la Divinité. Prêchez la Religion par des exemples; conformez-vous à la divine ſimplicité de l'Evangile, laiſſez tomber la broderie du tableau; les hommes ſont dignes de voir la vérité dans tout ſon jour; reconnoiſſez avec tous les Chrétiens, que les biens immenſes que vous tenez de la piété des Rois & du Peuple François, appartiennent à la claſſe indigente de vos Concitoyens, votre ſubſiſtance prélevée; & confiez à la Nation l'adminiſtration de l'emploi de votre ſuperflu, en vous rendant les Avocats de tous les malheureux.

A LA NOBLESSE.

DEVENEZ la gloire de la Nation, en renonçant aux préjugés de l'anarchie féodale, & faites-nous oublier que vos ancêtres furent les oppreſſeurs du Peuple François. Le droit de la force eſt illégitime, ne connoiſſez plus que celui de la juſtice, & votez l'abolition de toutes les diſtinctions humiliantes entre Citoyens. Comme hommes & propriétaires, votre devoir eſt de vous réunir à la Commune, & d'en ſupporter les charges proportionnellement à votre propriété; mais, comme Nobles, c'eſt-à-dire comme Citoyens diſtingués dans la Nation, votre devoir eſt encore plus preſſant de vous réunir à la Commune, pour l'éclairer, & pour mériter que les rênes de ſon adminiſtration vous en ſoient confiées.

Renoncez à tous ces vains titres (1) à la faveur defquels la plupart d'entre vous croyoient pouvoir fe difpenfer d'être juftes, & d'avoir les talents & les vertus néceffaires pour occuper les places éminentes dans l'Eglife, dans le Militaire, dans la Magiftrature & dans l'Adminiftration. Au lieu de vous dégrader par l'intrigue, en vous profternant lâchement devant les idoles de la faveur, honorez-vous d'être préfentés au choix du Souverain, par l'eftime & par la reconnoiffance publiques.

---

(1) Je ne voulois mettre ici que des remarques critiques (dit M. l'Abbé de Mably, tome 1, chap. 3, p. 566), pareilles à celles qu'on a lues jufqu'à préfent; mais ayant eu la témérité de dire que les Grands ne font grands que pour être les artifans du bonheur du Peuple, il eft jufte de juftifier une penfée qui doit paroître un paradoxe à quelques lecteurs qui me feront peut-être l'honneur de jeter les yeux fur cet Ouvrage. Parmi des Citoyens qui furent néceffairement égaux en formant leur fociété, les diftinctions n'ont pu être que la récompenfe du mérite, ou du moins des fervices rendus à tous, & reconnus par une reconnoiffance générale. Si les fociétés avoient bien compris leurs intérêts, toute diftinction n'auroit été que perfonnelle; & par-là, l'amour de la gloire & l'émulation auroient fans ceffe produit d'excellents Citoyens. Mais il arriva que, par une efpece de reconnoiffance enthoufiafte, on fit ou laiffa paffer jufques fur les fils de l'homme qui avoit bien mérité de la Patrie, les diftinctions qui n'appartenoient qu'à lui feul, & qu'on permit à l'orgueil de fes héritiers, d'affecter de certaines prérogatives. Dès-lors il fe fit un bouleverfement entier dans l'ordre naturel des chofes. Au lieu que la fociété ne devoit accorder des diftinctions que pour être mieux fervie, ceux qui obtinrent ou ufurperent ces diftinctions, fe regarderent comme la fociété même, & fe firent fervir par ceux dont ils font naturellement les ferviteurs. L'orgueil des Grands en impofa à l'imbécillité du Peuple, qui fe laiffa perfuader qu'il ne devoit être compté pour rien. L'abus que les Grands font de leur grandeur eft ancien, mais leur devoir n'eft pas moins réel. L'Etat eft prodigue à l'égard des Grands : que lui rend leur reconnoiffance? J'ajouterai qu'une fociété n'eft fage & heureufe, qu'autant que fa conftitution la rapproche de ces idées primitives. Charlemagne avoit compris cette grande vérité; & c'eft en empêchant qu'aucun Ordre ne dominât impérieufement dans l'Etat, qu'il vouloit y établir l'autorité des Loix, & les rendre impartiales. Je dirai encore un mot, les Grands ne peuvent trouver un bonheur véritable ou durable que dans le bonheur du Peuple.

N'oubliez jamais que l'homme s'honore en fuivant la profeffion de fes peres , & que celui-là feul déroge & fe dégrade, qui a enfreint la Loi de l'Etat. Aimez & honorez la Nobleffe, elle vous aimera, & partagera avec plaifir avec vous tous les travaux pénibles d'une bonne & fage adminiftration. Gardez-vous fur-tout d'ambitionner jamais d'occuper des places qui peuvent féduire par l'éclat de la repréfentation, mais dont le poids accable toujours ceux qui en font revêtus, par les éminentes vertus qu'elles exigent , & par les devoirs multipliés & importants qu'elles impofent. Contentez-vous de ne plus être dégradés par une exclufion humiliante, & honorez la Nobleffe, en n'accordant jamais vos fuffrages qu'à ceux d'entre les Citoyens diftingués dans la Nation qui les mériteront par leurs vertus.

Rendez-vous recommandables à la Patrie, par les travaux de l'Agriculture , de l'éducation des beftiaux, des Arts & du Commerce.

Manifeftez tous les grands principes de l'ordre public, & déclarez que la propriété comprend l'univerfalité du territoire, l'univerfalité des productions dans les mains de l'induftrie & du Commerce, l'univerfalité du mobilier & des rentes, &c. en un mot, tout ce qui conftitue la fortune du Citoyen, & que toutes les valeurs font une propriété impofable, parce qu'elles font toutes également fous la protection de la Loi.

Demandez que l'impôt foit proportionnellement fupporté par toutes les propriétés, & faites-en la bafe de l'adminiftration municipale de chaque Commune , de maniere que les Etats-Généraux n'en foient que le complément.

AU

AU ROI.

Le premier attribut de la puiffance, c'eft la juftice & la bonté. Prince augufte qui vous faites gloire de commander au Peuple François, voici le moment de déployer dans tout fon éclat toute l'étendue de votre puiffance, pour faire triompher votre bonté & votre juftice, en confacrant pour jamais le regne des Loix.

Votre Peuple, Sire, n'eft pas un compofé monftrueux d'Ordres différents ; votre Peuple eft l'univerfalité des Sujets de Votre Majefté : grands & petits, riches & pauvres, tous les François n'ont qu'une même Patrie, qu'une même Loi & qu'un même Roi.

Si vous jouiffiez feul du pouvoir légiflatif & exécutif, Sire, vous ne feriez point le Roi du Peuple François, vous n'en feriez que le defpote, & votre grande ame n'eft pas faite pour croire que vos Sujets foient vos efclaves.

Si la légiflation n'étoit dans vos mains, Sire, qu'en concours avec les différentes agrégations de François, du Clergé, de la Nobleffe & du Tiers-Etat, délibérant chacune à part, vous ne feriez point encore le Roi des François ; il y auroit anarchie, puifqu'il exifteroit dans la Nation un conflit de quatre pouvoirs monftrueux & divifés d'intérêt, dont aucun ne pourroit vraiment exprimer le vœu national ; & le choc de tant d'intérêts puiffants & croifés perpétueroit les abus, ébranleroit peut-être bientôt le Trône, & entraîneroit la diffolution du Corps politique.

Si l'on continue de refter dans l'ordre de chofes qui exifte, vous n'êtes point enfin le Roi des François, Prince magna-

H

nime, vous n'étiez que le prête-nom du defpotifme miniftériel
& de l'ariftocratie qui faifoient votre malheur, & celui de
vingt-trois millions de vos Sujets; l'abus des prétentions illégitimes a été porté fi loin, que l'on n'a pas craint de vous déclarer que plutôt que d'obéir aux Loix, on feroit fciffion,
c'eft-à-dire que fi le Tiers-Etat pouvoit devenir de nouveau
le jouet des paffions des Grands, le Royaume feroit bientôt
inondé d'un fleuve de fang.

Reprenez, reprenez votre fceptre, SIRE, foyez vraiment le
Roi du Peuple François, l'autorité royale eft indivifible, elle
doit exifter uniquement dans la main fuprême de VOTRE
MAJESTÉ, & depuis plus de huit fiecles, elle étoit mor-
celée par des ambitieux, qui, tantôt fous le nom de Pairs,
& tantôt comme Miniftres ou comme Ariftocrates, ont toujours fait le malheur de votre Peuple fidele.

On vous trompe, SIRE, fi l'on dit à VOTRE MAJESTÉ
que votre Peuple eft heureux, & qu'il peut fupporter de nouveaux impôts : de vos vingt-quatre millions de Sujets, vous
n'êtes à portée de voir que ceux que le hafard de la naiffance
ou le caprice de la fortune & de la faveur ont mis à même
de vivre dans le luxe de la Cour & de la Capitale ; mais fi vos
yeux paternels pouvoient parcourir rapidement la furface
de votre vafte Royaume, vous trouveriez les campagnes ou
dépeuplées, ou couvertes de malheureux Laboureurs &
de pauvres Vignerons exténués par la mifere; vous trouveriez tous les Atteliers de l'induftrie découragés ; vous
trouveriez le Commerce par-tout languiffant; vous trouveriez
enfin, SIRE, huit millions de vos Sujets manquants de pain,
& plus de huit autres millions jouiffant à peine du plus rigoureux néceffaire; vous reconnoîtriez avec douleur que l'im-

pôt n'eſt payé preſqu'en totalité que par la claſſe la plus indigente de vos fideles Sujets.

La cauſe d'une calamité ſi générale, SIRE, ſera connue
de VOTRE MAJESTÉ, lorſqu'elle daignera conſidérer que
depuis plus de huit ſiecles, la Loi n'exprimoit plus le vœu
national, & que votre Peuple fidele, après s'être racheté de
la ſervitude féodale, a conſtamment été dégradé par des préjugés humiliants.

Depuis plus de huit ſiecles, d'abord les Loix n'ont exprimé
que la volonté arbitraire de ceux qui, ſous le nom de _Pairs_,
avoient uſurpé l'autorité légitime, enſuite elle exprima le vœu
ſouvent contradictoire des trois agrégations du Clergé, de la
Nobleſſe & du Tiers-Etat; enfin depuis la mort de Louis XII,
elle n'exprime plus que le vœu des Courtiſans, des Miniſtres,
des Intendants, des Evêques, des Magiſtrats; notre Code
civil & criminel, & nos Loix d'adminiſtration auroient été
trouvés barbares par nos peres eux-mêmes, lorſqu'ils
habitoient encore dans les forêts de la Germanie.

Pour rétablir l'ordre dans toutes les parties de l'Adminiſtration de votre Empire, pour faire renaitre la félicité publique,
SIRE, & pour que VOTRE MAJESTÉ ſurpaſſe tous les travaux les plus glorieux des Alexandre, des Céſar, des Titus,
des Trajan, des Antonin, des Louis IX, des Louis XII,
des Henri IV & des Louis XIV, LOUIS XVI n'a beſoin
que de rétablir l'autorité royale, la liberté & la propriété des
François dans toute leur eſſence & dans toute leur dignité.

Alors la Loi exprimera vraiment le vœu national; les Etats-
Généraux feront le complément des Etats Provinciaux, des
Aſſemblées de Diſtricts & de chaque Commune.

H 2

Les Magiftrats feront fimplement des Officiers du Roi, dépofitaires & exécuteurs de la Loi.

Le déficit fera effacé ; la dette fera confolidée & fucceffivement amortie; l'impôt fera fimplifié, dès-à-préfent diminué, & proportionnellement fupporté par toutes les propriétés; les derniers veftiges de la fervitude féodale feront rachetés, & tous les Citoyens François, Prêtres, Nobles & Roturiers auront une même Patrie, une même Loi & un même Roi. Toutes les dignités dans l'ordre focial feront à la nomination des Souverains, & la juftice des Rois fera conftamment éclairée par la préfentation des Citoyens qui auront obtenu la pluralité des fuffrages des Affemblées de Communes, d'Etats Provinciaux & d'Etats-Généraux, fuivant l'importance des places.

Prince magnanime, l'on cherchera fans doute à vous infpirer des craintes, & les perfidies, les noires intrigues de ceux qui ne vivent que des abus, vous feront envifager comme innovation, ce qui n'eft que le rétabliffement de l'ordre.

Peut-être on aura recours aux plus infignes calomnies, pour vous rendre fufpecte la fidélité de votre Peuple, & on cherchera à vous perfuader que le pouvoir légiflatif & exécutif doit être uniquement dans votre main fuprême ; le defpotifme miniftériel & l'ariftocratie fe couvriront de votre nom augufte, pour vous infinuer que ces abus repréhenfibles font les plus fermes appuis de votre autorité.

Peut-être enfin vous dira-t-on que le vœu national ne peut être exprimé que par les trois agrégations féparées des François, & que s'il faut l'unanimité des trois vœux pour voter l'impôt, cependant le vœu de deux fait décret & pluralité de fuffrages pour tout ce qui n'eft pas impôt, comme fi la liberté de tous les Citoyens étoit une propriété moins facrée que leur numéraire !

Ah! s'il étoit poſſible, SIRE, que votre fageſſe fût furpriſe par une erreur ſi funeſte, votre Peuple fidele n'auroit point de Patrie ; l'ariſtocratie prendroit une conſiſtance légale, & vos ſucceſſeurs, peut-être VOTRE MAJESTÉ, ne tarderoient pas à gémir des liens dont le Roi & la Nation ſe trouveroient à la fois enveloppés.

Ce n'eſt qu'en rendant à vos Peuples leurs droits impreſcriptibles de liberté & de propriété légitimes, que vous rétablirez vraiment l'autorité royale dans ſa véritable eſſence, & que vous ſerez pleinement le Roi des François.

Alors chaque Commune exprimera le vœu de l'univerſalité de ſes Habitants, & les Etats-Généraux rendront enfin le vœu national, qui prendra la forme de Loi légale, en recevant la ſanction royale.

Alors, SIRE, les Princes, vos auguſtes Enfants, feront les premiers Sujets de VOTRE MAJESTÉ, & votre puiſſance deviendra l'exercice légitime de l'autorité la plus impoſante & la plus ſacrée, celle de la Loi.

Votre force, SIRE, ne ſe bornera plus à quelques remparts, quelques foſſés, quelques canons & quelques milliers d'hommes habillés de blanc, de bleu, de rouge ; votre force fera de commander véritablement à vingt-quatre millions de Sujets, dont ſix millions d'hommes dans la force de l'âge, propres à tous les travaux, & portant tous dans le cœur l'amour de la Patrie, de la Loi & du Roi.

Votre richeſſe ne ſe bornera plus à quelques millions arrachés à l'indigence, pour ſervir d'aliment au luxe : l'impôt ne ſera plus qu'une offrande que tous les Citoyens fe-

ront à la Patrie ; votre richeffe comprendra l'univerfalité de la fortune publique, dont vous ferez le confervateur
fuprême : vous ferez alors le plus riche, le plus puiffant
& le plus heureux Roi du monde, parce que vos fideles Sujets formeront le Peuple de la terre le plus éclairé, le plus
modéré, le plus humain & le plus jufte.

Un dernier objet, SIRE, méritera de fixer l'attention de
VOTRE MAJESTÉ : quelle eft la caufe qui a pu, dans le
temps, autorifer les Papes à délier les Sujets du ferment de
fidélité envers leur Roi? à armer le fils du poignard de la
fuperftition pour affaffiner le pere? Quelle eft la caufe qui
avoit pu faire concevoir à quelques célibataires difperfés
fur le globe, (les Jéfuites), le vafte projet de la Monarchie
univerfelle ? & par quels moyens les uns & les autres avoient-
ils été fur le point de voir couronner leurs ambitieux projets ?

Cette caufe exifte-t-elle encore, & mérite-t-elle de fixer
l'attention de tous les Rois & de tous les Peuples de l'Europe ? Oui, SIRE, elle exifte encore cette caufe abftraite
du malheur des Rois & des Sujets; VOTRE MAJESTÉ
la trouvera dans la fuperftition.

D'après les faintes maximes de l'Evangile, SIRE, les Députés de votre Peuple fidele & VOTRE MAJESTÉ
auront à confidérer à quel point il peut être immoral que
le pouvoir fpirituel fur la penfée & fur les actions des hommes
foit exercé par de jeunes célibataires, dans la force de l'âge
& dans le feu des paffions; fi vous trouvez que la grace
n'ait pas toujours été fuffifante pour conferver la pureté de
mœurs dans le Sacerdoce, le bonheur de vos Peuples & la
régénération des mœurs publiques exigeront impérieufement,
SIRE, que VOTRE MAJESTÉ oblige l'Eglife à fe réunir

& à changer ce point de difcipline ; alors on croira peut-être jufte & convenable que le pouvoir fpirituel fur la penfée & fur les actions ne foit plus exercé que par des hommes irréprochables & blanchis dans les fublimes fonctions du Sacerdoce.

Les Députés de votre Peuple fidele, S I R E, auront encore à confidérer avec V o t r e M a j e s t é, à quel point il peut être impolitique que des célibataires, exerçant un pouvoir divin fur la penfée des hommes, & étant fujets à la jurifdiction d'une Puif-fance étrangere, puiffent encore exercer les fonctions d'Admi-niftrateurs de la chofe publique ; fi vous trouvez dans votre fageffe que c'eft là une des caufes qui ont pu faire commettre aux Papes le crime de lefe-Nation, en enlevant aux Rois l'amour & la fidélité des Sujets ; pour empêcher à jamais que la tranquillité des Peuples & des Rois foit de nouveau troublée, vous croirez jufte & convenable, S I R E, de vous réunir à tous les Rois Chrétiens, pour que l'Eglife réforme encore ce point de difcipline, & qu'elle fe borne à rendre à Dieu ce qui eft à Dieu, fans qu'elle puiffe déformais troubler Céfar dans la poffeffion de ce qui appartient à Céfar.

Vous trouverez enfin, S I R E, qu'il eft jufte & convenable que la claffe indigente de vos Sujets rentre dans fon patrimoine ; V o t r e M a j e s t é croira de fa juftice & de fa dignité de faire ceffer le fcandaleux agiotage des Bénéfices, qui a changé le Temple de l'Eternel en une caverne de Marchands, de Changeurs & d'ufuriers ; vous obligerez, S I R E, les Prêtres de la Divinité, de rendre compte à Céfar & à fon Peuple, de l'emploi de leur fuperflu.

A la vue de la fuperftition & des préjugés réunis, vous croirez peut-être, S I R E, que la réforme du regne des abus

paſſe tout poūvoir humain , & que les hommes ſont néceſſairement nés pour le malheur : ah! S I R E , combien cette erreur
de V O T R E M A J E S T É deviendroit funeſte à l'humanité
toute entiere ! la puiſſance d'un bon Roi aimé de ſon Peuple ,
n'a d'autre terme que celui du-bonheur même des hommes.
Manifeſtez-vous à vos Peuples, S I R E, prenez l'auguſte
Aſſemblée nationale pour votre Conſeil, & éclairez l'univerſalité de vos Sujets ſur toutes les grandes vues de juſtice &
de bienfaiſance que V O T R E M A J E S T É a conçues pour leur
bonheur; vous pouvez alors, avec toute aſſurance; vous repoſer
ſur vos Sujets eux-mêmes, de l'exécution de vos ſublimes projets; vous pouvez alors, S I R E, ordonner à chaque Communauté d'Habitants de ſe mettre ſous les armes pour maintenir
la tranquillité publique, & les rendre reſponſables de tous les
crimes de leſe-Patrie qui pourront ſe commettre , pendant
que la nouvelle organiſation ſociale s'opérera ; V O T R E
M A J E S T É aura la douce ſatisfaction de n'avoir eu que peu,
peut-être point de criminels à punir, ſi elle condamne d'avance
tous les coupables à être tranſportés dans quelque Iſle déſerte,
qu'on nommeroit l'*Iſle de la ſuperſtition & du déshonneur
françois :* à coup ſûr, S I R E, V O T R E M A J E S T É n'aura
pas la douleur de peupler cette Iſle de ſes Sujets.

Fin des ſecondes Obſervations.

LIVRE

LIVRE PREMIER.

EXAMEN de la fixation de produit & du produit net des divers impôts fur lefquels on n'a aucun changement à propofer.

CHAPITRE PREMIER.

Impôts exercés par des Compagnies ou autrement.

	Fixation du produit.	Charges à déduire.	Produit net.
SECTION PREMIERE. *Les Poftes.* Page 29. LA fixation du prix du bail des Poftes, les charges à déduire & le produit net, ci · · ·	12,000,000	3,116,941	8,883,059
SECTION SECONDE. *Les Meffageries.* P. 32. La fixation du prix du bail des Meffageries, les charges à déduire & le produit net, ci ·	1,100,000	223,198	876,802
SECTION TROISIEME. *Droits fur la vente des Beftiaux* (1). P. 34. La fixation du prix du bail de la vente des Beftiaux dans les marchés de Sceaux & de Poiffy, & le privilege du marché aux Veaux; les charges à déduire & le produit net, ci · · ·	630,000	291,591	338,409
SECTION QUATRIEME. *Droits de la Flandre maritime.* P. 36. La fixation du prix du bail des droits de la			
	13,730,000	3,631,730	10,098,270

(1) Il paroît utile que la caiffe de Poiffy foit convertie en une fimple caiffe de fecours, en réduifant le taux de l'intérêt de l'argent en faveur des Bouchers.

I

	Fixation du produit.	Charges à déduire.	Produit net.

	Fixation du produit.	Charges à déduire.	Produit net.
Suite de l'autre part.	13,730,000	3,631,730	10,098,270
Flandre maritime, les charges à déduire & le produit net, ci	800,000	398,625	401,375
SECTION CINQUIEME. *La Régie des Poudres.*			
P. 38. Le produit de la Régie des Poudres est annuellement de	500,000		500,000
SECTION SIXIEME. *Le bénéfice des Monnoies.*			
P. 43. Le produit du droit de Seigneuriage appartenant au Roi, sur la fabrication des Monnoies, les charges à déduire, le produit net, ci	533,774	427,510	106,264
SECTION SEPTIEME. *La Ferme des Affinages.*			
P. 46. Le produit de la Ferme des Affinages, les charges à déduire, le produit net, ci	120,000	15,000	105,000
SECTION HUITIEME. *La retenue du dixieme sur les gages & charges de divers.*			
P. 48. La retenue du dixieme sur les gages & autres dépenses de la Maison du Roi, ci · · · 94,475 *Idem*, trois deniers pour livre sur les gages du Conseil, traitements annuels & autres objets qui sont payés au Trésor Royal, ci · · · 406,000	500,475		500,475
SECTION NEUVIEME. *Les Forges de la Chauffade.*			
P. 77. Le produit annuel des Forges de la Chauffade est de	80,000		80,000
	16,264,249	4,472,865	11,791,384

N. B. Plusieurs de ces articles sont sans doute susceptibles d'une bonification importante. On n'a pas été à portée de les approfondir, & on n'en fait mention que pour *mémoire.*

Compte rendu
en 1788.

CHAPITRE SECOND.

*Impositions diverses, exercées par les Receveurs-Généraux des Finances,
ou par des Receveurs-Particuliers, & qui à l'avenir pourront être
recouvrées par les Administrations des Provinces, à cinq pour cent
de frais.*

	Fixation du produit.	Frais de perception & autres, qui pourront être supprimés.	Produit net.
SECTION PREMIERE. *Languedoc.*			
Impositions ajoutées à la Capitation pour l'augmentat. de la Maréchauffée 62,132			
Garnifons ordinaires 193,182	678,198	. . . .	678,198
Solde & habillement des Milices, compris les fix deniers pour livre. 422,884			
SECTION SECONDE. *Bretagne.*			
1°. Milices 200,000			
2°. Maréchauffées 58,900			
3°. Portion du fecours extraordinaire de 900,000 l. pour tenir lieu des fous pour livre qui fe verfent au Tréfor Royal. 87,500	346,400	. . . .	346,400
SECTION TROISIEME. *Bourgogne.*			
1°. Abonnement des Poftes . . 11,400			
2°. Taillon 68,000			
3°. Maréchauffées 87,248	344,968	. . . .	344,968
4°. Solde & habillement des Milices. 136,654			
5°. Mendicité. 41,666			
SECTION QUATRIEME. *Provence.*			
1°. Milices. 22,222			
2°. Maréchauffées. 28,635	50,857	. . . .	50,857
	1,420,423	. . . .	1,420,423

Impositions dont les frais de recouvrement font à la charge de la Province, Page 49.

Impositions, *idem.* Page 53 (1)

Impositions, *idem.* Page 57.

Impositions, *idem.* Page 60.

(1) On a porté au L. IV, Ch. 17 des Dépenfes nationales qui font annuelles, les 9,524 liv. qui font à la charge du Roi, pour les frais de régie & recouvrement de l'impofition pour les Milices.

I 2

		Fixation du produit.	Frais de perception & autres, qui pourront être fupprimés.	Produit net.
SECTION CINQUIEME. *Languedoc & Rouffillon.*				

Compte rendu en 1788.	
Impofitions dont le recouvrement eft pour compte du Roi. Page 62.	
Frais de recouvre-ment. Page 64.	

Aides & Octrois.
1°. Montpellier, compris 12,144 l. pour les Maré-chauffées............ 308,753
2°. Touloufe, compris 7,355 l. pour *idem*..... 186,999

Taillon.
3°. Montpellier, compris 19,650 l. pour *idem*..... 97,640
4°. Touloufe, compris 9,000 l: pour *idem*..... 60,033

Impofi-tions.
5°. Sur la ville de Touloufe 2,500
6°. Pour fubvenir aux charges affignées fur les morte-paies 26,000

	Fixation du produit.	Frais de perception & autres.	Produit net.
Aides & Octrois (308,753 + 186,999)	1,420,423	....	1,420,423
Taillon & Impofitions (97,640 + 60,033 + 2,500 + 26,000)	681,925		

Charges à déduire pour frais de re-couvrement.
1°. Gages & taxations du Receveur-Général, gratification de 3 deniers pour livre.................. 28,830
2°. *Idem* des Receveurs-Particuliers 67,670
3°. Autre gratification de 3 deniers pour livre au Receveur-Général.... 4,830

101,330

Déduction,
1°. Pour partie des frais portés en charge, L. 2, ch. 2, article *Rouffillon*.......... 5,936
2°. *Idem*, Liv. 2, ch. 3, même article............11,970
3°. *Idem*, L. 2, ch. 5, même article...........25,126

43,032

	Fixation du produit.	Frais de perception & autres.	Produit net.
Les frais de recouvrement des impofitions ci-deffus font de............ 58,298	....	58,298	
Le produit net eft de......................	....	....	623,627
	2,102,348	58,298	2,044,050

	Fixation du produit.	Frais de perception & autres, qui pourront être supprimés.	Produit net.

Suite de la Section cinquieme, du Roussillon.

Compte rendu en 1788.

Impositions dont les frais de recouvrement, à la charge du Roi, sont passés à la premiere partie de ladite Section.

1°. Maréchauffées.................13,374			
2°. Offices municipaux...........22,500			
3°. Fourrages....................5,065	2,102,348	58,298	2,044,050
4°. Mendicité....................1,175			
5°. Supplément de transports militaires.....................8,246	50,360	....	50,360

SECTION SIXIEME.

Bretagne.

1°. Fouages....................278,668			
2°. Aides de quelques Villes & Marches communes de l'Evêché de Nantes.................2,478			
3°. Garnifons 100,000	447,339		
4°. Taillon 54,530			
5°. Crue du Prévôt de Maréchauffée 11,663			

Impofitions. Page 66.

Frais de perception.

Frais à la charge du Roi.

1°. Gages & droits du Receveur-Général 24,197			
2°. Idem, des Receveurs-Particuliers. 22,803	....	54,546	
3°. Epices & frais de compte.....7,546			

Produit net.

Le produit net est de.................. | | | 392,793

SECTION SEPTIEME.

Bourgogne, Breffe, Bugey, Gex & Dombes.

Impofitions. Page 68.

Bourgogne.

1°. Entretien des Places fortes & Garnisons ordinaires. 86,000			
2°. Le tiers de 53,000 que la Province paie tous les trois ans, à titre d'oftrois... 17,666	303,834		

Breffe, Bugey, Gex & Dombes.

1°. Taillon 22,000			
2°. Subfiftance & exemptions de gens de guerre & Maréchauffées.......143,000			
3°. Milices 27,399			
4°. Mendicité 7,769			

| | 2,003,881 | 112,844 | 2,487,203 |

	Frais de recouvrement.		Fixation du produit.	Frais de perception & autres, qui pourront être supprimés.	Produit net.
Compte rendu en 1788.	1°. Gages & droits du Receveur-Général des Finances............ 10,500				
Frais à la charge du Roi.	2°. *Idem*, des Receveurs-Particuliers 4,758		2,903,881	112,844	2,487,203
	3°. Epices des comptes,......... 3,034			27,092	
	4°. Gratification au Receveur-Général...................... 8,800				
Produit net.	Le produit net est de.............		....	....	276,742

SECTION HUITIEME.

Terres adjacentes de Provence.

	1°. Solde & habillement des Milices 11,111				
Impositions. Page 70.	2°. Taillon 70,000		140,628		
	3°. Maréchaussées 13,317				
	4°. Fouages & subsides.......... 46,200				
Frais à la charge du Roi.	Gratification au Receveur-Général.......		....	10,967	
Produit net.	Le produit net est de.............		....	....	129,661

SECTION NEUVIÈME,

Pau, Bayonne & Foix.

	1°. Donation , déduction faite de la remise ordinaire............. 54,213				
	2°. Subvention & subsistance..... 50,667				
	3°. Lances............... 1,674				
	4°. Mendicité................ 19,974				
	5°. Octrois municipaux.......... 64,070				
	6°. Canaux 6,441				
	7°. Port de Saint-Jean-de-Luz.... 14,500				
Impositions. Page 72.	8°. Remboursement des Offices supprimés du Parlement de Navarre. 50,000		....		
	9°. Gratifications aux Maîtres des Postes 9,962				
	10°. Indemnité aux Huissiers du Conseil................ 373				
	11°. Convois militaires.......... 2,103				
	12°. Petit équipement des Soldats Provinciaux 344				
		274,321	3,044,509	150,903	2,893,606

		Fixation du produit.	Frais de perception & autres, qui pourront être supprimés.	Produit net.
	Suite de l'autre part......... 274,321			
	13°. Solde , subsistance & habillemens *id*................... 34,002			
	14°. Défense & sûreté des Côtes... 2,210			
	15°. Frais de logement.......... 232	3,044,509	150,903	2,893,606
	16°. Supplément de fonds pour les Maréchaussées 10,639			
	17°. Fourrages , ustensiles & quartier d'hiver 17,450	382,283		
	18°. Supplément d'honoraire du Député de Bayonne............. 500			
	19°. Construction de l'hôtel de l'Intendance de Pau............. 40,000			
	20°. Contribution pour les prisons du Parlement de Toulouse..... 2,929			
	Frais de recouvrement.			
	1°. Taxations & gratifications sur le recouvrement & le paiement des impositions au Trésor Royal.... 31,500	....	43,488	
	2°. Epices des comptes......... 11,988			
	Le produit net est de...............	....	....	338,795
	SECTION DIXIEME.			
	Impositions particulieres destinées aux fortifications.			
	1°. Sur diverses Villes, d'après l'année 1786...................524,502	561,552	....	561,552
	2°. Sur l'impariage du Roussillon.. 37,050			
		3,988,344	194,391	3,793,953

Left margin labels:

Compte rendu en 1788.

Impositions. Page 72.

Frais à la charge du Roi.

Produit net.

Impositions. Page 78.

LIVRE SECOND.

Examen de la contribution des Peuples, de la fixation de produit des droits exercés par les Compagnies de Finance, & du produit net des divers impôts dont la réforme ou la suppression est nécessaire.

CHAPITRE PREMIER.

Décimes du Clergé.

	Contribution des Peuples.	Fixation du produit.	Produit net.
Necker, tome 2, page 308. LES impositions établies par l'Assemblée générale du Clergé de France, environ, ci.......	8,400,000		
Les impositions particulieres aux divers Dioceses, ci...............................	1,400,000		
Oblats..............................	250,000		
Augmentation d'impositions, établie par l'Assemblée du Clergé de France en 1788....	950,000		
Les contributions du Clergé de France sont nulles pour l'Etat, parce que le Roi a pris l'engagement de faire remettre à la caisse générale du Clergé la somme de 2,500,000 liv. jusqu'en 1791 (1).	11,000,000		Nuls.

Il existe des moyens de liquider la dette du Clergé, de cesser en 1790 le paiement des 2,500,000 liv. à la charge du Roi, & d'imposer les biens ecclésiastiques d'une maniere utile pour la Nation.

(1) Le don gratuit du Clergé est d'environ 17,000,000 liv. tous les cinq ans, donnant pour terme commun des cinq années 3,400,000 liv.; mais si l'on soumet à la précision du calcul la remise de 2,500,000 liv. que le Roi accorde au Clergé, & les intérêts à cinq pour cent dans la même période de cinq ans, il se trouvera que le Roi aura payé 14,503,730 liv.; & qu'au lieu de 17,000,000 liv., il ne reçoit effectivement que 2,496,270 liv., faisant 499,254 liv. par année; & comme depuis long temps le Roi paie plus de cinq pour cent d'intérêt, on doit regarder les dons gratuits comme de toute nullité pour le paiement des charges publiques.

CHAPITRE

CHAPITRE SECOND.

Dons gratuits, ou Taille des Provinces qui font régies en Pays d'Etats.

	Fixation des dons gratuits.	Décharges accordées.	Contribution des Peuples.	Frais de perception.	Produit net.
Languedoc	3,000,000	95,676			
Comté de Caraman ...	35,900				
Bretagne	1,000,000				
Bourgogne..........	800,000	30,000			
Provence	700,000				
Terres adjacentes de Provence	64,105				
Rouffillon	65,956				
	5,665,961	125,676			
La fixation des dons gratuits est de........	5,665,961				
La remife ou décharge accordée est de......	125,676				
La fixation du produit net refte à	5,540,285				
Les frais de recouvrement du don gratuit du Rouffillon font à la charge du Roi, & s'élevent à environ 9 pour 100 fur 65,956 l. ci..	5,936				
Le produit net est de...	5,534,349	....	....	....	5,534,349
(1) Frais de perception à la charge des Provinces, à 5 pour 100, fur 5,474,349 liv. ci	273,716	....	....	273,716	
Frais de perception à la charge du Roi, à 9	5,808,065		5,808,065	273,716	5,534,349

Page 49.
Page 53.
Page 57.
Page 60.
Page 70.

Page 62.

(1) Les Adminiftrations des Pays d'Etats font le recouvrement des impofitions avec cinq pour cent de frais, & quelquefois avec moins.

K

Compte rendu en 1788.		Fixation des dons gratuits.	Décharges accordées.	Contribution des Peuples.	Frais de perception.	Produit net.
	Suite de l'autre part.	5,808,065			273,716	5,534,349
	pour 100 , fur 65,956. ci	5,936	. . . .	. . . .	5,936	
	La contribution des Peu-ples eft de.	5,814,001	. . . .	5,814,001		
Page 68.	Breffe, Bugey, Gex & Dombes. {Taille fur les quatre Pays, 169,997 l. , & frais de perception à 5 pour 100, 8,500 l. ci.	. . . .	. . . .	178,497	8,500	169,997
				5,992,498	288,152	5,704,346

CHAPITRE TROISIEME.

Capitation des Provinces qui font régies en Pays d'Etats.

		Fixation du produit.	Remifes.	Contribution des Peuples.	Frais de perception.	Produit net.
Page 49.	Languedoc	1,600,000	3,000			
	Comté de Caraman	8,985				
Page 53.	Bretagne	1,700,000	248,721			
Page 57.	Bourgogne	500,000	10,000			
Page 60.	Provence	418,699	16,183			
Page 70.	{Terres adjacentes de Provence	164,027	18,000			
	Vallée de Barcelon-nette	19,895	10,000			
Page 62.	Rouffillon	133,005	29,200			
Page 66.	Bretagne	48,721				
		4,593,332	337,104			

	Fixation du produit.	Remifes.	Contribution des Peuples.	Frais de perception.	Produit net.
Suite de l'autre part.	4,593,332	337,104			
Page 68. { Breffe, Bugey, Gex, Dombes. }	103,874				
Page 72. { Pau, Bayonne, Foix. }	324,507				
La fixation du produit eft de	5,026,713	337,104			
La remife ou décharge accordée eft de......	337,104				
La fixation du produit net eft de..........	4,689,609				
Les frais de recouvrement de la capitation du Rouffillon font à la charge du Roi, & s'élevent à 9 pour 100, fur 133,005 l. réduire, ci	11,970				
Le produit net eft de...	4,677,639	....	....	....	4,677,639
Les frais de perception à la charge des Provinces, à 5 pour 100, fur 4,556,604 l. ci...	227,830	....	....	227,830	
Les frais de perception à la charge du Roi, à 9 pour 100, fur 133,005 liv. ci.....	11,970	....	....	11,970	
La contribution des Peuples eft de.........	4,917,439	....	4,917,439		
			4,917,439	239,800	4,677,639

CHAPITRE QUATRIEME.

Capitation des Privilégiés.

	Contribution des Peuples.	Frais de perception.	Produit net.
Ordre de Malthe	....	....	39,600
⌠De la Guerre	....	....	341,276
⌡De la Marine	....	....	125,000
			505,876

Page 42.

CHAPITRE CINQUIEME.

Vingtiemes des Provinces régies en Pays d'Etats.

	Fixation du produit.	Remises.	Contribution des Peuples.	Frais de perception.	Produit net.
Languedoc	3,245,000	(1)417,735			
Comté de Caraman....	16,741				
Bretagne	3,069,000	62,064			
Bourgogne...........	1,556,500				
Provence	827,475	4,745			
Terres adjacentes de Provence	506,775				
Roussillon	279,180				
⌠Bresse, Bugey, Gex, Dombes.⌡ les quatre Pays	355,423				
⌠Pau, Bayonne, Foix.⌡ les trois Pays.....	553,289				
La fixation des vingtiemes est de	10,409,383	484,544			

Page 49.
Page 53.
Page 57.
Page 60.
Page 70.

Page 62.

Page 68.

Page 72.

(1) La remise annuelle pour subvenir au dédommagement des pertes occasionnées par les mauvaises récoltes, les orages, inondations, &c. est de 400,000 livres.

	Fixation du produit.	Remifes.	Contribution des Peuples.	Frais de perception.	Produit net.
Suite de l'autre part.					
La remife ou décharge	10,409,383	484,544			
accordée eft de	484,544				
La fixation du produit net					
refte à	9,924,839				
Les frais de recouvrement des vingtiemes du Rouffillon font à la charge du Roi, & montent à 9 pour 100, fur 279,180 liv. à déduire, ci	25,126				
Le produit net eft de . . .	9,899,713	. . . .	. . . .	. . . .	9,899,713
Les frais de perception à la charge des Provinces, à 5 pour 100, fur leur contribution	502,283	. . . .	. . . .	502,283	
Les frais de perception à la charge du Roi, à 9 pour 100, fur 279,180 liv. ci	25,126	. . . .	. . . .	25,126	
La contribution des Peuples eft de	10,427,122	. . . .	10,427,122		
			10,427,122	527,409	9,899,713

CHAPITRE SIXIEME.

Vingtiemes abonnés pour les Princes & autres Privilégiés.

	Contribution des Peuples.	Frais de perception.	Produit net.
Monfieur	. . . .	. . . .	28,160
Monfeigneur Comte d'Artois	. . . .	. . . .	18,220
M. le Duc d'Orléans	. . . .	. . . .	44,000
			90,380

Page 42.

	Contribution des Peuples.	Frais de perception.	Produit net.
Suite de l'autre part.			
M. le Prince de Condé.....................	....	....	90,380
M. le Prince de Conty....................	....	....	40,000
M. le Duc de Penthièvre..................	....	....	1,320
Vingtièmes de l'Ordre de Malthe..........	....	....	57,000
Vingtièmes des Marches Communes du Poitou.	....	....	120,000
Vingtièmes des Employés des Fermes.......	....	....	26,400
			200,000
			535,100

CHAPITRE SEPTIEME.

SECTION PREMIERE.

Impôts exercés par les Receveurs-Généraux des Finances.

	Fixation du produit.	Remises.	Contribution des Peuples.
Page 11. {Taille. } Montant des impositions de {Capitation.} l'année 1788.............	111,451,930		
Remise du Roi, ou moins imposé sur la taille, ci.........................	....	1,305,600	
Page 12. Décharges & modérations sur la capitation des Pays conquis & d'Election, ci......	....	2,552,990	
Montant des vingtièmes de 1788, & quatre f. pour liv. suivant les rôles de 1787......	46,548,930		
Page 11. Non-valeurs, décharges & modérations par estimation, pour les vingt-quatre Généralités de Pays d'Election & Pays conquis, ci	....	910,660	
Idem, pour la ville de Paris, ci..........	....	859,000	
La fixation du produit est de............	158,000,860	5,628,250	
Les non-valeurs, décharges & modérations font de............................	5,628,250		
(1) La contribution des Peuples est de.....	152,372,610	....	152,372,610

(1) La taille, environ . . . . . . .71,288,825 ⎱
La capitation, environ . . . . . . .36,304,515 ⎰ 152,372,610.
Les Vingtièmes. . . . . .44,779,270 ⎰

	Contribution des Peuples.	Frais de perception & autres.	Produit net.

SECTION SECONDE.

Frais du recouvrement des impositions.

Page 12.

Droits d'exercice des Receveurs-Particuliers, ci............ 129,930 — 152,372,61c

Idem, des Receveurs-Généraux de Bordeaux & Aufch.......... 6,600

Remifes & taxations.
  des Prépofés & Collecteurs, ci......1,670,15c
  des Receveurs-Particuliers, ci......1,700,400
  des Receveurs-Généraux, ci........1,905,660

Gratifications aux Receveurs-Particuliers, ci................1,310,620

Frais de rôle, appointements des Directeurs & Contrôleurs des vingtiemes, ci............ 730,000   9,755,460

Frais de compte, épices & dépenfes communes.......... 455,900

Diverfes dépenfes locales.
  fur la capitation..1,310,600
  fur les vingtiemes 535,600

Page 14.

SECTION TROISIEME.

Dépenfes diverfes & indemnités.

A la Régie des Domaines, pour droits d'ufages & nouveaux acquêts, &c.................. 486,360

A la Régie générale, pour droits de Courtiers-Jaugeurs, &c...... 838,610   5,857,900

Diverfes indemnités........ 127,080

Dépenfes variables pour foulagement dans les Provinces......4,4c6,85c

Octrois...................... 54,2cc   54,200

SECTION QUATRIEME.

Produit net.

Le produit net des Recettes générales eft de.. 136,705,050

La retenue du dixieme & des deux fols pour livres des taxations des Receveurs-Généraux &

| 152,372,610 | 15,667,560 | 136,705,050 |

	Contribution des Peuples.	Frais de perception & autres.	Produit net.
Suite de l'autre part.	152,372,610	15,667,560	136,705,050
Particuliers, & des deux fols pour livres du dixieme des gages déjà affujettis au dixieme, ci	....	....	436,000
SECTION CINQUIEME. *Fonds d'avance.*			
65,399,000 liv. à 5 pour 100, dixieme & capitation déduits 2,801,400	152,372,610	15,667,560	137,141,050
10,000,000 liv. de prompt paie-ment à 5 pour 100... 500,000			
75,399,000 *Pour mémoire.* 3,301,400			

CHAPITRE HUITIEME.

Impôts exercés par la Ferme-Générale.

	Quantité de quintaux.	Prix commun du quintal.	Contribution des Peuples.	Fixation du produit par le compte de 1788.
SECTION PREMIERE. *Gabelles.*				
1°. Grandes Gabelles	760,000	à 62 l.	47,120,000	39,500,000
2°. Petites Gabelles...........	640,000	à 33 l. 10 f.	21,440,000	14,000,000
3°. Pays de Salines..........	275,000	à 21 l. 10 f.	5,912,500	} 5,060,000
Pays de Quart-Bouillon...	115,000	à 16 l.	1,840,000	
	1,790,000		76,312,500	
Prix du fel aux marais falants de l'Océan & de la Méditerranée, commiffion d'achats, frais de me-furage & d'embarquement, fret, voitures & autres frais de toute nature fur 1,790,000 quintaux, à 4 liv. 10 f. le quintal...........	....	....	8,055,000	
La contribution des Peuples eft de	....	....	68,257,500	58,560,000

Necker, tom. 2, page 13. Gabelles.

Idem, page 84.

Déductions.

SECTION

		Contribution des Peuples.	Fixation de produit fuivantle compte de 1788.

SECTION SECONDE.

Tabacs.

La vente exclufive du tabac, que la Ferme générale fournit annuellement à la Nation, s'élève à environ 15 à 16 millions de livres, dont elle retire un produit brut d'environ .... | 51,000,000 | 27,000,000

Il convient d'ajouter à la contribution des Peuples la fomme de 4,000,000 liv. de bénéfices, que font les Débitants de tabac, fur environ 10 millions de livres qu'ils débitent à 8 fols par livre de bénéfice, ci .... | 4,000,000 |

Déductions.

Pour frais d'achat d'environ 25 millions de matieres brutes, 9 millions, (1) ci ....9,000,000 | 55,000,000

Pour frais de fabrication, voitures & autres de toute nature, ci.....................2,500,000 | 11,500,000

La contribution du Peuple eft de.................. | 43,500,000

Les produits excédents, fuivant le Compte de 1788, s'élevent à .... | .... | 2,000,000

SECTION TROISIEME. | 43,500,000 | 29,000,000

Entrées de Paris.

Entrées de Paris.

1°. La contribution des Peuples pour les entrées de Paris, en y comprenant ceux qui ont été originairement concédés à la Ville & aux Hôpitaux, s'élève annuellement à la fomme de 34,000,000 liv. ci.............. | 34,000,000 | 30,000,000

3°. Les Aides du plat-Pays font comprifes dans la divifion des entrées de Paris, quoique par leur nature elles appartiennent plus particuliérement à la Régie générale, & leur produit brut s'éleve annuellement à.......... | 3,700,000

Déductions.

Les droits des Hôpitaux & de la Ville, que la Ferme perçoit pour leur compte, ci...................... | 37,700,000

La contribution des Peuples fur les droits nationaux eft de .... | 2,000,000

Les produits excédents fur les droits des entrées de Paris, font fixés par le Compte de 1788, à.................. | 35,700,000

.... | .... | 2,000,000

| | | 35,700,000 | 32,000,000 |

(1) C'eft un tribut impofé à la Nation, en faveur de l'étranger.

L

<table>
<tr><td rowspan="2" style="margin">Compte rendu en 1788.</td><td></td><td>Contribution des Peuples.</td><td>Fixation de produit suivant le compte de 1788.</td></tr>
</table>

	Contribution des Peuples.	Fixation de produit suivant le compte de 1788.

(margin: Compte rendu en 1788.)

SECTION QUATRIEME.

Les Traites, le Domaine d'Occident & les Droits en régie.

(margin: Traites, Domaine d'Occident & Droits en régie.)

	Contribution des Peuples.	Fixation de produit suivant le compte de 1788.
1°. Les droits des différents tarifs compris sous la dénomination de Traites, donnent un produit brut annuel de.........	26,000,000	
2°. Le produit brut du Domaine d'Occident, tant aux Colonies qu'en France, s'élève à...............	5,000,000	28,440,000
3°. Les droits sur les huiles & savons, ceux de la marque des fers, ceux du contrôle des toiles forment ensemble un produit brut de.............	3,500,000	
Les produits excédents sur les droits en régie sont fixés par le Compte de 1788, à..................	....	2,000,000
	34,500,000	30,440,000

SECTION CINQUIEME.

Récapitulation des quatre premieres sections, & suite de la fixation de produit.

	Contribution des Peuples.	Frais de perception & bénéfices des Fer. G. & de leurs agents.	Fixation de produit suivant le compte de 1788.	Traitement des Fermiers-Généraux, & frais de toute nature.	Produit net.
Section premiere. Les Gabelles	68,257,500	9,697,500	58,560,000		
Section II. Les tabacs.	43,500,000	14,500,000	29,000,000		
Section III. Les entrées de Paris.......	35,700,000	3,700,000	32,000,000		
Section IV. Les Traites, le Domaine d'Occident & les droits en régie..	34,500,000	4,060,000	30,440,000		
Le produit brut des droits exercés dans le Clermontois, déduction faite de la somme de 197,805 liv. pour laquelle les Gabelles & le tabac ont été compris dans les Fermes générales, à environ, ci.	127,500	20,625	106,875		
Offre des Fermiers-Généraux, en déduction de leur traitement, ci.	....	....	500,000		
	182,085,000	31,978,125	150,606,875		

(margin: Page 2.)

(margin: Page 8.)

	Contribution des Peuples.	Frais de perception & bénéfices des 1er. G. & de leurs agents.	Fixation de produit suivant le compte de 1788.	Traitement des Fermiers-Généraux, & frais de toute nature.	Produit net.
SECTION SIXIEME. *Réduction pour incertitude de produit.* Diminution sur la fixation de produit des deux millions d'excédent de produit éventuel, sur les régies dont le recouvrement a paru fort incertain, ci.	182,085,000	31,978,125	150,606,875	2,000,000	
SECTION SEPTIEME. *Réduction de la fixation de produit pour non-jouissances.* Indemnité garantie par l'article premier du bail de Mager, & fixée à 500,000 liv. somme pour laquelle est entré pour le prix du bail le produit qui doit résulter du rétablissement de l'ancien régime, prescrit par l'Arrêt du 3 Octobre 1773, pour les Pays de dépôt; lequel rétablissement n'a point eu lieu..........				500,000	
2°. Idem, réclamée par la Ferme générale, pour la non-jouissance de l'abonnement de 50,000 l. porté par l'article II du bail de Mager, & payable par les Pro-					
	182,085,000	31,978,125	150,606,875	2,500,000	

Compte rendu en 1788.

Page 8.

Page 7.

Non-jouissances. 4,734,500 L.

L 2

	Suite de l'autre part.	Contribution des Peuples.	Frais de perception & bénéfices des Fer. G. & de leurs agents.	Fixation de produit suivant le compte de 1788.	Traitement des Fermiers-Généraux, & frais de toute nature.	Produit net.
Compte rendu en 1788.	priétaires des marais falants de Cette, duquel abonnement ils ont été déchargés par Arrêt du Conseil, ci	182,085,000	31,978,125	150,606,875	2,500,000	
	3°. Indemnité des fols pour livres du droit de trépas de Loire & Traites foraines d'Anjou, dont MONSIEUR a fait la cession au Roi : article XVI du bail de Mager........	....	....	....	50,000	
Suite des non-jouissances. 4,784,500 l.	4°. A déduire du prix du bail des entrées de Paris, jusqu'à la parfaite clôture : article V du bail...	....	....	....	40,500	
	5°. Autre somme pareillement à déduire du prix du bail jusques à la conversion en argent des privileges dont jouissoient, sur les droits d'entrée, les Invalides, l'Ecole Militaire, & autres établissements publics & Communautés : même article du bail.	....	....	....	1,220,000	
	SECTION HUITIEME.				974,000	
Indemnités pour prix du bail, & frais à la charge du Roi. 1,311,587 l.	P. 3. 1°. Commis aux descentes des sels 2°. M. le Comte	....	....	....	62,200	
		182,085,000	31,978,125	150,606,875	4,846,700	

Compte rendu en 1788.		Contribution des Peuples.	Frais de perception & bénéfices des Fer. G. & de leurs agents.	Fixation de produit suivant le compte de 1788.	Traitement des Fermiers-Généraux, & frais de toute nature.	Produit net.
	Suite de l'autre part. d'Affry; indemnité du sel & du tabac aux Gardes-Suisses	182,083,000	31,978,125	150,606,875	4,846,700	
	3°. M. le Grand-Amiral, *id.*.......	....	....		12,000	
	4°. Salines de Moyenvic, tailles de S. Denis , du Rouli, Hôtel-Dieu de Paris......	....		....	65,633	
	P. 4. 5°. Réparations aux salines, évaluées à..........	....	....		112,000	
Suite des Indemnités pour prix du bail , & frais à la charge du Roi, 2,511,587 l.	6°. M. le Duc d'Aiguillon; indemnité de différents droits : Arrêt du 30 Juin 1784.	....	....		24,000	
	P. 5. 7°. M. l'Evêque de Metz , pour des bois dépendants de son Evêché, par lui cédés pour l'approvisionnement des salines, ci........	....	....	....	90,532	
	8°. Indemnités pour francs-salés, vins des privilégiés , suivant l'article XIII du bail de Mager , conformément au dernier état , arrêté en 1786 , ci ..	....	....	....	643,984	
	P. 6. 9°. Ouvrages & réparations aux bâtiments des Fermes..	....	....	....	24,200	
	10°. Mesureurs des greniers à sel, pour					
		182,085,000	31,978,125	150,606,875	5,835,849	

Compte rendu en 1788.

Suite des indemnités pour prix du bail, & frais à la charge du Roi. 1,511,587 l.

Traitement annuel des Fermiers-Généraux, non compris les bénéfices du bail, & frais de bureaux à la charge du Roi. 5,440,352 l.

	Contribution des Peuples.	Frais de perception & bénéfices des Fer. G. & de leurs agents.	Fixation de produit fuivant le compte de 1788.	Traitement des Fermiers-Généraux, & frais de toute nature.	Produit net.
Suite de l'autre part. leurs droits.......	182,085,000	31,978,125	150,606,875	5,835,849	
	....	....	....	5,238	
11°. Aux Etats de Languedoc ; indemnité fur l'augmentation du prix du fel..	....	....	....	275,000	
12°. A l'Hôpital-général, fur les droits rétablis..........	....	....	....	180,000	
SECTION NEUVIEME.					
P. 2. 1°. Dividende à 2 pour 100, fur 15,840,000 l. de leur fonds d'avance.....	....	....	....	316,800	
2°. Honoraires des Fermiers-généraux, à raifon de 30,000 liv. chacun..........	....	....	....	1,320,000	
3°. Frais de leurs bureaux particuliers, à raifon de 3,600 liv. chacun..........	....	....	....	158,400	
4°. Remifes fur les produits régis.	....	....	....	1,004,166	
P. 4. 5°. Bureau des comptes de la régie.	....	....	....	12,900	
6°. Indemnités aux principaux Employés des Fermes, pour la fuppreffion de la quarante-unieme place de Fermier-Général, dont les produits étoient partagés....	....	....	....	66,000	
	182,085,000	31,978,125	150,606,875	9,174,353	

Compte rendu en 1788.	Suite de l'autre part.	Contribution des Peuples.	Frais de perception & bénéfices des Fer. G. & de leurs agents.	Fixation de produit fuivant le compte de 1788.	Traitement des Fermiers-Généraux, & frais de toute nature.	Produit net.
	7°. Frais de comptabilité aux différentes Chambres des Comptes du Royaume....	182,085,000	31,978,125	150,606,875	9,174,353	
	8°. Frais du compte de la Ferme à Paris..	....	....	....	150,086	
	P. 6. 9°. Appointemens, loyers & frais de Bureaux à l'Adminiſtration chargée du département de la Ferme-Générale....	....	....	....	26,000	
Suite du traitement annuel des Fermiers-Généraux, & frais de bureaux à la charge du Roi. 5,440,352 l.	P. 3. 10°. Dépenfes de la caiſſe de la Ferme à Paris, que le Roi a priſes à ſa charge par le bail de Manger, & qui ont été liquidées & fixées par deux arrêtés du Miniſtre des Finances, en date du 28 Mai & 9 Octobre 1786, à la ſomme de 2,319,000 l. ſur laquelle il a été fait une réduction de 25,000 liv. par déciſion du mois de Décembre 1787	....	....	....	102,000	
	SECTION DIXIEME.				2,294,000	
Frais, gages & traitement à la charge du Roi. 2,582,693 l.	P. 3. 1°. Commiſſions extraordinaires du Conſeil.......	....	....		302,600	
	2°. Gratifications accordées à Meſſieurs du Conſeil, & autres	....	....	....	108,930	
		182,085,000	31,978,125	150,606,875	12,147,969	

Suite des frais,
gages & traitement
à la charge du Roi.
2,581,693 l.

Suite de l'autre part.

	Contribution des Peuples.	Frais de perception & bénéfices des Fer. G. & de leurs agents.	Fixation de produit suivant le compte de 1788.	Traitement des Fermiers-Généraux, & frais de toute nature.	Produit net.
3°. Gratifications à quelques Gouverneurs de Provinces & au Conseil supérieur du Roussillon	182,085,000	31,978,125	150,606,875	12,147,969	
P. 4. 4°. Indemnités aux cautions de Montelar, pour la résiliation du traité des salines de Lorraine, des trois Evéchés & Franche-Comté........	....	....	....	14,032	
5°. Passe-ports évalués..............	....	....	....	40,600	
6°. Diverses gratifications annuelles, par décisions des Ministres, ci........	....	....	....	400,000	
P. 5. 7°. Gages & charges sur les Gabelles, suivant l'état du Roi, payables par le sieur Trudon (1)...	....	....	....	4,600	
8°. Charges particulieres sur les Gabelles, Aides & entrées de Paris, & cinq grosses Fermes, suivant l'état du Roi..	....	....	....	1,548,824	
	....	....	....	162,207	
	182,085,000	31,978,125	150,606,875	14,318,132	

(1) La liquidation des Offices des Gabelles sera assignée sur les fonds de la caisse d'amortissement. J'en ai fait chargement au Livre quatrieme, Chapitre 16, dépense nationale, & j'ai porté par évaluation la somme d'intérêt annuel, au Chapitre 10, section 6, du présent Livre. Le produit net de ce Chapitre devroit donc être d'environ un million de plus, & le Chapitre 10 d'un million de moins.

Section

	Contribution des Peuples.	Frais de perception & bénéfices des Fer. G. & de leurs agents.	Fixation du produit suivant le compte de 1788.	Traitement des Fermiers-Généraux, & frais de toute nature.	Produit net.
SECTION ONZIEME. *Indemnités que la Province de Provence retient fur fes impofi-tions , pour augmentation du prix du fel.*	182,085,000	31,978,125	150,606,875	14,318,132	
P. 60. 1°. Aux Etats de Provence, pour augmentation du prix du fel	. . . .	. . . .	. . . .	200,000	
P. 70. 2°. A la Communauté de Marfeille, *id*	. . . . .	. . . . . .	. . . .	34,000	
Aux terres adjacentes, *id*.	. . . .	. . . .	. . . .	21,000	136,033,743
SECTION DOUZIEME.	182,085,000	31,978,125	150,606,875	14,573,132	136,033,743

Left margin: Compte rendu en 1788,

Left margin: Indemnité à la Provence pour prix du fel. 255,000 l.

Fonds d'avance de la Ferme-générale.

	Capitaux.	Taux de l'intérêt.	Intérêts.		
P. 2. Fonds d'avance des Fermiers-généraux	68,640,000	à 5 pour 100	3,432,000		
Idem , ou cautionnement des Employés	17,985,200	à 4 p. 100	719,408		
Idem	9,156,800	à 5 p. 100	457,840		
Pour mémoire.	85,782,000	. . . .	4,609,248		

Left margin: Fonds d'avance.

CHAPITRE NEUVIEME.

Droits exercés par la Régie-Générale.

SECTION PREMIERE.
Droits exercés par la Régie-Générale.

	Contribution des Peuples.
1°. Aides , y compris les droits dans le Comté d'Auxerre , &c.	24,474,000
2°. Infpecteurs aux boiffons.	1,558,518
3°. Infpecteurs aux boucheries	1,787,220
	27,819,738

Left margin: Droits fur les denrées. 47,926,424 l.

M

	Contribution des Peuples.
Suite de l'autre part	27,819,738
4°. Courtiers-Jaugeurs	2,879,426
5°. Droits réservés	6,650,835
6°. Octrois municipaux	1,586,300
7°. Masphaneng	115,500
8°. Domaines de Hainaut	899,150
9°. Droits locaux	39,352
10°. Offices supprimés	225,300
11°. Sous pour livres en sus des droits qui ne sont pas au Roi ...	7,320,523
12°. Formule (papier timbré)	390,300
13°. Cartes à jouer	1,790,167
14°. Cuirs & peaux tannés	5,611,600
15°. Marque d'or & d'argent	724,787
16°. Marque des fers	825,241
17°. Huiles & savons	794,600
18°. Papiers & cartons	1,199,181
19°. Poudres & amidons	628,000
	59,500,000

Compte rendu en 1,88.

Suite des droits sur les denrées. 47,926,424 l.

Droits sur les marchandises. 11,573,576 l.

SECTION SECONDE.

Frais de perception, & bénéfices des Régisseurs.

Les frais de perception des différents droits exercés par la Régie-générale, y compris les remises accordées sur les produits, s'élèvent environ à (1)..

SECTION TROISIEME.

Fixation de produit par le compte de 1788.

Page 18.

Les produits, suivant la fixation portée par le résultat du Conseil, du 19 Mars 1786, sont de....

Contribution des Peuples.	Frais de perception & bénéfices des Régisseurs & de leurs agens	Fixation du produit, par le compte de 1788.	Traitement des régisseurs, non jouissance & frais de toute nature.	Produit net.
59,500,000				
....	7,560,000			
....	....	51,000,000		
59,500,000	7,560,000	51,000,000		

(1) La Régie reçoit une somme considérable par abonnement, dont les frais de perception sont à la charge des abonnés. *Pour Mémoire.*

	Contribution des Peuples.	Frais de perception & bénéfices des Régisseurs & de leurs agens.	Fixation de produit par le compte de 1788.	Traitement des régisseurs, non-jouissance & frais de toute nature.	Produit net.
Suite de l'autre part.	59,500,000	7,560,000	51,000,000		
Les produits éventuels par évaluation, au moins à	....	....	800,000		
Les Régisseurs-Généraux ont offert sur leur traitement.........	....	....	140,000		
			51,940,000		
SECTION QUATRIEME. *Non-jouissance.*					
1°. Droits d'Aides dans le Clermontois (1)	....	....	....	150,000	
2°. Déduction réclamée par la Régie-générale, pour non-jouissance de droits d'Aides, rachetés par les Etats de Bourgogne (2)....	....	....	....	600,000	
3°. Prix de l'abonnement des péages de Mâcon, abandonnés aux Etats, par Arrêt du 5 Octobre 1785....	....	....	....	15,000	
	59,500,000	7,560,000	51,940,000	765,000	

Page 20.

Page 18.

Non-jouissance. 685,000 l.

(1) Ces droits ont été compris dans le résultat, sur le pied du nouveau régime qui devoit être établi : la portion qui en existe est régie par la Ferme-Générale.

. (2) Par Lettres-Patentes du mois de Février 1787, les droits d'aides ont été rétablis dans le Comté de Bar-sur-Seine, mais la Régie-Générale a été chargée de payer aux Etats de Bourgogne l'intérêt du prix de l'aliénation, au moyen de quoi la déduction reste entiere,

M 2

SECTION CINQUIEME.

Traitement des Régisseurs, & frais de toute nature.

	Contribution des Peuples.	Frais de perception & bénéfices des Régisseurs & de leurs agens	Fixation de produit par le compte de 1788	Traitement des régisseurs, non jouissance & frais de toute nature.	Produit net.
1°. Droits de préfence des Régisseurs 56,000	59,500,000	7,560,000	51,940,000	765,000	
2°. Remises à raison de 8 d. pour liv. sur 51 millions, ci 1700,000					
3°. Frais particuliers d'administration 88,000					
4°. Remplacement aux principaux Employés qui participoient à la vingt-sixieme place supprimée. 40,250	. . . . . .	. . . . . .	. . . . . .	1,959,000	
5°. Appointements & frais de bureaux du département de la Régie-générale 29,950					
6°. Appointement du bureau des rentes 44,800					

SECTION SIXIEME.

Indemnités à divers.

Compte rendu en 1788.

Indemnités. 256,296 l.

	Contribution des Peuples.	Frais de perception	Fixation	Traitement	Produit net.
1°. Secours ou indemnités accordés à divers, par Arrêt du Conseil, ou décision des Ministres.	. . . . . .	. . . . . .	. . . . . .	122,696	
2°. Aux Hôpitaux de Normandie. . . .	. . . . . .	. . . . . .	. . . . . .	120,000	
3°. Vins des privilégiés de l'Etat du Roi	. . . . . .	. . . . . .	. . . . . .	13,600	

SECTION SEPTIEME.

Fonds d'avance de la Régie-générale.

Page 18.

	59,500,000	7,560,000	51,940,000	2,980,296	48,959,704
	Capitaux.	Taux de l'intérêt.	Intérêts.		
Fonds d'avance du cautionnement de la Compagnie des Régisseurs	33,600,000	à 5 p. cent.	1,680,000		
Idem des Employés.	3,354,500	à 5 p. cent.	167,725		
Pour Mémoire.	36,954,500		1,847,725		

o

CHAPITRE DIXIEME.

SECTION PREMIERE.

Revenu des Terres & Forêts domaniales , & droits exercés par l'Adminiſtration des Domaines.

	Produit des terres & forêts, & contribution des Peuples.	Frais de recouvrement & bénéfices des agents de l'adminiſtrat.
1°. Domaine en fonds de terre affermés............	1,649,852	
2°. Forêts domaniales..............................	8,400,000	
3°. Cens & rentes.................................	800,000	
4°. Sous pour livre des domaines engagés...........	213,000	
5°. Droits domaniaux , Péages & autres en régie.......	156,750	
6°. Droits d'aubaine, confiſcation , bâtardiſe...........	80,000	
7°. Droits d'échange.............................	80,000	
8°. Droits d'uſage................................	152,462	
9°. Nouveaux acquêts............................	7,350	
10°. Amendes & confiſcations , ci *pour mémoire*.......		
11°. Lods-&-ventes................................	2,400,000	
12°. Régie des hypotheques.......................	1,250,000	
13°. Droits de timbre & ſous pour livres..............	5,865,000	
14°. Contrôle des actes, & *idem*....................	11,400,000	
15°. Contrôle des exploits, *id*.....................	3,450,000	
16° Inſinuation, *id*..............................	2,190,000	
17°. Centieme-denier, *id*........................	8,520,000	
18°. Petit ſcel, *id*..............................	750,000	
19°. Amortiſſement, *id*..........................	270,000	
20°. Franc-fief, *id*.............................	1,800,000	
21°. Droits de Greffe , *id*........................	1,328,000	
22°. Droits réſervés, *id*..........................	1,643,000	
Frais de perception arbitrés à.....................	4,594,586	
	57,000,000	

Domaines Royaux.
13,939,414 l.

Droits régis par les Adminiſtrateurs des Domaines , & frais de recouvrement.
43,060,586 l.

SECTION SECONDE.

Frais de recouvrement de toute nature.

Frais de perception arbitrés à......................	....	4,594,586
Remiſes ſur le recouvrement du produit des Domaines royaux, & autres frais de toute nature..............	....	1,165,414
	57,000,000	5,760,000

Total des frais de recouvrement.
5,760,000 l.

	Produit des terres & forêts, & contribution des Peuples.	Frais de recouvrement & bénéfices des agents de l'administrat.	Fixation de produit, par le Compte de 1738.	Traitement des administ. non jouissance & frais de toute nature.

Compte rendu en 1788.

SECTION TROISIEME.

Fixation de produit par le compte de 1788.

1°. Les produits suivant la fixation portée par le résultat du Conseil, du 19 Mars 1786, ci.......	57,000,000	5,750,000		
	....	....	50,000,000	

Fixation de produit suivant le Compte de 1788. 51,240,000 l.

2°. Mais comme la fixation a été faite sur les produits de l'année 1784, les Administrateurs doivent compter séparément de tous les objets acquis par le Roi depuis le premier Janvier 1785, & suivant les détails énoncés par le compte de 1788, ces objets montent à...	....	....	340,000	
3°. Produits éventuels, par évaluation, d'après 1787..........	....	....	700,000	
4°. Les Administrateurs ont offert de verser chaque année au Trésor royal, sur les émoluments de leur place..............	....	....	200,000	

SECTION QUATRIEME.

Non-jouissance.

			51,240,000	

Non-jouissance. 340,000 l.

1°. Non-jouissance d'une partie de formule qui devoit être distraite de la Régie-générale, pour être réunie à celle des Domaines (1).	....	....	....	150,000
2°. Idem, des sous pour livres des droits domaniaux, qu'on devoit également distraire de la Régie-générale & dont elle jouit, ci.....	....	....	....	150,000
3°. Idem, des droits de contrôle & autres qui devoient être établis dans le Clermontois, ci (2).....	....	....		40,000
	57,000,000	5,760,000	51,240,000	340,000

(1) Ces droits ont été compris dans le résultat de la fixation de produit, sur le pied du nouveau régime qui devoit être établi.

(2) La portion qui existe suivant l'ancien régime, est régie par la Ferme-Générale.

Compte rendu en 1788.

	Produit des terres & forêts, & contribution des Peuples.	Frais de recouvrement & bénéfices des agents de l'administrat.	Fixation de produit, par le compte de 1788.	Traitement des administ. non jouissance & frais de toute nature.

SECTION CINQUIEME.

Traitement & dépense pour le service de l'Administration.

Item	Produit	Frais	Fixation	Traitement
	57,000,000	5,760,000	51,240,000	340,000
1°. Traitement fixe de vingt-huit Administrateurs, ci..........	....	....	....	1,260,000
2°. L'indemnité aux Employés intéressés dans la précédente Administration, pour raison de la vingt-sixieme place supprimée, ci.....	....	....	....	34,000
3°. Fourniture de papier & parchemin..........	....	....	....	340,000
4°. Loyer, réparation & entretien de l'hôtel par évaluation, ci..	....	....	....	60,000
5°. Honoraires du Conseil de l'Administration	....	....	....	10,000
6°. Aux Procureurs du Roi des Bureaux des Finances, pour leur attribution dans les produits des casuels domaniaux par évaluation, ci	....	....	....	60,000
7°. Frais à la charge du Roi, par évaluation.................	....	....	....	10,000

Traitement des Administrateurs, & frais de bureaux, à la charge du Roi. 1,774,000 l.

SECTION SIXIEME.

Charges locales & dépenses diverses.

1°. Charges locales & rentes assignées sur les Domaines, ci........ 1,187,198

2°. Réparations aux bâtiments des Domaines, 995,307

3°. Menues nécessités des Cours.......... 272,257

4°. Dépenses communes pour frais de comptes 40,685

5°. Dépenses relatives à l'administration des Eaux & Forêts........ 3,466,961

Charges locales & dépenses diverses. 4,202,620 l.

	Produit	Frais	Fixation	Traitement
5,962,408	57,000,000	5,760,000	51,240,000	2,114,000

	Produit des terres & forêts, & contribution des Peuples.	Frais de recouvrement & bénéfices des Agents de l'Adminiſtrat.	Fixation de produit par le compte de 1788.	Traitement des adminiſt. non jouiſſance & frais de toute nature.	Produit net.
Suite de l'autre part. 5,962,408	57,000,000	5,760,000	51,240,000	2,114,000	
6°. Bureau de l'Adminiſ-tration 177,200					
7°. Légiſlation des hypo-theques 3,000					
8°. Traitement de M. Le-bret. 18,000					
9°. Gages du Conſeil.... 19,000					
10°. Frais relatifs à l'Ad-miniſtration. 124,323					
6,303,931					
Réduction d'un tiers de 6,303,931 pour dépenſes & charges qu'on ne pourra pas ſupprimer, en confiant l'ad-miniſtration des Eaux & Forêts aux Etats Provinciaux, & en attribuant la connoiſſance des délits aux Parlements, ci.... 2,101,311					
Frais & charges locales qu'on peut ſupprimer par la réforme (1)............. 4,202,620	....	....	....	4,202,620	
Le réſultat général eſt ci.........	57,000,000	5,760,000	51,240,000	6,316,620	44,923,380

Compte rendu en 1788. Page 23.	SECTION SEPTIEME. *Fonds d'avance de la Compagnie.*	Capitaux.	Taux de l'intérêt.	Intérêts.
	1°. Fonds d'avance de la Compagnie des Adminiſtrateurs.................	33,600,000	à 5 p. 100	1,680,000
	2°. *Idem*, des Employés.................	70,000	à 4 p. 100	2800
	3°. *Idem*, des Employés.................	6,492,000	à 5 p. 100	324,645
	Pour Mémoire.	40,162,900	....	2,006,445

(1) Les 2,101,311 liv. du tiers des 6,303,931 liv. des charges locales & dépenſes diverſes, ne peuvent être ſupprimées, parce qu'elles forment à-peu-près la ſomme néceſſaire pour le paiement de l'intérêt de la finance des Maîtriſes des Eaux & Forêts, &c. Gabelles, &c. J'en fais chargement au Chapitre 16 du Livre 4, pour dépenſe annuelle. *N. B.* C'eſt au Chapitre de la dette nationale, qu'il faut porter cet article.

CHAPITRE

CHAPITRE ONZIEME.

Revenus cafuels & droits de marc d'or.

	Contribution des Peuples.	Frais de perception	Produit net.
Page 27. Les droits de mutation des Offices, évalués d'après l'année commune, prife fur dix.	1,200,000		
Le centieme-denier des Offices, dont les huit années de rachat font complettées en 1788...............................	1,200,000		
Revenus cafuels. Les droits de maîtrife de Paris & des Provinces, environ.......................	1,100,000		
Finances des Offices du point d'honneur qui font à vie	200,000		
Finances des Offices municipaux & droits de confirmation de Noblesse, environ....	90,000		
Marc d'or Les droits du marc d'or & les fous pour livres, évalués fur quatre années, compris les droits de quittance, montent, année commune, à.........................	3,790,000		
	1,875,000		
Les frais de régie, communs au recouvrement des deux parties, par évaluation............	5,665,000		
	....	50,000	
Le produit net verfé au Tréfor Royal, ou fervant à acquitter les charges publiques, eft de.	....	....	5,615,000
	5,665,000	50,000	5,615,000

CHAPITRE DOUZIEME.

Loterie Royale de France, & petites Loteries.

	Contribution des Peuples.	Fixation de produit.	Frais & charges à déduire.	Produit net.
Page 39. La contribution des Peuples, la fixation de produit & le produit net, ci	12,000,000	9,860,000	2,706,136	7,153,864

N. B. Un pareil impôt ne doit point former une branche de revenu pour la Nation; on le porte à la caiffe nationale des pauvres, & on fait chargement des fonds d'avance de la Compagnie & des Employés, au L. IV, ch. 20 de la dette nationale.

N

CHAPITRE TREIZIEME.

Objets divers.

		Produit net.
Ferme-générale.	1°. Moitié revenant au Roi, dans les bénéfices connus à l'expiration du dernier bail de la Ferme-générale, payables à mesure des répartitions pendant chacune des cinq dernieres années du bail actuel, 2,460,000 liv. ci	2,460,000
Recette-générale. Page 15.	2°. 1,316,730 liv. qui restent à recouvrer des impositions & trois vingtiemes de la ville de Paris, sur 1786, montant à . . 1,316,730 Sur laquelle somme il convient de déduire celle de 347,700 l, pour non-valeurs, décharges, modérations, remises & taxations 347,700	969,030
Page 81.	Créance sur les Etats-Unis de l'Amérique.	1,600,000
		5,029,030

RÉSULTAT GÉNÉRAL DU LIVRE PREMIER ET SECOND.

Récapitulation de l'examen de la contribution des Peuples, des frais de recouvrement, de la fixation de produit, des frais, traitemens, indemnités & non-valeurs, en déduction de la fixation de produit & du produit net des divers impôts servants à former le revenu national.

		Contribution des Peuples.	Frais de recouv. bénéfices des Agents du fisc & null. des décim.	Fixation de produit, par le compte de 1788.	Frais, traitement, indemnités & non-valeurs.	Produit net.
Liv. I, chap. 1.	1°. Impôts à conserver.	16,264,249	. . . .	16,264,249	4,472,865	11,791,384
Chap. 2.	2°. Impositions, la plupart exercées par les Receveurs-généraux.	3,988,344	. . . . .	3,988,344	194,391	3,793,953
Liv. II, chap. 1.	3°. Les décimes du Clergé.	11,000,000	11,000,000			
Chap. 2.	4°. Les dons gratuits, ou la taille des pays d'Etat	5,992,498	273,716	5,718,782	14,436	5,704,346
Chap. 3.	5°. La capitation de idem.	4,917,439	227,830	4,689,609	11,970	4,677,639
Chap. 4.	6°. La capitation des Privilégiés . .	505,876	. . . . .	505,876	. . . . .	505,876
Chap. 5.	7°. Les vingtiemes des pays d'Etat.	10,427,122	502,283	9,924,839	25,126	9,899,713
Chap. 6.	8°. Les vingtiemes des Privilégiés .	535,100	. . . . .	535,100	. . . . .	535,100
		53,630,624	12,003,829	31,626,799	4,718,788	36,908,011

Compte rendu en 1788.	Suite de l'autre part.	Contribution des Peuples.	Frais de recouv. béné-fices des Agents du fisc & null. des décim.	Fixation de produit, par le compte de 1788.	Frais, traitement, indemnités & non-va-leurs.	Produit net.
Chap. 7.	9°. Les vingtiemes, la taille & la capitation exercés par les Receveurs généraux	53,630,624 152,372,610	12,003,829	31,626,799 152,372,610	4,718,788 15,667,560	36,908,011 136,705,050
Chap. 8.	10°. Impôts exercés par la Ferme-générale	182,085,000	31,478,125	150,606,875	14,573,132	136,033,743
Chap. 9.	11°. Impôts exercés par la Régie-générale	59,500,000	7,560,000	51,940,000	2,980,296	43,959,704
Chap. 10.	12°. Impôts exercés par l'administra-tion des Domaines.	57,000,000	5,760,000	51,240,000	6,316,620	44,923,380
Chap. 11.	13°. Revenus casuels	5,665,000	. . . . .	5,665,000	50,000	5,615,000
Chap. 12.	14°. Loteries.	12,000,000	2,140,000	9,860,000	2,706,136	7,153,864
Chap. 13.	{ 1,316,730 l. reftant à recouvrer des impofitions & vingtiemes de Paris, fur l'année 1786	522,253,238	58,941,954	403,311,284 1,316,730	47,012,532	416,298,752
Recettes-générales.	Réduftion pour non - valeur, décharge, &c.				347,700	969,030
	Produit net.					
Ferme-générale.	Moitié revenant au Roi, dans les bénéfices connus à l'expiration du dernier bail de la Ferme-générale, à mefure des répartitions pendant cha-cune des cinq dernieres années du bail aftuel			2,460,000	. . . . .	2,460,000
Page 81.	Créance fur les Etats-Unis de l'Amérique			1,600,000	. . . . .	1,600,000
Objets divers d'entrée & fortie, par le compte de 1788, dont il me refte à faire charge-ment dans le préfent compte pour balance.	L. 2, ch. 2, remifes accordées fur les dons gratuits des pays d'Etat 125,676 { Ch. 3, id. fur la capitation . . . . . 337,104 Ch. 5, id. fur les vingtiemes. . . . . . 484,544 Ch. 7, décharges & modérations fur la capi-tation des Pays conquis & d'Election . . . . 2,552,990 Erreur fur le compte de 1788, ou fur le mien, pour balance de fixation de produit. 227,221	. . . . .	. . . . .	3,727,535	3,727,535	4
		522,253,238	58,941,954	472,415,549	51,087,767	421,327,782

N 2

LIVRE TROISIEME.

Examen de la contribution des Peuples , & produit net des divers impôts qui paroiffent les moins onéreux, pour faire face aux charges publiques.

CHAPITRE PREMIER.

Section première.

Impôts confervés d'après l'ancien régime , & exercés par des Compagnies ou Abonnés.

	Fixation de produit.	Charges & frais à déduire.	Produit net.
1°. La Ferme des Poftes.................	12,000,000	3,116,941	8,883,059
2°. Les Meffageries	1,100,000	223,198	876,802
3°. Les droits fur la vente des beftiaux (ces droits font dans le cas d'être fupprimés)....	630,000	291,591	338,409
4°. Abonnements de la Flandre maritime....	800,000	398,625	401,375
5°. La Régie des Poudres.................	500,000	....	500,000
6°. Le droit de Seigneuriage fur les monnoies..............................	533,774	427,510	106,264
7°. La Ferme des Affinages..............	120,000	15,000	105,000
8°. La retenue du dixieme fur les gages & charges de la Maifon du Roi............	500,475	....	500,475
9°. Les Forges de la Chauffade...........	80,000	....	80,000
Bonification de produit par la retenue d'un cinquieme fur les intérêts des fonds d'avance des Compagnies, & fur les penfions affignées fur les recettes des impôts ci-deffus , environ.....	400,000	....	400,000
N. B. Les améliorations de produit qui pourront s'opérer fur ces divers impôts , pourront être portées en augmentation de fonds pour la caiffe d'amortiffement.	16,664,249	4,472,865	12,191,384

Impôts confervés. Vide Liv. I, ch. 1.

SECTION SECONDE.

Impofitions confervées d'après l'ancien régime, & dont les Adminiftrations des Provinces feront le recouvrement pour compte du Roi , en déduifant cinq pour cent , pour les frais, fur les objets précédemment recouvrés par les Receveurs-Généraux.	Fixation de produit.	Frais de recouvrement pour compte du Roi.	Produit net.
1°. Languedoc.............................	678,198	....	678,198
2°. Bretagne.............................	346,400	....	346,400
3°. Bourgogne.............................	344,968	....	344,968
4°. Provence.............................	50,857	....	50,857
5°. Languedoc & Rouffillon..............	731,285	36,614	695,671
6°. Bretagne.............................	447,339	22,367	425,072
7°. Bourgogne , Breffe, Bugey , Gex & Dombes.................................	303,834	15,191	288,643
8°. Terres adjacentes de Provence..........	140,628	7,031	133,597
9°. Pau , Bayonne & Foix................	382,283	19,114	363,169
10°. Impofitions particulieres deftinées aux fortifications.............................	561,552	....	561,552
	3,988,344	100,317	3,888,007

N. B. Les frais de recouvrement étoient de..................... 194,391
Les mêmes frais ne feront que de 100,317
La bonification ou économie eft de..................... 94,074

CHAPITRE SECOND.
De la Capitation.

	Fixation de produit net à verfer au Tréfor royal.	Frais de perception à la charge des Provinces à 5 pour 100.	Total de la contribution des Peuples.
La Capitation fera abonnée pour tout le Royaume à la fomme de quarante-cinq millions net , verfés dans le Tréfor royal par le Tréforier-général de chaque Province, d'après la répartition qui fera réglée par les Etats-Généraux entre les différentes Provinces (1), ci..........	45,000,000		
Les frais de perception s'éleveront au plus à cinq pour cent, ci...............	......	2,250,000	
La totalité de la contribution nationale fera de.....................	......	......	47,250,000
	45,000,000	2,250,000	47,250,000

(1) *Vide* Chapitre cinquieme , pour la répartition proportionnelle.

Tout impôt perfonnel eft arbitraire , parce qu'il manque de bafe certaine pour en faire une répartition proportionnée aux facultés des contribuables : fi les impôts indirects n'étoient pas mille fois plus fâcheux pour la Nation que la Capitation , toute vicieufe qu'elle eft , fans doute il feroit néceffaire de fupprimer cet impôt de préférence à tout autre ; mais il eft impoffible de fe priver de cette reffource dans le moment préfent ; ce n'eft que lorfque la dette nationale fera éteinte , ou du moins confidérablement réduite , qu'on pourra fe paffer de cette branche du revenu public. Le feul bien qu'on puiffe procurer tout de fuite , confifte à réformer , autant qu'il eft poffible , l'arbitraire de la répartition de cet impôt ; & le moyen en fera facile , lorfque la fomme fera déterminée foit pour la Nation en Corps , foit pour chaque Province en particulier : alors les Adminiftrateurs des Provinces en feront la répartition par territoire , avec le plus d'égalité poffible , en raifon de la population & de la richeffe de chaque Communauté d'habitants dans les Provinces confiées à leur adminiftration ; & cet impôt deviendra auffi tolérable qu'il peut l'être , lorfque dans chaque territoire il fera réparti par une adminiftration de Citoyens , & affis avec la forte d'égalité dont il eft fufceptible.

La contribution nationale , pour la Capitation , eft actuellement de la fomme de 41,727,820 livres , conformément aux Chapitres troifieme , quatrieme & feptieme du Livre fecond ; mais l'Ordre de Malthe ne paie que 39,600 livres , & le Clergé de France ne paie rien du tout. Cependant depuis 1701 jufqu'en 1710 , le Clergé avoit payé quatre millions de Capitation , & à cette époque , la contribution nationale étoit beaucoup moins forte pour cet impôt , qu'elle ne l'eft à l'époque actuelle. On peut donc , fans exagération , arbitrer à la fomme de 5,772,180 livres , la contribution que le Clergé de France & l'Ordre de Malthe doivent payer de Capitation , en raifon de la fomme de 41,727,820 livres que paient la Nobleffe & le Tiers-Etat , & il en réfultera une augmentation importante de revenu pour la Nation.

Lorfqu'on fera parvenu à faire une répartition équitable de cet impôt , on pourra foulager la claffe indigente du Peuple , de toute la contribution à laquelle les Privilégiés avoient réuffi de fe fouftraire ; & alors l'homme de peine ne fe trouvera impofé qu'en raifon de la valeur d'une de fes journées de travail , & même à moins.

Il exifte un moyen de remplacer cet impôt , on en donne le développement dans le Chapitre cinquieme du préfent Livre.

CHAPITRE TROISIEME.

Impôt sur l'universalité des Terres , des Maisons , & des Marais salants, servant de remplacement aux impositions actuelles ci-après détaillées.

	Contribution des Peuples.
Impositions actuelles.	
1°. Les Décimes du Clergé de France.	11,000,000
2°. Les Dons-Gratuits ou la Taille des Provinces régies en Pays d'Etat	5,992,498
3°. Les Vingtiemes des Provinces régies en Pays d'Etat.	9,427,122
4°. Les Vingtiemes abonnés pour les Princes & autres Privilégiés.	535,100
5°. La partie des Vingtiemes dont le recouvrement est exercé par les Receveurs-Généraux des Finances.	44,779,270
6°. La partie de la Taille , *idem*	71,288,825
7°. La Gabelle.	68,257,500
8°. Le Tabac.	43,500,000
9°. Le droit de Traite qui se perçoit sur le sel & sur les marchandises , à la circulation dans l'intérieur du Royaume.	10,000,000
10°. Les droits d'Aides , Courtiers-Jaugeurs , &c. qui se perçoivent à la circulation intérieure , environ.	1,210,685
	266,000,000

Impôts réels. 143,022,815 l.

Impôts indirects. 122,977,185 l.

266,000,000 l.

Remplacement , ou impositions nouvelles abonnées pour tout le Royaume , & proportionnellement réparties entre les Provinces , les Districts & les Territoires , à raison de leur propriété respective en biens ruraux, en maisons, & en Marais salants.	Produit net au Trésor royal.	Frais de recouvrement.	Contribution des Peuples.
1°. Sur l'universalité des terres du Royaume.	150,000,000	7,500,000	157,500,000
2°. Sur l'universalité des maisons.	50,000,000	2,500,000	52,500,000
3°. Sur l'universalité des marais salants & fontaines salées.	12,000,000	1,000,000	13,000,000
La contribution nationale étoit de. 266,000,000 La nouvelle contribution ne sera que de. . . . . 223,000,000 La diminution de contribution est de 43,000,000	212,000,000	11,000,000	223,000,000

Impôt réel. 223,000,000 l.

Diminution des contributions. 43,000,000 l.

N. B. On donne le développement de la répartition proportionnelle dans le Chapitre cinquieme.

CHAPITRE QUATRIEME.

Abonnements en faveur des Villes & lieux sujets à l'exercice des droits d'Inspecteurs aux Boucheries, des Octrois municipaux, des Aides, des Courtiers-Jaugeurs, &c.

	Contribution actuelle des Peuples.	Produit net des abonnements.	Frais de recouvrement.	Contribution nouvelle des Peuples.
1°. La partie de ces droits, qui est exercée par la Régie-Générale. . .	45,300,000	36,000,000	1,800,000	37,800,000
2°. *Idem*, par la Ferme-Générale.	3,700,000	2,400,000	120,000	2,520,000
	49,000,000	38,400,000	1,920,000	40,320,000
La diminution de contribution est de.	. . . .	. . . .	. . . .	8,680,000

N. B. Vide le Chapitre cinquieme, pour la répartition proportionnelle.

CHAPITRE CINQUIEME.

Bordereau du produit net, des frais de recouvrement & de la totalité de la contribution des Peuples sur les différents Impôts, dont la répartition & le recouvrement peuvent être confiés aux Administrations d'Etats Provinciaux ; & Observations sur la répartition proportionnelle.

Bordereau du résultat des Impositions.		Fixation de produit net au Trésor royal.	Frais de recouvrement.	Contribution des Peuples.
Chapitre premier.	Impôts divers. . . . . , ...	3,888,027	194,401	4,082,428
Chap. 2.	Capitation.	45,000,000	2,250,000	47,250,000
Chap. 3.	Impôt réel. 1°. Sur l'universalité des terres	150,000,000	7,500,000	157,500,000
	2°. Sur l'universalité des maisons	50,000,000	2,500,000	52,500,000
	3°. Sur les marais salants & fontaines salées.	12,000,000	1,000,000	13,000,000
Chap. 4.	Abonnements. . . . . , ...	38,400,000	1,920,000	40,320,000
		299,288,027	15,364,401	314,652,428

Observations

Observations fur la répartition proportionnelle, & néceſſité d'un nouveau Cadaſtre.

On peut continuer d'après le mode actuel, la répartition, le recouvrement des impôts divers & de la Capitation, ainſi que de l'impôt fur les terres & fur les maiſons : on peut encore établir l'impôt fur les marais ſalants, d'après les moyens indiqués par le célebre M. le Trone, tome premier, liv. 4, ch. 7; tome 2, ch. 3; & les abonnements des impôts fur les comeſtibles feroient proportionnellement fupportés par les Habitants des Villes & lieux fujets auxdits droits, par le moyen d'une preſtation pécuniaire, &c.

Tous ces moyens ſont connus & développés dans pluſieurs ouvrages qui ne laiſſent rien à defirer; mais perſonne n'a encore traité des moyens de la répartition proportionnelle de l'impôt, à raiſon de la propriété des Citoyens; & ſi l'Auteur de l'impôt abonné a eu des vues juſtes, quant à la formation d'un cadaſtre, ſon ouvrage n'eſt pas auſſi parfait relativement à la propriété impoſable & à la ſomme d'impoſition qui doit être payée par chaque propriétaire.

Le but unique de l'impôt eſt, 1°. de défendre la propriété nationale & individuelle de tous les Citoyens qui compoſent le Corps politique, contre l'attaque d'un ennemi étranger; 2°. de protéger efficacement le Citoyen opprimé, contre le Citoyen oppreſſeur; & de pourvoir à tous les frais de police & d'adminiſtration de l'univerſalité & de chaque communauté d'Habitants.

Les impoſitions actuelles frappent la propriété territoriale, la conſommation des comeſtibles & les perſonnes.

L'impôt fur les terres eſt actuellement ſous le régime de l'arbitraire; & l'abus de ſa quotité diſproportionnelle entre les propriétés ſe trouvant déjà diſcuté ſous tous les rapports, je n'entrerai dans aucun détail.

L'impôt fur la conſommation des comeſtibles eſt intolérable pour la diſproportion de contribution qu'il établit entre le riche & l'indigent, à raiſon de leur propriété reſpective, comparée à leur conſommation.

L'impôt fur les perſonnes (la Capitation) dégrade l'humanité, en imprimant un caractere de ſervitude, & n'ayant d'autre baſe que l'arbitraire: la répartition eſt ſujette aux abus les plus odieux.

Exiſte-t-il des moyens d'établir la répartition proportionnelle de l'impôt fur la propriété? & qu'eſt-ce que la propriété?

La propriété comprend l'univerſalité des objets qui, par leur réunion, forment la fortune d'un individu, par l'expreſſion d'une valeur numérique, dont les monnoies deviennent le ſigne.

Toutes les valeurs ſont des propriétés, ſoit qu'elles conſiſtent en territoire, en productions du territoire, en mobilier, en contrats, &c. Par exemple, un Négociant a pour 100,000 liv. d'étoffes en magaſin, & il lui eſt dû 25,000 liv., ſa fortune eſt donc de 125,000 liv.; mais s'il doit lui-même 50,000 liv., ſa fortune ne ſe trouve que de 75,000 liv. effectives, qui ſont une propriété ſous la protection de la loi, comme

O

une maifon ou une métairie de même valeur , & les unes & les autres font également impofables , puifque l'impôt n'a pour but que de les protéger également.

L'impôt doit donc être proportionnellement réparti fur toutes les branches de a propriété individuelle, qui, par leur réunion, forment la propriété nationale.

La propriété nationale fe fubdivife naturellement en différentes branches , & elles confiftent ,

1°. En propriétés territoriales, qui comprennent l'univerfalité du territoire produ&if, des mines , des marais falants, &c.

2°. En propriétés de maifons ;

3°. En propriétés de productions ouvrées & non ouvrées, & en mobilier de toute nature ;

4°. En contrats, dont les uns doivent être directement impofés, & les autres indirectement. Les contrats directement impofables font ceux fur la Nation , fur les Provinces, &c. parce que les rentes en font payées par des impôts fur les autres propriétés ; les autres font ceux qui fe trouvent impofés fur la propriété même qui fert de gage & d'hypotheque au créancier. Par exemple, Pierre a une métairie ou une maifon de la valeur de 100,000 liv., qui, à raifon d'un par 1000 liv. de l'impôt tant national que local, a payé 100 liv. d'impofition ; mais fur cette maifon ou fur cette métairie , il doit par contrat 80,000 liv. à Jean, qui en reçoit l'intérêt à 5 pour 100 par an, faifant la fomme de 4000 liv. : il eft évident que la propriété de Pierre fe réduit à 20,000 l. qui ne doivent que 20 livres d'impofition, & que la loi de l'Etat doit l'autorifer à retenir à Jean la fomme de 80 l. fur les 4,000 liv. d'intérêt qu'il lui paie des 80,000 l. de la créance fur la métairie ou fur la maifon ; ainfi dans tous les cas.

5°. Enfin en papier-monnoie , foit billets , foit lettres-de-change ; propriété qui n'eft impofable que par un droit de timbre fi modéré, que le cours de notre change avec l'étranger ne puiffe pas en être alteré.

En adminiftration, comme en mécanique, les moyens compliqués ne font jamais les meilleurs ; mais lorfqu'on a le malheur de les avoir adoptés & d'en faire ufage, il ne faut jamais en interrompre le mouvement qu'après qu'on a trouvé les moyens fimples , & qu'on a reconnu, avec l'évidence la plus complette , que l'on pourra remplir le but politique que l'on fe propofe d'atteindre.

Il ne faut donc rien changer à notre mode actuel d'impofition , qu'après avoir approfondi quel eft l'ordre que la nature indique, comme le plus fimple & le plus jufte, pour établir la répartition proportionnelle de l'impôt , à raifon de la propriété refpective de tous les Citoyens.

La premiere bafe de cette grande opération paroît être le cadaftre de la propriété nationale ; & pour le former , je crois que la fimple déclaration de valeur de propriété faite individuellement par chaque propriétaire, eft préférable à toutes les appréciations faites par des Experts.

Je crois cependant qu'on pourroit , avec juftice , faire ufage d'un correctif pour les fauffes déclarations fur la propriété évidente, telle que le territoire & les maifons ; & lorfque les Magiftrats municipaux d'une Commune préfumeroient que la déclaration de valeur d'une propriété ne seroit pas juste, ils pourroient soumettre le Citoyen propriétaire à une estimation par Juré; & alors si la fraude étoit d'une certaine importance, on pourroit non seulement faire encadastrer la véritable valeur de la propriété, mais il semble qu'il faudroit encore priver le fraudeur, de l'honneur d'avoir voix délibérative à l'assemblée de la Commune; on pourroit enfin soumettre les Citoyens propriétaires à faire encadastrer leur propriété, à raison de la somme qui leur en seroit offerte argent comptant.

Quant à la propriété de productions & de mobilier, il est essentiellement juste de ne point compromettre la tranquillité des Citoyens par l'inquisition des Experts; il semble qu'il faut uniquement s'en rapporter à la probité des propriétaires, & peut-être faut-il prendre en considération leur amour-propre ou leur vanité; mais peut-on regarder comme un mal, que la vanité se trouve punie par elle-même?

Le cadastre de chaque Commune seroit formé sur trois colonnes, dont la première comprendroit la propriété territoriale; la seconde, la propriété de maisons; la troisieme, la propriété de productions & de mobilier.

Dans moins d'une année on pourroit former un cadastre général, à la faveur duquel l'impôt national se trouveroit proportionnellement supporté entre les Provinces, les Distriéts, les territoires & l'universalité de tous les Citoyens. Ce cadastre serviroit enfin de base de répartition proportionnelle pour toutes les impositions locales, soit d'Etats Provinciaux, soit de Districts, soit de Communes.

On pourroit encore, par le moyen de ce cadastre, connoître annuellement le nombre d'Habitants de chaque Commune & leur profession, l'état & le produit de l'agriculture, de l'éducation des bestiaux, des arts & du commerce; ce n'est qu'après que la puissance publique aura une connoissance parfaite de tous ces objets & de leurs rapports entr'eux, qu'elle pourra adopter une marche régulière pour assurer irrévocablement pour jamais la prospérité nationale, par le moyen d'une protection suivie & éclairée, en faveur de l'universalité des Communes & des Habitants; ce bel ordre de choses se trouvera réalisé, lorsque tous les Citoyens propriétaires auront voix délibérative dans le conseil de la Commune, de maniere que le pauvre puisse défendre son nécessaire (1), lorsque le riche n'a à discuter que sur son superflu. Alors la loi deviendra vraiment l'expression du vœu national, & ce vœu sera légalement manifesté par la pluralité des suffrages des Députés des Communes réunies en Etats-Généraux.

Si le rêve du bon Abbé de Saint-Pierre, si la Paix, cette fille du Ciel, vient jamais habiter parmi les hommes, ce sera lorsque tous n'auront plus que le même

___

(1) Voyez les premieres Observations. Il est essentiellement juste que tout contribuable puisse défendre son intérêt dans l'Assemblée de la Commune; mais il est également convenable de favoriser les propriétés de terres & de maisons, parce qu'elles sont les premieres bases de l'édifice social; on pourroit donc, sans injustice, n'accorder le droit de pouvoir être député aux Assemblées d'Etats-Provinciaux & d'Etats-Généraux qu'à cette classe de Propriétaires, & l'on pourroit encore établir qu'il faudroit payer deux cents livres d'impositions pour pouvoir être élu Député aux premiers, & cinq cents livres pour les derniers.

intérêt à défendre, lorfque le regne des loix fera rétabli, & que toutes les charges publiques feront proportionnellement fupportées par la propriété.

Ce mot *proportion* peut fe borner à rigueur, aux rapports numériques qui exiftent entre les différentes valeurs des propriétés ; & fi on croit devoir les adopter, nos enfants feront affez juftes pour établir la perfection de la proportion ; aujourd'hui ce feroit peut-être vouloir trop exiger des hommes.

Si on adopte le principe de la répartition proportionnelle de l'impôt fur la propriété, il devient indifpenfable de fupprimer les droits d'entrée de Paris, ch. 15, & les droits de traite & de domaine d'Occident, ch. 11 & 12 du préfent Livre ; alors la fomme de 314,652,428 l. de ce chapitre fera portée à celle de 372,152,428 liv.

N. B. Le développement ultérieur de la répartition proportionnelle de l'impôt fur la propriété, forme feul un Ouvrage complet ; il fera publié par M. Jaubert, Avocat de P.... en Prov. qui en eft l'Auteur. Depuis plus de vingt ans, ce Citoyen en fait l'objet de fes méditations.

CHAPITRE SIXIEME.

Terres & forêts domaniales.

	Fixation de produit.
1°. Le prix des baux des terres domaniales eft de	1,649,852
2°. Le prix des baux des forêts domaniales eft de	8,400,000
	10,049,852

Observations.

Terres domaniales.

Le prix des baux de tous les domaines affermés s'éleve dans tout le Royaume à la fomme de 1,649,852 liv., y compris la Lorraine, pour 955,000 liv. ; mais l'Ifle-Dieu, qui rapporte 18,000 liv., & quelques autres terres, dont le produit n'eft pas confidérable, n'entrent pas dans ce calcul.

En 1787, les recouvrements ont coûté 6,536 liv. non compris fix den. pour liv. accordés par l'Adminiftration, fans que chaque objet de recette puiffe excéder 20 l.

On ne peut donner une idée jufte des frais d'entretien dans le Royaume, ils font évalués à 45,000 liv. en Lorraine, & ils peuvent monter en tout à 60,000 liv.

Forêts domaniales.

Les forêts du Roi comprennent un peu moins d'un million d'arpents, non compris celles affectées aux falines de la Lorraine & de la Franche-Comté.

Le produit eft de 8,400,000 liv., quoiqu'on ait fait des échanges très-défavantageux, & qu'on ne puiffe exploiter les forêts de Fontainebleau, Saint-Germain & Compiegne, qu'avec de grandes reftrictions.

La finance des Officiers des Maîtrifes fait un objet de 18 à 20 millions : le montant de leur gage doit être peu important.

En 1787, la recette des bois a coûté 79,995 liv.

L'intérêt du Roi & de la Nation eft de fupprimer les Maîtrifes des Eaux &

Forêts , & l'on peut affigner la liquidation de la finance , montant à environ 19 millions , fur la caiffe d'amortiffement , à un dixieme par année.

La partie contentieufe de l'Adminiftration feroit renvoyée aux Juges ordinaires des lieux , & par appel , aux Cours fouveraines qui en doivent connoître.

La partie de l'Adminiftration de furveillance feroit confiée aux Adminiftrateurs de chaque Province , pour les terres & forêts qui font fituées dans leurs Diftricts.

La partie d'Adminiftration active feroit exercée par la Compagnie d'Adminiftration qui auroit mérité la confiance du Roi , pour exercer les droits dont le recouvrement fera jugé ne pas être compatible avec les fonctions des Affemblées des Etats Provinciaux , de Diftricts & de Communes.

Il y a deux moyens d'améliorer le produit des terres & forêts domaniales :

Le premier eft de réaffermer les terres pour vingt-cinq ans , & de les fubdivifer dans la plus petite portion poffible ; ainfi que de faire la vente des coupes de bois , en fubdivifant , le plus qu'il fera poffible , les quartons ou parties de bois à couper.

Le fecond moyen eft de les aliéner , en autorifant les acquéreurs à payer ou en argent , ou en effets royaux , à leur choix , qui porteront 5 pour 100 d'intérêt.

Dans le premier cas , la fixation de produit net des terres & forêts domaniales feroit de 10,049,852 liv. d'après l'état actuel de produit brut , & il feroit alloué à la Compagnie 3 f. pour liv. fur les produits excédents. Dans le fecond cas , on prendroit des arrangements avec les Adminiftrations des Provinces & avec la Compagnie , pour que l'aliénation fût effectuée de la maniere la plus utile pour le Roi & pour la Nation.

CHAPITRE SEPTIEME.
Droits dits des Domaines.
SECTION PREMIERE.

	Fixation de produit.
Régie des Hypotheques.	
Les droits d'hypotheque ne font point affujettis aux fols pour livre ; le produit net en varie peu , il eft d'environ 1,250,000 liv. ci	1,250,000
SECTION SECONDE.	
Droits de timbre , & fols pour livres.	
Le produit net du droit de timbre peut s'élever annuellement à la fomme de 5,865,000 liv. , les fols pour livres compris. ci	5,865,000
SECTION TROISIEME.	
Contrôle des actes , & fols pour livres.	
Le produit net du contrôle des actes & fous pour livres , s'éleve annuellement à la fomme de 11,400,000 liv. , ci	11,400,000
	18,515,000

Suite de l'autre part, ...

	Fixation de produit.
	18,515,000

SECTION QUATRIEME.

Contrôle des exploits.

Le produit net du contrôle des exploits, en principal, & fols pour livres, est annuellement de **3,450,000**

SECTION CINQUIEME.

Insinuation.

Le produit net du droit d'insinuation en principal, & fols pour livres, est annuellement un objet de **2,190,000**

SECTION SIXIEME.

Centieme-denier.

Le produit net du centieme-denier, en principal, & fols pour livres, est annuellement un objet de **8,520,000**

SECTION SEPTIEME.

Petit-scel.

Le produit net du droit de petit-scel, en principal, & fols pour livres, est annuellement un objet de **750,000**

SECTION HUITIEME.

Amortissement.

Le produit net du droit d'amortissement, en principal, & fols pour livres, est annuellement de **270,000**

SECTION NEUVIEME.

Droit de greffe.

Le produit net du droit de greffe, en principal, & fols pour livres, est annuellement un objet de. **1,328,000**

SECTION DIXIEME.

Droits réservés.

Le produit net des droits réservés, en principal & fols pour livres, est annuellement un objet de **1,643,000**

	36,666,000

Observations.

On a donné très-improprement le nom de *Domaines* aux droits établis sur les actes & les conventions. L'authenticité des actes est un avantage social dû aux Citoyens, & qui tend à assurer les conventions. Il est du devoir du Souverain, de prescrire

Le Trône.

des formes publiques aux conventions ; mais ces formes n'auroient jamais dû devenir matiere à impôt.

Ces impôts n'ont d'autre motif que le besoin d'argent, & n'ont eu d'autre mesure que le desir d'en avoir, qui a porté à les augmenter successivement. Ce sont des inventions fiscales du dernier siecle, mais bien perfectionnées dans celui-ci. Leur dénomination & la fixation de leur produit net sont établies dans les dix sections précédentes.

Dans le contrôle & l'insinuation, l'impôt devient à tout moment arbitraire. Les tarifs, qui ne peuvent tout prévoir, & classer les conventions, dont les dispositions varient à l'infini, & qui d'ailleurs ont été dressés d'une maniere insidieuse, ne sont que le canevas sur lequel le Fermier travaille sans relâche pour en tirer de nouvelles manieres de percevoir, pour ouvrir de nouvelles sources de produit.

En attendant que des temps plus heureux permettent de supprimer ces divers impôts, & qu'on les réduise à un simple objet de police générale, pour assurer la foi des conventions, le seul bien qu'on peut se promettre d'opérer, est de réformer le tarif des droits, & de l'expliquer avec cette clarté, cette netteté qui ne laisseront aucune prise au fisc pour vexer les Citoyens. La diminution de produit qui en résultera pour le revenu public, pourra être compensée en soumettant à l'exercice de ces divers impôts les différentes Provinces & les Villes qui en sont à présent exemptes ; & c'est d'après ce principe qu'on prend le produit actuel pour base de celui qu'on peut se promettre à l'avenir.

CHAPITRE HUITIEME.

Droits domaniaux, péages & autres en régie.

	Fixation de produit.
1°. La fixation du produit des droits domaniaux, péages, & autres régis par l'Administration des domaines, est de.	156,750
2°. *Idem* de la Ferme-générale.	
Péage de Péronne.	24,000
Péages sujets aux 8 s. p. l. { principal. . 285,836 } { 8 s. p. l. . . 114,334 }	400,170
Péages sujets aux 2 s. p. l. { principal. . 30,000 } { 2 s. p. l. . 3,000 }	33,000
Péages exempts de sols pour livres	1,500
	615,420

N. B. Quoique le produit des péages s'éleve à 615,420 liv., on ne les passe que pour 525,000 liv., pour qu'on puisse tout de suite supprimer ceux desdits péages dont le produit n'est pas considérable.

Il paroît juste d'autoriser les Provinces & les Villes à racheter les divers péages, à raison du denier 25 ; & l'on aura alors en suppression de rente le même revenu que l'on retire aujourd'hui.

CHAPITRE NEUVIEME.

Droits d'aubaines, confiscations, bâtardises, d'échanges, d'usages, nouveaux acquêts, amendes, &c

	Fixation de produit.
Le produit des droits d'aubaine, de confiscation, de bâtardise, d'échange, d'usages, nouveaux acquêts & amendes, est annuellement d'environ.	319,812

Observations.

Ces droits paroissent prendre leur origine dans le régime féodal, & il seroit convenable, ou de les supprimer, ou d'autoriser les Provinces à les racheter, & d'en appliquer le produit à l'extinction d'une même somme en rentes.

CHAPITRE DIXIEME.

Cens & rentes, lods-&-ventes, sols pour livres des domaines engagés & francs-fiefs.

	Fixation de produit.
1°. Le produit des droits seigneuriaux, tels que quint & requint, lods-&-ventes, est, année commune, de	2,400,000
2°. Le produit des sols pour livres des domaines engagés est annuellement de	213,000
3°. Le produit du droit de franc-fief est annuellement de	1,800,000
	4,413,000
4°. Le produit des cens & rentes est annuellement de	800,000
	5,213,000

Observations.

Observations.

Le Trône.

Le franc-fief est un droit qu'on regarde comme inséparable de la Souveraineté, & qui leve l'incapacité absolue où est un Roturier de posséder un héritage noble.

En pareille matiere, on ne doit reconnoître aucune sorte d'incapacité, parce qu'il est de fait qu'un héritage noble, possédé par un Roturier, ne se refuse pas à la production.

Si, dans ce principe fiscal, enté sur un préjugé féodal, il n'y avoit qu'une absurdité sans conséquence, le mal ne seroit pas grand; mais cette finance, exigée pour lever cette incapacité chimérique, cette finance, qui ne s'exigeoit d'abord qu'une fois pour toute la vie, & non dans la succession du pere au fils, est devenue successivement un impôt cruel, contraire à l'intérêt de la Noblesse, à l'intérêt de la culture, & spoliatif de la propriété.

1°. Il est contraire à l'intérêt de la Noblesse, qui vend d'autant moins avantageusement, qu'il se trouve moins de concurrents pour acheter; & il est des Provinces où, sur cent corps d'héritages, il n'y en a pas vingt qui ne soient en fief.

2°. Il est contraire à l'état social, qui veut que les héritages se vendent librement; que la propriété fonciere soit recherchée, que les Citoyens soient invités à y porter leurs capitaux. Or, il est visible qu'ils en sont détournés par une taxe aussi onéreuse.

3°. Il est spoliatif de la propriété, qui ne vaut que par les fruits, & dont il ne reste que les charges, si l'on enleve le revenu. Dira-t-on qu'on ne l'exige que tous les vingt ans? Mais ne le perçoit-on pas bien plus souvent, puisqu'on le fait à toutes les mutations, même directes, & qu'il en peut arriver deux ou trois en vingt ans? &c. &c.

Les cens & rentes, les droits de quint & requint, & 13 de lods-&-ventes, les sols pour livres des domaines engagés, sont des impôts qui prennent leur origine dans le régime féodal. Cette malheureuse propriété semble n'avoir été imaginée que pour troubler la paix universelle. Elle offre un concours de droits qui se croisent sur un même héritage, se combattent & se détruisent, & qu'on ne peut ni abdiquer, ni conserver sans inconvénient.

L'intérêt de la Nation est d'abolir tous les restes de la féodalité, & sa liquidation produira une somme immense pour le Roi; elle doublera les ressources des hôpitaux; elle facilitera la libération de la dette du Clergé, & la Noblesse elle-même y trouvera de grands avantages.

On arbitre à au moins 15 millions de rentes perpétuelles, la somme que l'on pourra rembourser de la dette nationale, par le moyen de l'aliénation des divers impôts dont on traite par ce chapitre, & l'on se réfere à ce sujet au développement qu'on donnera, lorsqu'on traitera des moyens d'entreprendre avec succès cette liquidation.

CHAPITRE ONZIEME.

Traites à l'extrême frontiere.

La fixation de produit net du droit de Traites à l'entrée & à la fortie du Royaume, fera de .... **Fixation de produit.** 19,000,000

Voyez le Mémoire de M. de Calonne.

Obfervations.

On n'a rien à ajouter au Mémoire fur les droits de traites, préfenté à l'Af-femblée des Notables, par M. de Calonne. On peut arbitrer le produit net, fur le pied du tarif, entre 19 à 20 millions; & on le paffe pour 19 millions dans la fixation de produit.

Lorfque l'impôt fera établi fur la propriété, on croira utile de fupprimer les droits de traites, & alors on ne confervera que le droit de police d'un quart pour cent de la valeur des marchandifes qui entrent & fortent du Royaume, & on en attribuera le produit à des encouragements pour l'agriculture, l'éducation des beftiaux, les arts & le commerce.

CHAPITRE DOUZIEME.

Domaines d'Occident.

La fixation de produit net du domaine d'Occident fur l'état actuel fera de **Fixation de produit.** 5,000,000

Obfervations.

On ne propofe aucun changement fur le droit de domaine d'Occident; & au moyen de quelques économies, dont la perception de ce droit eft fufceptible, on le paffera en fixation de produit pour 5 millions, en temps de paix.

N. B. Il faudroit impofer les Colonies fur leur propriété, & non fur leurs denrées.

CHAPITRE TREIZIEME.

Droits de timbre fur les papiers de commerce.

La fixation du produit net de droit de timbre fur les papiers de commerce, fera de.................................... **Fixation de produit.** 24,500,000

2°. La fixation du produit net de droit de timbre fur les cartes à jouer, fera fur le pied actuel.................................... 1,500,000

26,000,000

Obſervations.

Le droit de timbre ſervira de remplacement à tous les impôts arbitraires, vexatoires & deſtructifs de l'induſtrie nationale, qui ſont établis ſur les manufactures ; tels que ſur les cuirs & peaux tannés, ſur les poudres & amidons, ſur les papiers & cartons, ſur la fabrication des huiles & ſavons, ſur la marque des fers, ſur la marque d'or & d'argent, ſur la marque des toiles, &c.

On croit un droit de timbre ſur les papiers de commerce, ſans inconvénient, de la maniere dont on traite cette partie par le mémoire qu'on donnera à ce ſujet ; & on arbitre à 26 millions nets le produit de cet impôt, ſuivant le tarif qu'on joindra au mémoire.

CHAPITRE QUATORZIEME.

Revenus caſuels & marc d'or.

	Fixation de produit.
1°. La fixation du produit des droits de mutation des offices eſt actuellement de	1,200,000
2°. Le centieme-denier des offices *id.*	1,200,000
3°. Le droit de Maîtriſes de Paris & des Provinces eſt de	1,100,000
4°. Finances des offices du point d'honneur qui ſont à vie	200,000
5°. Finances des offices municipaux, & droits de confirmation de Nobleſſe	90,000
Les droits du marc d'or & les ſols pour livres, compris les droits de quittance	1,875,000
	5,665,000

Revenus caſuels.

Marc d'or.

Obſervations.

On regarde comme très-nuiſibles les droits de Maîtriſes des arts & métiers, & en ſupprimant la vénalité des offices, on propoſe également d'abolir tout droit ſur les Maîtriſes : la diminution de revenu ſera d'environ 2,600,000 liv. ; mais on ne doit pas regretter ce ſacrifice, par le bien inappréciable dont il ſera la ſource.

CHAPITRE QUINZIEME.

Droits d'entrée de Paris.

La fixation de produit net des droits d'entrée de Paris ſera de..... 30,000,000

Obſervations.

La contribution des Peuples aux droits des entrées de Paris, en y comprenant ceux qui ont été originairement concédés à la Ville & aux Hôpitaux, forment, dans l'état actuel, un objet d'environ 34 millions. Les droits des Hôpitaux & de la Ville entrent dans cette somme pour 2 millions.

L'énumération des droits qui forment la consistance de ce produit, seroit fort longue ; plusieurs d'entr'eux n'ont aucune proportion avec la valeur intrinseque des objets auxquels ils s'appliquent, & les droits sur les boissons, font particuliérement dans ce cas. C'est sans doute à cette disproportion qu'il faut attribuer la fraude énorme qui se fait aux entrées de Paris. En évaluant cette fraude d'après les résultats les moins exagérés, on peut la porter à plus de 10 millions ; il est possible qu'elle s'éleve à plus de 20 ; & c'est sans doute pour réprimer ce fléau du fisc, qu'on a entrepris d'enclorre Paris.

Les aides du plat-pays font comprises dans la division des entrées de Paris , & forment un objet de 3,700,000 liv.

On propose de diminuer du tiers les droits d'entrée sur les vins & boissons, dont le produit actuel est d'environ 15,000,000 liv. . & on soutiendra la fixation de produit net à 30 millions , en supprimant les privileges des Hôpitaux & de la Ville , ainsi que de tous les Privilégiés ; & la partie des traites fera abonnée à 2,400,000 liv. & fera recouvrée pour le compte du Roi, par l'Administration de la Province.

L'indemnité en faveur des Hôpitaux fera prise fur la caisse nationale des Pauvres , & celle qui reviendra à la Ville fera prise fur la taxe des voitures , chevaux & domestiques, comme au chap. premier du Livre 5.

Les droits d'entrée de Paris font au nombre des causes abstraites qui contribuent le plus au malheur des Habitants de la Capitale , & à la dégradation du prix des denrées, dans la main du Propriétaire Cultivateur.

C'est un impôt à supprimer , & à porter fur la propriété.

CHAPITRE SEIZIEME.

Récapitulation de tous les droits qui paroissent ne pouvoir d'abord être exercés que par une Compagnie de finance.

	Fixation de produit net.	Frais de perception.	Contribution des Peuples.
Livre III , chap. 5. Les terres & forêts domaniales.	10,049,852	. . . .	10,049,852
Chap. 7. 1°. Régie des hypotheques.	1,250,000	62,500	1,312,500
2°. Droit de timbre & fols pour livres. . .	5,865,000	293,250	6,158,250
3°. Contrôle des actes , & fols pour livres. .	11,400,000	570,000	11,970,000
4°. Contrôle des exploits , id.	3,450,000	172,500	3,622,500
5°. Droit d'insinuation , id.	2,190,000	109,500	2,299,500
	34,204,852	1,207,750	35,412,602

	Fixation de produit net.	Frais de perception.	Contribution des Peuples.
Suite de l'autre part.	34,204,852	1,207,750	35,412,602
6°. Centieme-denier.	8,520,000	426,000	8,496,000
7°. Le petit-fcel	750,000	37,500	787,500
8°. Le droit d'amortiffement.	270,000	13,500	283,500
9°. Le droit de Greffe.	1,328,000	66,400	1,394,400
10°. Les droits réfervés.	1,643,000	82,150	1,725,150
Droits domaniaux & péages divers.	500,000	25,000	525,000
Droits d'aubaines, confifcations, bâtardifes, échanges, &c.	319,812	15,990	335,802
Aliénation des cens & rentes, lods-&-ventes, francs-fiefs, fols pour livres des domaines engagés, appliqués à l'extinction des rentes.	15,000,000	. . . .	15,000,000
Traites à l'extrème frontiere, fuivant le tarif de M. de Calonne	19,000,000	1,500,000	20,500,000
Le Domaine d'Occident en Europe & en Amérique	5,000,000	500,000	5,500,000
Droit de timbre { fur les papiers de commerce . . . . . 24,500,000 { fur les cartes. 1,500,000	26,000,000	1,300,000	27,300,000
Revenus cafuels & marc d'or.	3,000,000	50,000	3,050,000
Les entrées de Paris, le droit fur les boiffons réduit du tiers	30,000,000	1,500,000	31,500,000
	145,535,664	6,724,290	152,259,954
1°. Quarante Adminiftrateurs, à 30,000 d'honoraire fixe . . 1,200,000 2°. 3 den. pour liv. de remife fur 145,535,664 liv. de fixation de produit. . . . . . 1,819,195 3°. Fourniture de parchemins, papiers & frais de bureaux, arbitrés à 975,880	4,015,075	4,015,075	
	141,520,589	10,739,365	152,259,954

Chapitre 8.
Chap. 9.
Chap. 10.
Chap. 11.
Chap. 12.
Chap. 13.
Chap. 14.
Chap. 15.

Frais à déduire de la fixation de produit net.

CHAPITRE DIX-SEPTIEME.

Récapitulation générale de la contribution des Peuples, du Livre troifieme.

		Fixation de produit net au Tréfor Royal.	Frais de re-couvrement & autres.	Total de la contribution des Peuples.
Chap. premier.	1°. Impôts exercés par les anciennes Compagnies........................	12,191,384	4,472,875	16,664,249
Ch. 1, 2, 3, 4 & 5.	2°. Impofitions recouvrées par les Adminiftrations des Provinces.............	299,288,027	15,364,401	314,652,428
Chap. 6 à 15.	3°. Impôts exercés par une Compagnie d'Adminiftrateurs......................	141,520,589	10,739,365	152,259,954
	Détail du réfultat de la contribution des Peuples.	453,000,000	30,576,631	483,576,631
	1°. Sur la Nation en Corps............	196,000,000	16,776,631	212,776,631
	2°. Sur les Propriétaires fonciers........ ⎰ impôt fur les terres..	150,000,000	7,500,000	157,500,000
	⎱ *idem* fur les maifons..	50,000,000	2,500,000	52,500,000
	id. fur les marais falans.	12,000,000	1,000,000	13,000,000
	3°. Sur les Propriétaires d'induftrie....... ⎰ le timbre fur les papiers de commerce.	26,000,000	1,300,000	27,300,000
	⎱ le droit de traite....	19,000,000	1,500,000	20,500,000
	4°. Sur les Propriétaires rentiers ; impôt fur les rentes, comme au livre quatrieme, chap. 20, ci 43,115,036 *l. Pour mémoire.*	453,000,000	30,576,631	483,576,631

RÉSULTAT GÉNÉRAL DU LIVRE TROISIEME.

Bordereau du produit net, des frais de perception, & de la totalité de la contribution des Peuples sur les différents impôts qui composeront le revenu national.

	Fixation de produit net au Trésor royal.	Frais de perception.	Total de la contribution des Peuples.
1°. Impôts conservés sur le même pied, sauf les bonifications dont ils sont susceptibles.	12,191,384	4,472,865	16,664,249
2°. Impôts, *idem*, & dont le recouvrement sera fait par les Administrations des Provinces.	3,888,027	* 194,401	4,082,428
3°. La Capitation.	45,000,000	2,250,000	47,250,000
4°. Impôt sur les terres & maisons.	200,000,000	10,000,000	210,000,000
sur les marais salants.	12,000,000	1,000,000	13,000,000
5°. Abonnements des droits d'aides, Inspecteur aux boucheries, & autres exercés par la Régie-générale. . . .	36,000,000	1,800,000	37,800,000
idem, de la Ferme-générale.	2,400,000	120,000	2,520,000
	311,479,411	19,837,266	331,316,677
6°. Terres & forêts domaniales. . . .	10,049,852	. . . . .	10,049,852
7°. Régie des hypotheques.	1,250,000	62,500	1,312,500
8°. Droit de timbre & sous pour livres. .	5,865,000	293,250	6,158,250
9°. Contrôle des actes & sous pour livres	11,400,000	570,000	11,970,000
10°. Contrôle des exploits.	3,450,000	172,500	3,622,500
11°. Droit d'insinuation.	2,190,000	109,500	2,299,500
12°. Le produit du centieme-denier. . .	8,520,000	426,000	8,946,000
13°. Le petit-scel.	750,000	37,500	787,500
14°. Le droit d'amortissement.	270,000	13,500	283,500
15°. Le droit de greffe.	1,328,000	66,400	1,394,400
16°. Les droits réservés.	1,643,000	82,150	1,725,150
17°. Droits domaniaux des péages divers	500,000	25,000	525,000
18°. Droits d'aubaines, confiscations, bâtardise, d'échange, &c.	319,812	15,990	335,802
	359,015,075	21,711,556	380,726,631

Chap. premier.
Impôts conservés.
16,664,249 l.

* Frais à la charge du Roi. . . 100,317
Id. des provinces. . . 94,084
——————
194,401

Recouvrement des impôts par les Administrations des Provinces.
314,652,428 l.

Recouvrements exercés par une Compagnie d'Administrateurs.
152,259,954 l.

	Fixation de produit net au Tréfor royal.	Frais de perception.	Total ou la contribution des Peuples.
Suite de l'autre part.			
19°. Cens & rentes, lods-&-ventes, fous pour livres des domaines engagés & francs-fiefs, 5,213,000 liv. donneront une rentrée de plus de 300 millions portés en fixation de produit pour 15 millions d'extinction d'intérêts de la dette nationale.	359,015,075 15,000,000	21,711,556	380,726,631 15,000,000
20°. Traites à l'extrême frontiere, fuivant le tarif Calonne.	19,000,000	1,500,000	20,500,000
21°. Le domaine d'Occident en Europe & en Amérique.	5,000,000	500,000	5,500,000
22°. Droit de timbre { fur les papiers de commerce.. 24,500,000 / fur les cartes à jouer. . . . . . 1,500,000 }	26,000,000	1,300,000	27,300,000
23°. Revenus cafuels. 5,665,000	3,000,000	50,000	3,050,000
24°. Les entrées de Paris, le droit fur le vin réduit d'¼.	30,000,000	1,500,000	31,500,000
Frais à déduire du produit net pour les honoraires d'une Compagnie d'Adminif-trateurs.	457,015,075	26,561,556	483,576,631
1°. Quarante Adminiftrateurs à 30,000 liv. d'honoraires fixes 1,200,000 2°. Trois deniers pour livres de remife fur 145,535,664 liv. de produit net. . . . . 1,819,195 3°. Fourniture de parchemins, papiers & frais de bureaux, environ. 995,880	4,015,075	4,015,075	
	453,000,000	30,576,631	483,576,631
1°. Impôts exercés par les anciennes Compagnies comme Livre troifieme, Chapitre premier.	12,191,384	4,472,865	16,664,249
2°. Impofitions dont le recouvrement fera confié aux Adminiftrations des Provinces.	299,288,027	15,364,401	314,652,428
3°. Impôts exercés par une Compagnie d'Adminiftrateurs.	141,520,580	10,730,365	152,259,954
	453,000,000	30,576,631	483,576,571

Left margin labels:

Suite des recou-vrements par une Compagnie d'Ad-miniftrateurs.

Impofition nationale.

LIVRE

LIVRE QUATRIEME.

Dépense nationale.

CHAPITRE PREMIER.

	Dépenses actuelles.	Réduction.	Dépense future.
Maison du Roi 23,066,000			
Fonds accordés par le Roi, pour les Maisons des Princes ses Freres. 7,612,000	31,917,711	1,917,711	30,000,000
Appointements & traitements accordés par le Roi. 1,239,711			

Observations.

Sa Majesté a justifié ce qu'elle avoit permis de dire en son nom, que les sacrifices qui lui seroient personnels, seroient toujours ceux qui coûteroient le moins à son cœur, & seroient le plus promptement exécutés.

Déjà une réforme de plus de 5,584,000 liv. est effectuée, & les détails que l'on trouve dans le compte rendu en 1788, en annoncent une encore plus considérable.

S'il n'y avoit point d'autre ressource pour rétablir la balance entre les revenus & les dépenses de la Nation, que de diminuer les dépenses de la Maison du Roi, il faudroit sans doute accepter les réformes ultérieures qu'il a plu à Sa Majesté de promettre.

Mais, lorsqu'il y a des moyens de consolider la dette nationale à 5 pour 100 d'intérêt, & de supprimer tous les impôts désastreux qui portent atteinte à la liberté & à la propriété des Citoyens, tels que la loterie royale de France, la Gabelle, le tabac, les cuirs & peaux tannés, &c. & si avec de pareilles bonifications, il se trouve que la contribution nationale sera diminuée de la somme de 38,676,607 l. & qu'il restera un excédent de revenu de la somme de 26,248,167 l. pour être appliqué à l'extinction de la dette nationale, sans doute il est du devoir de la Nation, de ne point accepter les sacrifices personnels que la bienfaisance du Roi l'a porté à promettre ; & Sa Majesté doit être suppliée d'établir qu'une somme de 30 millions soit annuellement destinée pour la dépense ordinaire de sa Maison, y compris celles des Princes ses Freres.

Ce ne sont point les dépenses personnelles du Roi que la Nation doit ambitionner de réduire ; tout ce qui seroit une privation pour LOUIS XVI, ne sçauroit être

Q

une jouiſſance pour le Peuple François : au lieu de 30 millions, il faut en aſſigner 40, pour rétablir la Maiſon du Roi dans tout l'éclat & la ſplendeur du premier Trône du monde ; mais il faut en même temps approfondir pourquoi depuis quelques années, les Miniſtres ſe ſont tour-à-tour fait un devoir de faire des homélies au Monarque, c'eſt-à-dire de lui conſeiller de ſupprimer une partie de ſa Maiſon & de ſes jouiſſances perſonnelles, tandis que les départements des dépenſes ordinaires de l'armée, de la marine & des penſions, qui n'étoient que de 118,800,000 liv. en 1758 (1), de 109,400,000 liv. en 1773, de 134,873,376 liv. en 1775, ſous M. Turgot, ont été ſucceſſivement portées juſques à la ſomme de 191,280,000 liv. ſous M. de Calonne ; 179,180,000 liv. en 1788, & ſe trouvent encore à 169,000,000 l. réduites à la vérité à 163,000,000 liv. par la retenue des penſions ; mais cet article des penſions n'étoit que de 6,400,000 liv., lorſque L O U I S X V I eſt monté ſur le Trône, & il eſt porté aujourd'hui à 29,560,000 liv.

Lorſque les Miniſtres ſe ſont permis de tromper la religion du Souverain, en lui conſeillant de pareils accroiſſements de dépenſe, ils ont ſemblé ignorer que la modique ſomme de 2,000 liv. forme la contribution d'un Village, & que pour pouvoir la payer, il faut que les Habitants ſe privent de manger du pain, ou de ſe vétir convenablement pour ſe garantir des rigueurs des ſaiſons : ils ont livré des millions de François à la miſere, pour accroître le luxe de quelques individus.

CHAPITRE SECOND.

Département de la Guerre.

	Dépenſe actuelle.	Réduction.	Dépenſe future.
Les fonds actuels ſont de { ſur le Tréſor Royal.	100,230,000		
ſur les recettes générales.........	5,870,000		
Les dépenſes de ce département étoient en 1781, de 82,081,000 liv., & ſe trouvoient en 1787, de 114 millions.	106,000,000		
On a déjà effectué une économie de 8,000,000 liv., & l'on peut compter ſur une ſeconde économie d'au moins 4,000,000, ci	....	4,000,000	102,000,000
	106,000,000	4,000,000	102,000,000

(1) Collection des Comptes rendus,

La dépenfe nationale pour le département de la guerre fera portée à 102 millions ; & fi l'on parvient à réalifer d'autres économies , (ainfi qu'on a annoncé de le faire , fans que l'armée ceffe d'être auffi bien conftituée que l'exigent la politique & la fûreté publique) les bonifications feront verfées à la caiffe nationale d'amortiffement de la dette.

CHAPITRE TROISIEME.

Département de la Marine.

Page 89.

	Dépenfe actuelle.	Dépenfe future.
La dépenfe de ce département eft de	45,000,000	45,000,000

La liquidation du papier-monnoie des Ifles de France & de Bourbon, de 2,280,000 l. fera affignée fur la caiffe d'amortiffement. (*Vide* Liv. V , ch. 4.)

La dépenfe de ce département étoit, en 1781 , de 29,200,000 liv. , & fe trouve, en 1788, de 45 millions.

Sans doute on parviendra à opérer des réformes effentielles , & qui donneront une bonification importante ; mais il fera utile à la Nation d'employer le produit de toutes les économies dont ce département eft fufceptible , foit à la conftruction de vaiffeaux , pour augmenter les forces navales , & tenir les arfenaux en activité ; foit en approvifionnement de tous les matériaux néceffaires pour l'armement & l'équipement des flottes & des vaiffeaux du Roi , pour qu'on foit toujours prêt au befoin.

CHAPITRE QUATRIEME.

Département des Affaires étrangeres.

Page 91.

	Dépenfe actuelle.	Réduction.	Dépenfe future.
Les fonds affignés pour ce département font de	14,390,000	5,260,000	9,130,000

Le fonds ordinaire deftiné aux dépenfes de ce département , eft de la fomme de 9,130,000 livres.

Il y a eu en 1788 une dépenfe extraordinaire de 3,000,000 qu'on annonce ne devoir pas être continuée. Il y a en outre une dépenfe de 2,260,000 liv. pour un fubfide extraordinaire payable pendant quatre années , à dater de 1785 , & finit en 1789.

CHAPITRE CINQUIEME.

Les Penfions.

	Dépenfe actuelle.	Réduction.	Dépenfe future.
Page 110. Les Penfions........................	27,000,000	5,000,000	22,000,000

Les penfions font des récompenfes dues aux fervices rendus à la Patrie. Peut-être feroit-il plus utile de récompenfer les actions généreufes avec des couronnes de chêne & de laurier, qu'avec de l'or ; les vertus ne fe vendent pas, & ceux qui méritent le mieux les diftinctions honorables, font toujours les moins empreffés à les folliciter, lorfque les décorations inftituées pour honorer le vrai mérite, ont une fois été proftituées à l'intrigue : l'argent n'eft rien pour créer un Fabert, un Catinat, un Turgot, &c. il leur faut l'eftime publique ; il ne faut donc plus déshonorer les François par des récompenfes pécuniaires.

La fomme néceffaire pour le paiement des penfions eft actuellement entre vingt & un & vingt-deux millions, au moyen de la réduction annoncée par le compte de 1788 ; mais Sa Majefté, par fon Arrêt du Confeil du 13 Octobre 1787, a ordonné qu'à l'avenir il n'en fera accordé de nouvelles qu'à concurrence de la moitié des extinctions annuelles, jufqu'à ce qu'elles fe trouvent réduites à la fomme de quinze millions : peut-être fera-t-il digne de la fageffe du Roi de réduire cette derniere fomme à fix millions.

La bonification qui réfultera de cet ordre de chofes fera portée à la caiffe des amortiffements de la dette.

On pourra ne faire qu'un feul département des penfions. En outre des 22,000,000, il y en a pour une fomme confidérable d'affignées fur différentes recettes, &c.

CHAPITRE SIXIEME.

Travaux publics.

		Dépenfe actuelle.	Diminution.	Dépenfe future.
Les fonds deftinés à des travaux publics.	ponts & chauffées	5,300,000	700,000	10,000,000
Page 112.	port de Cherbourg	5,400,000		
		10,700,000	700,000	10,000,000

Observations.

Les travaux publics font de deux claffes ; ceux d'une utilité générale confiftent en conftructions & entretiens de chemins , de ports maritimes, de canaux de navigation , &c. ceux de luxe, tels que palais, arcs de triomphe, &c. ne doivent être entrepris qu'après que ceux de premiere néceffité font achevés.

La corvée avoit été jufqu'à préfent un obftacle prefque infurmontable, pour que la Nation pût entreprendre, avec fuccès & économie, des travaux publics confidérables & d'une utilité générale ; mais puifque les Provinces font actuellement chargées de faire des levées d'argent pour les travaux publics, il paroît avantageux que la Nation deftine annuellement une fomme importante aux mêmes travaux, pour pouvoir aider les Provinces qui formeront des entreprifes d'une utilité générale pour tout le Royaume.

Les dépenfes des travaux de Cherbourg & des ponts & chauffées, & l'entretien des bâtiments , autres que ceux du département de la Maifon du Roi , feront affignées fur ces dix millions.

CHAPITRE SEPTIEME.

Supplément de fonds à fournir pour les dépenfes civiles de Corfe.

	Dépenfe actuelle.	Dépenfe future.
Page 151. Supplément de fonds pour les dépenfes civiles de Corfe. . .	250,000	250,000

Il eft à préfumer qu'en diminuant les dépenfes , les impofitions de la Corfe fuffiront au paiement de tous les frais d'adminiftration de cette Ifle ; & alors on pourroit employer les 250,000 liv. à des encouragements pour la culture des oliviers.

On pourroit entreprendre en Corfe des défrichements immenfes ; il ne manque à cette Ifle que des bras pour cultiver , & quelques avances de culture pour en affurer le fuccès.

Si la conftitution françoife repofe déformais fur la propriété , & fi la répartition & la levée de l'impôt font confiées aux Affemblées d'Etats Provinciaux & des Communes, on eft obligé de congédier l'armée de fatellites du fifc, & elle eft compofée d'environ vingt mille hommes, ayant femmes & enfants : on peut arbitrer qu'il y aura vingt mille contrebandiers fans reffource.

Il femble qu'il convient de prévoir quels font les inconvénients de la réforme des abus de l'impôt relativement à ce nombre confidérable d'hommes, de femmes & d'enfants que le rétabliffement de l'ordre privera de leurs moyens habituels de fubfifter.

L'état des finances ne permet pas de leur affigner des penfions, mais on pourroit les employer de préférence aux travaux publics ; & fi les Etats-Généraux jugeoient de leur fageffe, de mettre les troupes en activité pour les entreprifes nationales de ce genre, ne pourroit-on pas alors prendre le parti de faire des établiffements en Corfe ?

La proximité des lieux rendroit les dépenfes peu importantes ; mais fallût-il faire un facrifice de dix à douze millions, on auroit la fatisfaction d'avoir prévenu la mifere de plus de trente mille familles françoifes ; & fi les nouveaux établiffements s'occupoient principalement de la culture de l'olivier, du citronnier & de l'oranger, bientôt la Corfe fourniroit à la mere-patrie la quantité d'huile, de citron & d'orange que la France recoit annuellement de l'étranger.

J'ofe croire que fi l'on prend en confidération les fommes immenfes que la France eft obligée de payer annuellement à l'étranger pour les quantités de ces denrées que notre culture ne peut pas nous fournir, on trouvera que, fallût-il dépenfer vingt millions pour augmenter la culture de ces arbres précieux dans la proportion de nos befoins, la France y gagneroit immenfément.

On dira peut-être qu'il feroit plus utile de s'occuper de ce genre de culture dans nos Provinces méridionales, que d'aller porter nos tréfors dans les déferts de la Corfe.

Mais il ne manque à ces Provinces, comme au refte du Royaume, que la réforme des abus de l'impôt & de l'adminiftration, pour que tous les moyens de profpérité s'y développent avec l'activité la plus rapide.

Il n'en eft pas de même en Corfe : il lui manque des hommes & de l'argent ; & fi la mere-patrie fait quelques facrifices en faveur des Habitants de cette Ifle, ce ne font pas des étrangers, ce font des François Citoyens, auxquels elle préfente les moyens d'être heureux par le travail.

CHAPITRE HUITIEME.

Mines.

	Dépenfe actuelle.	Dépenfe future.
Page 252. Les dépenfes du département des mines, &c.	90,000	

CHAPITRE NEUVIEME.

Haras.

	Dépenfe actuelle.	Dépenfe future.
Les dépenfes pour les haras	446,500	446,500

Observations.

En outre de la fomme de 446,500 liv. , le compte de 1788 porte en dépenfe 620,000 l. affignées fur les recettes générales. La dépenfe annuelle des haras eft donc de la fomme de 1,066,500 liv. ; j'ignore combien nos races de chevaux font améliorées par une dépenfe auffi confidérable.

La richeffe nationale ne comprend pas uniquement le nombre & la beauté de nos chevaux ; elle a pour bafe les productions du fol & le nombre de bœufs, de mulets, d'ânes, de moutons, de chevres, de cochons, &c. qui fe reproduifent annuellement.

Au lieu de dépenfer 1,066,500 liv. exclufivement pour les chevaux, ne feroit-il pas d'une utilité vraiment nationale, de ne monter nos Troupes de cavalerie que fur des chevaux de nos propres haras ? & ne feroit-ce pas là le vrai moyen d'encourager les Propriétaires des haras de Normandie, du Limoufin, &c. ? ne pourroit-on pas encore joindre à cette premiere fomme les 636,000 liv. de revenu de la caiffe du commerce, les 90,000 liv. du département des mines, & l'on auroit un total de 1,792,500 liv. , dont on pourroit former le département de l'Intendance générale du commerce, fous le nom de *département d'agriculture, d'éducation des beftiaux, des arts & du commerce ?*

Ce département correfpondroit directement avec toutes les affemblées d'Etats Provinciaux, de Diftricts & de Communes.

Les fommes deftinées aux encouragements & aux progrès de l'agriculture, de l'éducation des beftiaux, des arts & du commerce, feroient proportionnellement réparties, dans chaque Province, à ceux des Habitants qui les auroient méritées, d'après le rapport des Etats Provinciaux & du Magiftrat chef du département.

Cette adminiftration étant confiée aux Affemblées de Provinces & aux Sociétés Royales d'Agriculture, les faux-frais fe réduiroient uniquement aux frais de bureaux de Paris pour le département, & la juftice du Roi feroit conftamment éclairée fur cette partie vraiment importante de l'ordre public.

Ce n'eft que par l'adminiftration des Communes & leur correfpondance avec un pareil département, qu'on pourra un jour connoître au vrai quelle eft la maffe des productions territoriales, comparées au nombre des Habitants de chaque territoire, à leurs befoins & aux impofitions qu'ils fupportent ; quels font les rapports qui exiftent entre les quantités de productions ouvrées par l'induftrie nationale qui font néceffaires à notre confommation, & entre celles que nous exportons à l'étranger & qui nous font importées.

La fomme de 1,792,500 liv. ne fera fans doute pas fuffifante pour vivifier à la fois toutes les branches de notre agriculture & de notre induftrie ; mais il eft poffible de l'augmenter fans mettre de nouveaux impôts.

Les primes & autres encouragements pour la traite des negres, la pêche de la morue, &c. s'élevent à 3,864,000 liv. (1) ; mais fi les François veulent s'honorer de porter le nom d'*Hommes & de Citoyens*, ils ne se croiront plus permis de sacrifier annuellement 2,400,000 liv. pour donner des chaînes aux paisibles & infortunés Habitânts de l'Afrique ; & quelles chaînes encore !... La blancheur du sucre peut-elle faire oublier que cette denrée ne nous parvient jamais qu'arrosée du sang humain ? Politique vraiment digne d'un peuple de Cannibales & d'anthropophages !.... les François te proscrivent pour jamais , & nos trésors ne seront plus la proie des vils agioteurs de l'esclavage ; nos 2,400,000 liv. vont être consacrés au bonheur de nos campagnes.

Enfin , lorsque l'impôt national & local sera proportionnellement réparti sur la propriété , alors s'il est de l'intérêt public d'établir un droit modéré de traite à l'entrée & à la sortie de certaines marchandises , on pourroit en affecter la totalité du produit aux encouragemens nécessaires pour accroître toujours davantage notre agriculture & notre industrie.

CHAPITRE DIXIEME.

Ecoles Vétérinaires.

	Dépense actuelle.	Dépense future.

CHAPITRE ONZIEME.

Académies, Gens de Lettres & Travaux Littéraires.

CHAPITRE DOUZIEME.

Dépenses de la Bibliotheque du Roi.

CHAPITRE TREIZIEME.

Jardin du Roi, & Cabinet d'Histoire Naturelle.

(1) Compte rendu aux Etats-Généraux.

CHAPITRE

CHAPITRE QUATORZIEME.

Imprimerie Royale.

CHAPITRE QUINZIEME.

Monnoie des Médailles.

CHAPITRE SEIZIEME.

Traitements & appointements des Ministres, des Grands-Officiers de la Couronne, du Grand-Conseil, du Conseil des Dépêches, des Intendants, des Cours souveraines, & gages des différents Offices.

		Dépense annuelle.
Page 146.	Grands-Officiers de la Couronne	322,000
	Traitement des Ministres, Comité contentieux, Intendants de Finance & du Commerce, appointements & frais de leurs bureaux & acquits patents	2,917,000
	Conseil des Dépêches, Conseil royal des Finances & de Commerce, Conseil privé, & différentes commissions du Conseil, ci	412,000
	Traitement & pensions du Conseil, des Premiers Présidents, Avocats & Procureurs-Généraux des Parlements & autres Cours supérieures. .	268,000
	Pensions du Grand-Conseil	137,200
Page 4.	Parlement de Paris	208,406
	De la Chambre des Comptes	203,921
	De la Cour des Aides	133,057
Page 13.	Châtelet de Paris	62,170
		4,663,754

R

			Dépense annuelle.
Compte de 1788.		*Suite de l'autre part.*	
	du Parlement..................................	98,463	
	de la Chambre des Comptes....................	253,289	4,663,754
	de la Chancellerie	123,263	
Languedoc, p. 63. Gages	du Bureau des Finances.......................	163,178	
	des Préfidiaux	20,759	690,591
	Lieutenants de Roi...........................	6,300	
	Officiers Municipaux.........................	1,071	
	Menues nécessités des Cours..................	21,928	
	Huissiers du Conseil.........................	2,340	
	du Parlement.................................	43,623	
	de la Chancellerie	52,446	
Pau, page 73. Gages	des Préfidiaux & autres Jurifdictions Royales.	6,625	104,738
	Lieutenant de Roi...........................	1,170	
	Huissiers du Conseil.........................	780	
	Offices Municipaux...........................	94	
	du Parlement.................................	140,180	
	de la Chambre des Comptes....................	141,504	
	de la Chancellerie	76,838	
Bretagne, p. 66. Gages	des Bureaux des Finances.....................	10,269	
	des Préfidiaux & autres Jurifdictions Royales.	4,417	385,124
	des Officiers de l'Amirauté..................	7,654	
	d'anciens Officiers Municipaux	3,482	
	Huissiers du Conseil.........................	780	
	du Parlement.................................	93,574	
	de la Chambre des Comptes....................	81,608	
	de la Chancellerie...........................	71,329	
Bourgogne, p. 68. Gages	du Bureau des Finances.......................	81,547	361,009
	des Préfidiaux...............................	13,897	
	des Elections................................	10,804	
	Lieutenants de Roi...........................	7,470	
	Huissiers du Conseil.........................	780	
	du Parlement.................................	95,033	
	de la Cour des Comptes, Aides & Finances ...	90,670	
	de la Chancellerie	127,173	
Provence, p. 70. Gages	du Bureau des Finances	65,075	387,192
	des Préfidiaux...............................	5,231	
	de l'Amirauté.	1,340	
	Menues nécessités des Cours.	780	
	Lieutenant de Roi	1,890	
			6,592,408

	Dépense annuelle.
Compte de 1788.	
Suite de l'autre part.	
Gages {des Officiers du Conseil supérieur de Perpignan. . . 61,602	6,592,408
Roussillon, p. 64. Gages {des Officiers de la Chancellerie. 61,736	123,338
Page 6. Traitement aux Officiers du Parlement & de la Cour des Aides de Lorraine.	18,000
Traitement de la Cour des Aides de Montauban.	4,300
Page 13. Gages des Parlements, Chambres des Comptes , Cours des Aides & Conseils supérieurs ; Cours des Monnoies & Chancelleries; logements & traitements des Premiers Présidents ; taxations des Chambres des Comptes de Lorraine & de Bar ; bois , lumieres & autres.	2,789,640
Grand-Conseil.	130,650
Bureaux des Finances.	1,435,370
Elections.	452,970
Bailliages , Présidiaux & Prévôtés.	279,230
Offices {municipaux.	24,300
Offices {supprimés du Conseil supérieur d'Alsace.	60,000
Amirautés.	11,150
Eaux & Forêts.	4,870
Huissiers du Conseil	23,470
Greffiers des insinuations laïques.	2,500
Contrôleurs des Finances	4,600
Page 14. Frais de Justice 5,800	3,031,752
Page 23. Frais de Justice 3,025,952	
Page 14. Appointements des Intendants. 1,005,580	
Page 51. Traitement du Commandant en chef de la Province de Languedoc 59,400	
Traitement de l'Intendant , & frais de Bureaux 25,270	
Page 54. *Idem* du Commandant de la Province de Bretagne. . . . 20,000	1,286,530
Idem de l'Intendant , & frais de Bureaux. 48,670	
Page 58. *Idem* de l'Intendant de Bourgogne, & frais de Bureaux. 31,470	
Page 60. *Idem* de l'Intendant de Provence 28,470	
Page 63. *Idem* de l'Intendant de Roussillon 16,470	
Page 73. *Idem* de l'Intendant de Pau, & frais de Bureaux. 51,200	
Page 13. Secretaires du Roi du Grand-Collège 1,640,690	2,075,690
Page 15. Secretaires du Roi. 435,000	
Page 147. Gages des offices du point d'honneur.	360,000
Page 13. *Idem* des Agents de Change	341,400
Intérêt de la finance des offices supprimés des Gabelles & Eaux & Forêts , comme au Liv. second , chap. 10	2,101,311
	21,153,479

Obfervations.

L'intérêt de la finance de toutes les charges & offices eft compris dans les 21,153,479 liv. ; & s'il fe trouve de la fageffe du Roi, d'accorder une Cour Souveraine à chaque Province, un Bailliage à chaque Diftrict, & un Juge Royal & des Jurés à chaque Communauté d'Habitants, il pourroit alors être convenable de rembourfer la finance de toutes les charges, & de ne plus dégrader les Magiftrats par les épices, ainfi que de ne plus ruiner les plaideurs par les frais de procédure.

Si on exerce à l'avenir la juftice gratuitement, & fi tous les Tribunaux reçoivent des honoraires fixes des Provinces, on trouvera des reffources dans la fomme de 21,153,479 liv. pour entreprendre avec fuccès la liquidation de la finance de toutes les charges.

Par exemple, on pourra d'abord y affecter la fomme de 3,000,000 liv. des frais de Juftice annuellement au compte du Roi.

On pourroit y joindre encore les 1,200,000 liv. du traitement annuel des Vifirs de nos Généralités. On ne doit plus diffimuler que dans l'état actuel, les Intendances font un véritable Vifiriat, parce que MM. les Intendants fe trouvent être Juges & Parties. On obfervera fans doute que jufques aujourd'hui, les concuffions des Intendants ont été rares, que plufieurs de ces Magiftrats méritent l'eftime publique; que n'a-t-on pas dit & que ne dira-t-on pas encore pour maintenir les abus les plus révoltants.? ..... Avec des Etats Provinciaux fagement conftitués, le Roi pourroit trouver de fa fageffe, de n'avoir que des Commiffaires pour le repréfenter aux Affemblées de Provinces, en foumettant toutes ces adminiftrations à ne pouvoir rien entreprendre d'important fans que les Etats-Généraux en euffent fait l'examen, & euffent refpectivement éclairé la juftice du Roi & l'Adminiftration de la Province, qui pourroit entreprendre des travaux au-deffus de fes forces, ou qui ne fe trouveroient pas être d'une utilité relative aux dépenfes.

Enfin, il eft à préfumer que les Grands-Officiers de la Couronne & les Miniftres s'emprefferont d'offrir des réductions fur leur traitement; & dans le cas où cette diminution de dépenfe s'éleveroit à 800,000 liv., on auroit alors un capital libre de 5 millions.

Mais peut-être fe trouvera-t-il des gouvernements qu'on croira utile de fupprimer à la mort des Titulaires; par exemple, le gouvernement de la Samaritaine, & tant d'autres qui ne font pas d'une plus grande importance. Je ne me crois pas permis d'examiner fi le traitement des Gouverneurs des Provinces eft fufceptible de réduction, &c.; il n'y a qu'un examen des Etats-Généraux, qu'un coup-d'œil vraiment national fur toutes les dépenfes inutiles, qui puiffent utilement éclairer la juftice du Roi fur une matiere auffi délicate.

CHAPITRE DIX-SEPTIEME.

Dépenses diverses qui sont annuellement à la charge de la Nation.

			Dépenses annuelles.
Page 4.	Chambre du commerce de Picardie.	12,000	
	Bureau de la balance du commerce, décisions de Juin 1785 & Septembre 1786.	53,400	
	A la Marine sur le domaine d'Occident.	180,000	
Fermegénérale, p. 5.	M. Dupont, Inspecteur général du commerce.	21,600	284,700
Page 6.	Inspecteurs & Mouleurs de bois à Paris.	4,800	
	Aux Manufactures de Beauvais & Seignelai.	8,000	
	Aux Chartreux pour le péage de Quirieux.	2,807	
	Diverses autres dépenses.	2,093	
Recettes générales.	Pépinieres.	36,130	667,780
Page 14.	Capitaineries.	11,650	
	Haras.	620,000	
Languedoc, p. 50.	Frais de la tenue des Etats de Languedoc.	100,000	113,000
	Moitié dont le Roi s'est chargé dans les frais de vérification de l'état des Communautés.	13,000	
Bretagne, p. 54.	Dépense de la tenue des Etats qui se tiennent tous les deux ans, suivant la nouvelle fixation faite par le Roi; i's s'assemblent en 1788.	270,000	312,524
	Gratifications accordées à chaque assemblée aux Commissaires des Etats de Bretagne, suivant l'état arrêté le 16 Janvier 1787, par M. le Duc de Penthievre, Gouverneur de la Province, pour l'assemblée de 1786.	33,000	
	Frais de régie & recouvrement de l'imposition pour les Milices.	9,524	
Bourgogne, p. 5°.	Gratification annuelle à MM. les Elus-généraux, dixieme déduit.	9,000	9,000
Provence, p. 60.	Pour la perte occasionnée au pays par le traité d'échange conclu à Turin en 1760.	5,895	5,895
	Gardes de la ville de Narbonne.	9,000	
	Charges { affignées fur les mortes-paies.	26,000	
	{ particulieres.	620	
Languedoc, p. 63.	Entretien des Lanternes de Toulouse & de Montpellier. . .	10,146	75,274
	Contre-garde des salines.	135	
	Greffier des Etats.	600	
	Epices des comptes.	28,773	1,468,173

			Dépenses annuelles.
Compte de 1788.	*Suite de l'autre part.*		
	Ponts & chauffées.	15,000	
	Fortifications.	6,000	1,468,173
	Logement des Officiers militaires & autres.	10,820	
	Loyer des maisons prises pour l'hôtel de la Monnoie. . .	720	
	A la Régie générale pour les droits de Courtiers-Jaugeurs	5,500	
	Pépinieres. . . . . : . . .	1,000	
	Appointement & supplément des gages des Viguiers, des Maîtres des Postes & Receveurs particuliers.	3,910	
Roussillon , p. 63.	Loyer des magasins des vivres.	2,098	127,187
	Haras.	8,957	
	Diverses autres dépenses.	11,171	
	A la Régie-générale pour les Offices municipaux.	22,500	
	Fourrages aux Officiers municipaux employés dans la Province.	5,065	
	Supplément des transports militaires.	8,246	
	Gages d'un Professeur de Chymie à Perpignan.	1,200	
	Au Tréforier des ponts & chauffées.	25,000	
Bretagne , p. 65.	Pensions accordées, à chaque tenue des Etats de Bretagne , à une partie des gentilshommes qui y assistent ; les Etats s'assemblent en 1788.	20,000	20,000
Bourgogne , p. 68.	Entretien des lanternes de Dijon , &c.	8,521	8,521
	Gratifications des Maîtres des postes.	9,962	
	Aux ponts & chauffées, pour le port de Saint-Jean-de-Luz	14,500	
	Petit équipement des soldats provinciaux.	344	
	Logements militaires , &c. environ.	10,000	
Pau , p. 73.	Frais de casernement.	232	68,523
	Colleges & Universités.	12,080	
	Appointements & frais de Commissaires pour l'Assemblée des Etats.	1,485	
	Entretien des lanternes.	2,400	
	Gages du Receveur général, pour intérêt de sa finance, &c.	17,520	
Page 138.	Appointements & traitement à divers, suivant le détail.		1,408,900
Page 27.	Dotation de l'Ordre du Saint-Esprit.		606,000

Observations.

3,707,304

L'article de 1,408,900 l. pour appointement & traitement
à divers, est susceptible d'une réduction importante, ci,
pour Mémoire.

CHAPITRE DIX-HUITIEME.

Dépenses diverses qui se trouvent à la charge de la Nation, & dont le terme est prochain, ou qui peuvent en partie être supprimées tout de suite.

		Dépenses annuelles.
Page 4.	Primes pour les transports des morues dans les Colonies Françoises de l'Amérique & dans les ports étrangers de l'Europe, pour le commerce du Nord, pour la traite des Noirs, & sur les sucres raffinés expédiés pour l'étranger & pour les Provinces qui y sont assimilées, & ce, par évaluation d'après les états connus pour 1787, ci...... 2,593,715	11,420,382
Ferme-générale. Page 5.	Fonds accordés au Clergé pour accélérer la libération de sa dette, &c.................... 2,500,000	
Page 7.	Sur la clôture de Paris............ 3,600,000	
Page 5.	Remboursement à la Ferme-générale pour prêt fait au Roi, sans intérêt, ci.................... 2,726,667	
Page 5.	Pavé de Paris........................	600,000
Recettes générales. Page 14.	Construction du Palais à Paris............ 367,160 — Boues & lanternes........ 29,670	396,830
Languedoc. Page 50.	Remise accordée par le Roi, en temps de paix, pour aider au paiement des intérêts & au remboursement des capitaux des emprunts faits par la Province pour le rachat des quatre sous pour livres de la Capitation........... 800,000 — Remise pour être employée à la construction de divers canaux & autres ouvrages d'utilité publique......... 206,285 — Idem, pour mêmes objets & pour intérêt de 253,000 liv. reçus d'un million emprunté pour travaux publics.... 25,300 — Quatrieme année du traitement accordé à M. de Saint-Priest pendant huit ans............. 20,000	1,051,585
Bretagne. Page 54.	Remise accordée pour aider à rembourser les quatre millions d'emprunts qu'on fait tous les dix ans pour le rachat des quatre sous pour livres de la Capitation......... 300,000 — Autre remise pour aider la Province au remboursement des emprunts qu'elle a faits pour les casernements, ci..... 100,000 — Autre remise accordée à la Province pour l'amortissement de ses dettes, sur les 1,200,000 l. destinées pour les intérêts & l'amortissement de l'emprunt de douze millions fait pour le compte du Roi en 1781; Arrêt du Conseil du 17 Juin 1787, ci.................... 300,000	700,000 — 14,168,797

Compte de 1788.	*Suite de l'autre part.*		Dépenses annuelles.
Provence, p. 60.	Pour le deſſéchement des marais de Fréjus pendant ſix ans, derniere année.............................. 15,000	}	14,168,797
	Pour l'établiſſement du port de Seine pendant ſix ans, troiſieme année.................................. 15,000		30,000
Idem page 70.	Reconſtruction du Palais d'Aix.................... 36,250		36,250
Pau, page 73.	Conſtruction de l'hôtel de l'Intendance.............. 40,000	}	42,929
	Reconſtruction des priſons du Parlement de Touloufe.... 2,929		
Tréſor Royal,p.126.	Liquidation de l'ancienne Compagnie des Indes......... 4,00,000		400,000
Page 135.	Dépenſes de Paris & Police...................... 3,331,300		3,331,300
	Ce Chapitre eſt fuſceptible de la réduction ſuivante.		18,009,276
Objets divers.	1°. Fonds accordé au Clergé (*Vide* Livre V de la liquidation des dettes du Clergé).......................... 2,500,000	}	14,357,967
	2°. La clôture de Paris (le ſolde des dépenſes renvoyé à la caiſſe d'amortiſſement)........................... 3,600,000		3,651,309
	3°. Pavé de Paris... ⎫ *Vide* impoſition municipale ſur		
	4°. Dépenſe de Paris ⎬ les voitures & les domeſtiques		
	& Police....... ⎭ à Paris, Liv. V. ch. 1, ci...... 3,931,300		
	5°. Rembourſement à la Ferme-générale, renvoyé à la caiſſe d'amortiſſement................................ 2,726,667		
	6°. Remiſe au Languedoc pour payer ſes dettes,—réduite de 700,000		
	7°. *Idem*, à la Bretagne, —— réduite de............ 500,000		
	8°. Liquidation de l'ancienne Compagnie des Indes, portée à la caiſſe d'amortiſſement,..................... 400,000		

CHAPITRE

CHAPITRE DIX-NEUVIEME.

Dons & aumônes, travaux de charité, mendicité & autres dépenfes de cette nature qui font annuellement à la charge de la Nation, & qui feront acquittées à l'avenir par la caiffe nationale des pauvres.

			Dépenfes annuelles.
Ferme - générale. Page 6.	A l'Hôpital-Général fur les droits rétablis.............	180,000	352,463
	Aux Curés des Paroiffes de Paris, Verfailles, Saint-Germain & Marly, pour les pauvres......................	113,463	
	Envois de remedes pour les pauvres des Provinces.......	59,000	
Recettes générales. Page 14.	Dons & aumônes..............................	234,440	2,108,340
	Travaux de charité.............................	1,770,600	
	Mendicité..................................	103,300	
	Enfants-trouvés.............................	4,800	4,800
Régie générale. Page 19.	Aux hôpitaux de Normandie....................	120,000	126,000
	A l'hôpital des Enfants-trouvés de Nancy.............	6,000	
Loterie de France. Page 40.	Somme accordée par le Roi pour être diftribuée annuellement à la Nobleffe indigente & autres, &c.............	130,000	172,000
	Hofpices de charité.............................	42,000	
Page 50. Languedoc. Page 51.	Secours annuels à l'hôpital de Touloufe...............	60,000	78,720
	Subfiftance des Miffionnaires royaux................	18,720	
Bretagne, p. 54.	Supplément pour la dépenfe de la mendicité, au-delà de 50,000 liv. que la Province paie particuliérement......	50,000	50,000
Languedoc, p. 63.	Rentes pour fiefs, aumônes & Communautés religieufes	2,520	2,520
Bretagne, p. 66.	Rentes pour fiefs & aumônes......................	2,880	2,880
Bourgogne, p. 68.	Rentes pour fiefs & aumônes......................	1,624	1,624
Provence, p. 70.	Rentes pour fiefs & aumônes......................	4,698	4,698
Pau, page 73.	Rentes pour fiefs & aumônes......................	2,226	2,226
Idem.	Dépenfes de la mendicité.........................	19,974	19,974
Tréfor Royal, p. 124.	Mendicité..................................		92,150
Page 161.	Hôpitaux & Enfants-trouvés......................		743,105
Page 163.	Secours à des Communautés religieufes..............		452,583
Page 152.	Acadiens..................................		18,000
Page 69.	Bourgogne, mendicité..........................		7,769
			4,239,852

Les dépenfes de ce Chapitre cefferont d'être une charge nationale.

S

CHAPITRE VINGTIEME.
Dette Nationale.

	Capitaux, les remboursements & intérêts compris.	Rentes viageres.	Rentes perpetuelles.
Page 5. Pour les rentes provenant d'emprunts faits pour le compte du Roi, par le domaine de la ville de Paris, suivant les Edits & Déclarations d'Août 1777, Septembre 1781, & Septembre 1786, ci..............	....	....	2,740,000
Page 6. Retraite à divers Employés................	....	49,000	
A M. le Prince de Condé, pour le Clermontois	....	....	1,200,000
A M. le Prince de Conty, pour le Marquisat de Graville...........................	....	....	60,000
A M. le Duc de Duras, pour indemnité.....	....	....	10,000
A M. le Duc de Béthune, pour Henrichemont	....	....	15,000
A la succession des Guise...............	....	....	103,199
Page 5. A Mesdames, Tantes du Roi.............	....	85,000	
Pensionnaires de feu M. le Comte de Clermont	....	37,000	
Aux Gardes-du-Corps.................	....	....	23,150
Page 14. Intérêts à divers, pour acquisitions de terreins	....	....	211,300
Recettes générales. Intérêts & remboursements d'un ancien Emprunt de trois millions, fait par les Etats d'Artois, pour le compte du Roi........	300,000		
Page 24. A M. le Prince de Condé, pour le Clermontois	....	....	600,000
Domaines. Aux Etats, pays & comté du Hainault étranger, en exécution du Traité de Lille de 1699, ci	....	....	54,078
Au Premier Président du Parlement de Nancy	....	....	6,000
Diverses rentes, cens & autres charges sur les domaines, en vertu d'Arrêts du Conseil & décisions...........................	....	....	5,244
Page 50. Intérêts des charges municipales supprimées en 1724, dont les finances ont été remises aux parties casuelles, ci..............	....	....	113,915
Languedoc. Portion d'intérêts, à la charge du Roi, de 2,500,000 liv. empruntées & versées aux parties casuelles, en exécution de l'Arrêt du Conseil, du 27 Octobre 1774, pour le rachat des charges municipales rétablies en 1771, ci..............	....	....	116,160
Intérêts dus à M. le Prince de Conty, pour la Principauté d'Orange.................	....	....	31,150
	300,000	171,700	5,289,196

Compte de 1788.			Rembourse-ment des capitaux & intérêts.	Rentes viageres.	Rentes perpétuelles.	Intérêts d'emprunts.
		Suite de l'autre part.	300,000	171,700	5,289,196	
	Intérêts & amor- tiffement d'empr. pour compte du Roi.	de 1,200,000 l. à 5 p. 100, de 1772	120,000			
		de 6,000,000 l. à 4 p. 100, de 1776	540,000			
		de 12,000,000 l. à 5 p. 100, de 1778	1,200,000			
Suite du Languedoc.		de 12,000,000 l. à 5 p. 100, de 1778	1,200,000			
		de 8,000,000 l. à 5 p. 100, de 1779	800,000			
		de 10,000,000 l. à 5 p. 100, de 1780	1,000,000			
		de 15,000,000 l. à 5 p. 100, de 1781	1,500,000			
		de 9,000,000 l. à 5 p. 100, de 1783	900,000			
		de 15,000,000 l. à 5 p. 100, de 1784	1,500,000			
Page 55.	Intérêts & amor- tiffement d'empr. pour compte du Roi.	de 1,100,000 l. à 4 p. 100, de 1767	100,000			
		de 12,000,000 l. à 5 p. 100, de 1781	900,000			
Bretagne.		(Les états fur 1,200,000 l. accordés pour intérêts & amortiffement de ces 12,000,000 liv., font autorifés à garder 300,000 liv. pour payer leurs dettes particulieres.)				
		de 6,000,000 l. à 5 p. 100, de 1785	600,000			
Page 58.	Intérêts & amor- tiffement d'empr. pour compte du Roi.	de 4,000,000 à 5 p. 100, de 1778	400,000			
		de 4,000,000 à 5 p. 100, de 1778	400,000			
		de 8,000,000 à 5 p. 100, de 1778	800,000			
Bourgogne.		de 4,000,000 à 5 p. 100, de 1779	400,000			
		de 3,000,000 à 5 p. 100, de 1779	300,000			
		de 5,000,000 à 5 p. 100, de 1781	500,000			
		de 3,000,000 à 5 p. 100, de 1783	300,000			
Page 60. Provence.	Intér. & amortiff. d'empr. p. comp. du Roi.	de 5,800,000 l. à 4 p. 100, de 1776	300,000			
		de 3,000,000 à 5 p. 100, de 1779	300,000			
		de 4,000,000 à 5 p. 100, de 1782	400,000			
Idem page 70.		Intérêts & frais d'un emprunt de 3 millions, fait par la ville de Marseille, pour le compte du Roi, en 1781				155,000
	Intérêts & rembourfe- ments	des Offices du Parlement fuppri- més.	50,000			
		pour les autres liquidations d'Offices	531			
			14,810,531	171,700	5,289,196	155,000

Compte de 1788.

	Remboursement des capitaux & intérêts.	Rentes viageres.	Rentes perpétuelles.	Intérêts d'emprunts.	Total des gages & des intérêts.
Suite de l'autre part,	14,810,531	171,700	5,289,196	155,001	
Tréfor Royal, p.127. Perpétuelles........................	. . . .	. . . .	50,975,000		
Tontines............................	. . . .	3,356,000			
Viageres, compris l'Edit de Mai 1787 , & les conftitutions faites fur l'emprunt de 80 millions , de Décembre 1785 , ci.......... 88,126,000 Sur quoi il faut déduire les ex- tinctions des rentes pendant l'année 1787 , évaluées à 1,200,000 livres par an.................... 1,200,000	refte, ci. .	86,926,000			
Gages des Payeurs & Contrôleurs 2,281,000 Intérêts des Offices des Payeurs fupprimés en 1772, qui reftent à rembourfer.................. 250,000 Epices & frais de compte...... 572,000	. . . .	. . . . .	. . . .	. . . .	3,103,000
Page 27. Rentes perpétuelles & viageres des emprunts faits pour le compte du Roi , fur l'Ordre du Saint - Efprit.	. . . . .	896,200	100,000		
Remboursement fur les rentes perpétuelles. .	50,000				
Rentes { viageres fur l'hôpiral de Touloufe.....	. . . .	38,000			
conftituées de l'Edit de Décembre 1782	. . . .	. . . . .	950,000		
conftituées de l'emprunt de 125 millions	. . . .	. . . . .	60,000		
Viageres de 120 millions, de Novembre 1787	. . . .	12,000,000			
Tréfor Royal, p 131. Rente viagere fur la tête du Roi , au profit des Invalides de la Marine , provenant des fonds remis au Tréfor Royal par le Clergé en 1782	. . . .	120,000			
Rente perpétuelle à l'hôpital des Quinze- Vingts , formant l'intérêt du prix des terreins & bâtiments de leur ancien enclos..........	. . . .	. . . . .	250,000		
Monsieur , pour partie de l'indemnité de la cafualité des Offices de finance qui a été fup- primée dans fon apanage.................	. . . .	. . . . .	33,886		
Rentes perpétuelles & viageres dues à M. le Comte d'Artois , dont le Roi s'eft chargé , 1,000,000 , faifant environ...............	. . . .	500,000	500,000		
	14,860,531	104,007,900	58,158,082	155,000	3,103,000

Compte de 1788.

Suite de l'autre part,

	Remboursement de capitaux & intérêts.	Rentes viageres.	Rentes perpétuelles.	Intérêts d'emprunts.	Total des rentes.
M. le Comte d'Artois, pour partie de l'indemnité de la casualité des Offices de finance qui a été supprimée dans son apanage.............	14,860,531	104,007,900	58,158,082 50,000	155,000	3,103,000
M. le Duc d'Orléans. Intérêts de la dot de la feue Reine-Douairiere d'Espagne ..... 185,068 / Idem, de la dot de feue Madame la Duchesse d'Orléans, trisaïeulle de ce Prince........... 89,000 / Idem., du brevet de retenue dont le Gouvernement du Dauphiné étoit grevé, & que ce Prince a acquitté 24,000 / Indemnité de plusieurs Offices supprimés dans son apanage..... 12,800			310,868		
M. le Prince de Condé, intérêts de la dot de feue Madame la Duchesse de Bourbon, déduction des impositions royales.			35,600		
M. le Prince de Conty, intérêt du prix de la vente faite au Roi, des terres d'Ivry & garennes			9,300		
M. le Duc de Penthièvre. Intérêt de ce qui lui reste dû pour solde de la Principauté de Dombes 94,000 / Rentes dues par ce Prince sur ladite Principauté, dont le Roi s'est chargé 15,832 / Intérêt du prix de la vente de l'hôtel du Maine à Saint-Germain-en-Laye. 2,400			112,232		
Aux héritiers de feu M. le Maréchal de Soubise, intérêts de 1,200,000 liv. restant dus sur le prix de la Baronnie de Viviers en Lorraine........			60,000		
Rentes viageres dont le Roi s'est chargé envers les créanciers de M. le Prince de Guémenée, en déduction du prix de l'Orient & des terres du Châtel & Carman, ci....................		996,500			
Idem, rentes perpétuelles...............			20,000		
M. le Maréchal Prince de Beauvau, intérêt du brevet de retenue dont étoit grevé le Gouvernement de Languedoc, & qu'il a acquitté....			4,000		
	14,860,531	105,004,400	58,760,082	155,000	3,103,000

Compte de 1788.

Suite de l'autre part.

	Remboursement des capitaux & intérêts.	Rentes viageres.	Rentes perpétuelles.	Intérêts d'emprunts.	Total des rentes.
	14,860,531	105,004,400	58,760,082	155,000	3,103,000
M. le Marquis de la Vaupaliere , intérêts du brevet de retenue dont étoit grevé le Gouvernement du Maine , & qu'il a acquitté.			6,000		
M. Joly de Fleury , Procureur - Général du Parlement de Paris , intérêt du brevet de retenue , payé par son aïeul à feu M. le Chancelier d'Aguesseau.			135,000		
M. Necker, intérêts à 5 pour 100 de 2,400,000 l. par lui déposés au Trésor Royal.			120,000		
M. le Duc de Liancourt, intérêts de 600,000 l. restant dus sur le prix des forêts de Camors & Florange en Bretagne , vendues au Roi.			30,000		
M. le Comte Archambaud-Périgord , intérêts de 1,450,000 liv. formant le prix de sa terre & seigneurie de Bois-le-Vicomte , vendues au Roi.			72,500		
M. le Marquis de Fouquet , intérêts de la terre d'Auvillars , vendue au Roi.			31,000		
M. le Comte de la Suze , intérêt du prix de la Baronnie de Langaulnai.			3,540		
M. le Comte de Puisignien , intérêts du prix de la Baronnie de l'Isle de Ré.			24,000		
M. le Baron de Bormes , intérêts du prix du Château d'Alfort.			2,000		
M. de Saulles , intérêts du prix du Comté de Sezannes			6,173		
M. Clément de Barville , rentes perpétuelles & viageres dont le Roi s'est chargé pour le prix du Comté de Montgommery , environ ci.		100,000	50,000		
M. le Comte de Buffon , intérêts du prix de terreins & bâtiments.			5,600		
La Dame Gaudin , intérêts du prix de plusieurs bâtiments à Versailles			12,238		
M. Gilbert de Voisins , intérêts des 748,700 l. restant sur 935,935 liv. faisant partie du prix de la vente faite au Roi, des terres & seigneuries de Saint-Priès & de Saint-Etienne en Forez.		37,400	36,000		
Idem , ...	14,860,531	105,141,800	59,294,133	155,000	3,103,000

Suite de l'autre part.

	Remboursement des capitaux & intérêts.	Rentes viageres.	Rentes perpétuelles.	Intérêts d'emprunts.	Total des intérêts.
Madame la Duchesse de Broglie, comme héritiere de feu M. le Baron de Thiers, pour sa portion dans les 60,000 liv. d'intérêts dus à la succession Crozat, pour les droits de propriété sur le Canal de Picardie, réuni au Domaine par Arrêt du Conseil, du 23 Août 1767.........	14,860,531	105,141,800	59,294,133	155,000	3,103,000
Madame la Marquise de Béthune, pour *idem*.	....	....	20,000		
Madame la Comtesse de Béthune, pour *idem*.	....	....	20,000		
M. le Comte de Châtelux, intérêts de la dot de Madame de Durfort-Givrac..............	....	....	2,225		
M. de Montaran, intérêts de sa charge d'Intendant du commerce, supprimée..........	....	....	10,000		
Aux héritiers du sieur Baujon, intérêt du prix d'un office de Président au Parlement.....	....	....	22,500		
M. le Couteulx de Vertron, intérêts d'un office de Trésorier de France...............	....	....	3,010		
Aux Procureurs de la Chambre des Comptes, intérêts du rachat par eux fait en 1745, du droit de paulette de leurs offices, qui ont depuis été assujettis au centieme-denier.................	....	....	1,041		
Aux Notaires de Paris, *id*..............	....	....	16,663		
Aux Huissiers du Châtelet, *id*.	....	....	982		
M. des Entelles, Trésorier du marc d'or, intérêt du prix de son office, supprimé.......	....	....	25,000		
M. de Cimery, Payeur des charges assignées sur le Domaine, *idem*........	....	....	40,000		
M. de Leval, *idem*...................	....	....	20,000		
M. Bertin, Trésorier des revenus casuels, *id*.	....	....	53,000		
M. Pâris de Guyeres, Receveur-Général des Finances de Rouen, *id*................	....	....	19,250		
Aux Officiers de la Prévôté de l'Hôtel, *id*....	....	....	4,000		
M. de la Mouche, Auditeur des Comptes, indemnité d'office sur les cuirs..............	....	....	400		
Pour indemnité de la redevance dont étoient tenus envers la Ville, les Officiers Garde-nuit sur les quais & ports, supprimés..........	....	....	13,000		
Idem, des droits que la Ville percevoit sur d'autres offices sur les ports, supprimés....	....	....	14,586		
	14,860,531	105,141,800	59,599,790	155,000	3,103,000

Compte de 1788.

	Remboursement des capitaux & intérêts.	Rentes viageres.	Rentes perpétuelles.	Intérèts d'emprunts.	Total des intérèts.
Suite de l'autre part ;	14,860,531	105,141,800	59,599,790	155,000	3,103,000
Au Greffier en chef de la ville de Paris , indemnités de la suppreffion de droits attachés à fon office	....	....	1,800		
Au fieur de Saint-Laurent , Grand-Maître des Eaux & Forêts du département de Caen , pour lui tenir lieu des gages de fon office , non compris dans les états des Domaines.............	....	....	23,400		
M. le Baron de Sourfac , indemnité viagere pour la fuppreffion de fes droits de péages fur les rivieres de Dordogne & Luziege dans l'étendue de fa Baronnie	....	4,000			
M. le Marquis de Courcy , rente perpétuelle pour indemnité du retrait de plufieurs terreins qui lui avoient été concédés en Normandie....	....	....	12,000		
Mademoifelle de Bourgelas , rente ci-devant affignée fur le fonds des Ecoles Vétérinaires...	....	....	4,000		
Madame la Comteffe de Pons & M. l'Evêque de Grenoble , rente viagere pour leur tenir lieu de droits en Dauphiné , cédés au Roi.........	....	29,160			
Au Procureur-Général de la Miffion de Saint Lazare , rente provenant des biens des Miffionnaires du Levant (Arrêt du Confeil , du 6 Septembre 1782)	....	....	16,000		
Remboursement à divers, fuivant le détail énoncé , ci...,......,...............	2,180,000				
Intérêts d'emprunts , fuivant le détail.......	....	....	....	22,284,000	
Intérêts d'emprunts par anticipation.......	....	....	....	14,860,000	
Remboursement d'emprunts , fuivant le détail.....................................	50,661,600				
du feu fieur Barbault de Glatigny , Receveur-Général des Finances , intérêt du prix de fon office	....	....	10,750		
du feu fieur Olivier , *id.*...............	....	....	7,330		
du feu fieur Huet de Thorigny , *id.*........	....	....	13,540		
du feu fieur de Saint-Laurent , Tréforier des Colonies , *id.*,..................	....	....	7,740		
	67,702,131	105,174,960	59,696,350	37,299,000	3,103,000

Page 139.
Page 141.
Page 143.
Page 144.

Les Héritiers

Du

	Rembour-fement des capitaux & intérêts.	Rentes viageres.	Rentes perpétuelles.	Intérêts d'emprunts.	Total des intérêts.
Compte de 1783.					
Suite de l'autre part. . . .	67,702,131	105,174,960	59,696,350	37,299,000	3,103,000
Les héritiers. { du feu fieur Denis , Tréforier des bâtiments..	....	....	9,750		
du feu fieur Tronchin , Tréforier du marc d'or.	....	....	4,500		
du feu fieur le Normant , id..............	....	....	2,750		
M. Jaffon , intérêt de l'office de Grand-Bailli d'épée, à Nantes	....	....	2,000		
M. le Baron de Bezenval , Lieutenant-Colonel des Gardes-Suiffes ; indemnités de l'impofition deftinée pour le logement de fa Troupe dans la Paroiffe de Belleville......................	....	....	1,000		
M. le Duc de Villeroy, indemnité annuelle à caufe de la démolition des châteaux de Bauvoir-fur-mer & Machecoul , appartenants à la Maifon de Retz , dont il eft héritier..............	....	....	9,000		
M. le Duc de Chevreufe , indemnité annuelle de trois parties de rentes fur les Aides & Gabelles, à lui cédées par le feu Roi de Sardaigne , & qu'il a remifes au Roi	....	....	20,000		
M. le Duc de Grammont , indemnité des droits qu'il perd par la franchife du port de Bayonne.	....	....	144,000		
M. le Comte de la Roche-Aimon , indemnité de la non-jouiffance du Domaine de Chaudeffaigne.	....	....	1,500		
Madame la Marquife de la Tournelle, indemnité de la conceffion de la forêt de Monteille, réunie au Domaine	....	....	4,000		
Madame la Comteffe Duhautoy , indemnité de la réfiliation du bail des forges de Moyeuvre en Lorraine , 12,000 liv. pendant trente ans , huitieme année	....	....	12,000		
M. le Marquis de Sourche , indemnité pour la fuppreffion de droits qui étoient attachés à fa charge de Grand-Prévôt de l'Hôtel............	....	....	20,000		
Page 169. Rembourf. fur le prix des forges de la Chauffade	74,000				
Page 170. Retraites & indemnités viageres..........	....	683,369	....		
Page 171. Intérêts des charges fupprimées.	....	....	333,800		
Le remboursement par année eft de	1,355,200				
Page 172. Le paiement de l'arriéré.	7,815,000				
	76,946,331	105,858,329	60,260,690	37,299,000	3,103,000

T

Compte de 1788.

	Rembour- fement des capitaux & intérêts.	Rentes viageres.	Rentes perpétuelles.	Intérêts d'emprunts.	Total des intérêts.
Suite de l'autre part. . . .	76,946,331	105,858,329	60,260,690	37,299,000	3,103,000

*Fonds d'avance des Compagnies de Finance à fup-
primer, & intérêts à payer jufques au rem-
bourfement.*

	Rembour- fement des capitaux & intérêts.	Rentes viageres.	Rentes perpétuelles.	Intérêts d'emprunts.	Total des intérêts.
1°. Recev.-Gén. des Fin. 65,399,000 l. à 5 p. 100.	. . . .	. . . . .	. . . . .		3,299,950
Id. de prompt paiem. de 10,000,000 à 5 p. 100.	. . . .	. . . . .	. . . . .		500,000
2°. Fermiers-Génér . . . 68,640,000 l. à 5 p. 100.	. . . .	. . . . .	. . . . .		3,432,000
Employés. { . . . . 17,985,200 l. à 4 p. 100.	. . . .	. . . . .	. . . . .		719,408
{ . . . . 9,156,800 l. à 5 p. 100.	. . . .	. . . . .	. . . . .		457,840
3°. Régiffeurs-Généraux. 33,600,000 l. à 5 p. 100.	. . . .	. . . . .	. . . . .		1,680,000
Employés . . . . 3,354,500 l. à 5 p. 100.	. . . .	. . . . .	. . . . .		167,725
4°. Adm. Gén. des Dom. 33,600,000 l. à 5 p. 100.	. . . .	. . . . .	. . . . .		1,680,000
Employés. { . . . . 70,000 l. à 4 p. 100.	. . . .	. . . . .	. . . . .		2,800
{ . . . . 6,492,900 l. à 5 p. 100.	. . . .	. . . . .	. . . . .		324,645
5°. Loterie Royale . . . . . 3,200,000 l. à 5 p. 100.	. . . .	. . . . .	. . . . .		160,000
Receveurs particuliers . . 7,334,900 l. à 5 p. 100.	. . . .	. . . . .	. . . . .		366,745
	76,946,331	105,858,329	60,260,690	50,213,163	

Récapitulation.

Intérêt. { Rentes viageres • 105,858,329
{ Rentes perpétuelles • 60,260,690
{ Intérêts d'emprunts • 50,213,163

Total • • • 219,435,182

N. B. Les 76,946,331 l. de rembourfement de capitaux & intérêts feront affignés fur la caiffe des amortiffements.

Obfervations.

La Nation paie, en intérêts à divers, la fomme de 219,435,182 liv., dont 14,860,000 liv. pour les anticipations ; mais cette fomme de 14,860,000 liv. ne repréfente qu'un capital d'environ 220,000,000 liv. qui, conftitué à 5 pour 100, donne un intérêt de 11,000,000 liv. au lieu de 14,860,000 liv. qu'il en coûte annuellement ; & la bonification fur les intérêts à payer fe trouve de 3,860,000 l. qui, déduits de 219,435,182 l. laiffent en charge annuelle la fomme de • 215,575,182

La contribution aux charges publiques étant déterminée & réglée d'un cinquieme fur les Ren-
tiers, (& elle fera moindre que celle des Propriétaires-fonciers, fi elle s'éleve au dixieme brut des productions du fol) la contribution des Rentiers fera de 43,115,036 liv. & ci à déduire de • 43,115,036

La fomme à payer annuellement pour les rentes eft de • • • • • • • • • • • • • • • • 172,460,146

CHAPITRE VINGT-UNIEME.

Gages du Tréfor Royal.

Page 148.

Dépenfes de toute nature . . . .
L'économie annoncée d'après les premiers ap-
perçus paffera un million , fans compter les bonifications qui peuvent réfulter d'une comptabilité
bien ordonnée , ci 1,000,000

Dépenfe annuelle.	Réduction.	Dépenfe future.
3,169,936		
	1,000,000	2,169,936
3,169,936	1,000,000	2,169,936

CHAPITRE VINGT-DEUXIEME.

Dépenfes imprévues.

On ne peut trop borner le fonds qu'on deftine
aux dépenfes imprévues. Tout fonds d'avance
femble provoquer à la dépenfe qu'il facilite. Dans
la fortune publique , comme dans la fortune des
Particuliers , les dépenfes naiffent à proportion
des moyens ; reftreindre les moyens , c'eft reftreindre la dépenfe. Lorfque l'ordre fera rétabli
dans toutes les parties de l'Adminiftration , les
dépenfes imprévues ne s'éleveront jamais à trois
millions , ci . . . .

Dépenfe annuelle.	Réduction.	Dépenfe future.
5,000,000	2,000,000	3,000,000

RÉSULTAT GÉNÉRAL DU LIVRE QUATRIEME.

Bordereau du Livre quatrieme, concernant la dépenſe nationale.

	Dépenſe actuelle.	Réduction.	Dépenſe future.
La Maiſon du Roi, de la Reine & des Princes Freres du Roi.....................	31,917,711	1,917,711	30,000,000
2°. Le département de la Guerre.........	107,180,000	5,180,000	102,000,000
3°. Le département de la Marine........	45,000,000	. . . . . .	45,000,000
4°. Le département des Affaires étrangeres.	14,390,000	5,260,000	9,130,000
5°. Les penſions	27,000,000	5,200,000	22,000,000
6°. Les travaux publics...............	10,700,000	700,000	10,000,000
7°. Suppléments de fonds à fournir pour les dépenſes civiles de Corſe........	250,000	. . . . . .	250,000
8°. Le département des Mines..........	90,000	. . . . . .	90,000
9°. Les Haras.......................	446,500	. . . . . .	446,500
10°. Les Écoles Vétérinaires...........	72,000	. . . . . .	72,000
11°. Les Académies, Gens-de-Lettres & travaux littéraires..................	323,100	. . . . . .	323,100
12°. La Bibliotheque du Roi...........	120,000	. . . . . .	120,000
13°. Le Jardin du Roi & le Cabinet d'hiſtoire naturelle.........................	107,000	. . . . . .	107,000
14°. L'Imprimerie Royale	90,000	. . . . . .	90,000
15°. La Monnoie des Médailles........	42,500	. . . . . .	42,500
16°. Traitement & appointement des Miniſtres, des Cours ſouveraines, gages des offices, &c....................	21,092,037	. . . . . .	21,092,037
17°. Dépenſes diverſes qui ſont annuellement à la charge de la Nation.......	4,707,304	. . . . . .	4,607,304
18°. Dépenſes diverſes dont le terme eſt prochain, ou qui peuvent être en partie ſupprimées tout de ſuite.............	18,009,276	14,357,967	3,651,309
19°. Dons & aumônes, travaux de charité, &c.	4,239,852	4,239,852	
20°. ⎰ Dette nationale, rembourſement des capiraux & paiement de quelques intérêts....................	76,946,331	76,946,331	
⎱ Dette nationale, intérêts........	219,435,182	46,975,036	172,460,146
21°. Gages du Tréſor Royal..........	3,169,936	1,000,000	2,169,936
22°. Dépenſes imprévues	5,000,000	2,000,000	3,000,000
	590,328,729	163,576,897	426,751,833

		Dépense actuelle.	Réduction.	Dépense future.
	Suite de l'autre part · · ·	590,328,729	163,576,897	426,751,833
Objets portés à la caisse d'amortissem.	*Objets divers pour balance du Compte de 1788.*			
Département de la Marine.	1°. Papier-monnoie des Isles de France & de Bourbon......2,280,000			
Maison du Roi.	2°. Second à-compte sur un million.................. 200,000	2,580,000		
	3°. Jardin du Roi.......... 200,000			
Objets portés à la caisse nationale des Pauvres.	4°. Fonds assignés sur la Loterie Royale de France, & qui seront à la charge de la caisse nationale des pauvres, 2,179,391 l. la dette publique est chargée de 526,745 l. d'intérêts des fonds d'avance..........	2,179,391		
Frais de recouvrement par le Compte de 1788.	5°. Dépenses assignées sur les recettes du Liv. premier, chap. premier............... 4,472,865			
	6°. *Idem* sur le chap. second. 194,391	47,012,532		
	7°. Id. sur le Livre second...42,345,276			
	8°. Retenue sur l'intérêt des fonds d'avance des Receveurs-Généraux, 621,600 liv. le Compte de 1788 ne portant les intérêts des 65,399,000 liv. qu'à 2,801,400 liv. au lieu de 3,299,950 liv. portés sur le présent Compte, ci.....................	498,550		
	9°. Erreur pour balance du présent Compte, avec celui de 1788, ci..............	153,839		
Déduction.	Chapitre vingtieme du présent Compte, 12,000,000 liv. de rentes viageres de l'emprunt de 120,000,000 liv. de Novembre 1787, non portées au compte de 1788, & retenue d'un cinquieme pour les impositions, ci	642,753,041		
		9,600,000		
	Balance du Compte de 1788...	633,153,041	163,576,897	426,751,833

LIVRE CINQUIEME.

Impofitions pour l'entretien du Pavé , & frais de Police de la ville de Paris ; moyens légitimes de liquider la dette du Clergé ; Caiffe Nationale des Pauvres ; Caiffe Na ionale d'amortiffement de la dette , & projet de Loi ; réfultat général de l'Ouvrage relativement à l'Impôt national , & à l'univerfalité de la Contribution des Peuples.

CHAPITRE PREMIER.

Impofitions fur les Carroffes , fur les Chevaux , & fur les Domef- tiques , pour faire les fonds néceffaires à l'entretien du Pavé de Paris , & des frais de Police.

	Recette.	Dépenfe.
Recette. 1°. Impofition ou taxe fur les carroffes, cabriolets, &c. à Paris........................	....	
2°. *Idem* , fur les chevaux, autres que ceux employés aux travaux de l'agriculture , &c.................	....	
3°. *Idem* , fur les domeftiques........................	....	
Dépenfes. 1°. Pour le pavé de Paris........................	....	600,000
2°. Dépenfe de Paris & police.................	....	3,331,300
		3,931,300

Obfervations,

Les droits d'entrée de Paris font au nombre des impofitions dont le remplacement de la fomme en produit net doit être proportionnellement réparti fur toute la propriété nationale ; mais il n'en eft pas de même des frais de police & entretien du pavé de cette Capitale : c'eft une dépenfe locale qui exige une impofition de la même claffe , & elle rentre dans le nombre des charges municipales.

Par quelle caufe le pavé fe détruit-il ? Par les voitures & les chevaux ; il faut donc impofer les voitures & les chevaux de luxe, pour entretenir le pavé, &, autant qu'il se pourra, faire des trottoirs dans chaque rue pour la commodité des gens à pied,

Quelles sont les causes qui nécessitent les principales dépenses de la police ? Le luxe & la dépravation des mœurs ; il faut donc mettre une forte taxe sur tous les domestiques entretenus par le luxe : on peut imposer encore les spectacles, &c.

Par exemple, la taxe par carrosse & par viski pourroit être de 300 liv. ; celle sur les cabriolets ordinaires, 100 liv. ; celle sur les chevaux, soit de carrosse, soit de main, 100 liv. ; les voitures de place pourroient jouir d'un abonnement modéré.

La bonne police exige encore de condamner à 1000 liv. d'amende les maîtres de tout carrosse & cabriolet qui seroient trouvés dans les rues allant au grand trot ; il n'y a pas de jour qu'il n'arrive quelque malheur à Paris, par l'imprudence des cochers ; & il est inconcevable qu'on se permette de respecter assez peu les hommes, pour les fouler aux pieds des chevaux, parce qu'ils n'ont pas la faculté d'aller en voiture. On diroit que les cochers sont plus brutes que les animaux qu'ils conduisent ; & c'est à Paris où l'on se permet une pareille inhumanité.

On pourroit condamner à 1000 liv. d'amende tout homme qui feroit courir un cheval au galop dans les rues. Toutes les amendes devroient être attribuées à la caisse nationale des Pauvres.

La taxe sur les domestiques mérite d'être considérée sous beaucoup de rapports : il est nécessaire qu'il existe un échange de service entre les hommes ; mais un homme doit suffire pour servir un autre homme. Pour le premier domestique, un maître ne devroit pas être imposé ; mais pour le second, il paieroit 50 liv., pour le troisieme 100 liv., pour le quatrieme & pour tous les autres 500 liv. ; pour un maître-d'hôtel, un chef de cuisine & autres officiers de maison, 600 liv. ; pour un intendant de maison, 1000 liv. ; pour une cuisiniere, rien, &c. &c.

CHAPITRE SECOND.

De la dette du Clergé de France, & des moyens légitimes de la liquider.

Necker.

En France, le Clergé est distingué en Clergé étranger, & en Clergé national.

Le premier comprend les Clergés de Flandres, d'Artois, du Hainaut & du Cambresis, qui contribuent, comme la Noblesse, aux impositions établies dans ces Provinces ; les Clergés d'Alsace , de Lorraine , des Trois-Evêchés , du Roussillon , d'Orange & de Franche-Comté , paient chacun les vingtiemes & la capitation , d'après des abonnements séparés , convenus avec le Tréfor Royal , & susceptibles de variation.

Le second comprend le Clergé dit *de France* ; il est divisé en cent seize Dioceses , & est composé de toutes les autres Provinces du Royaume.

Le Clergé de France ne connoît ni le mot *vingtieme* , ni celui de *capitation* , & les subventions qu'il fournit au Gouvernement , ont lieu sous la forme de *dons-gratuits*.

C'est pour acquitter ces dons-gratuits & pour se racheter , en 1710 , de la capitation , que le Clergé de France a fait , en divers temps , une suite d'emprunts assujettis à des remboursements.

Les capitaux dus au commencement de 1784 , s'élevoient à environ 134 millions , dont 42 , à-peu-près , sont au denier vingt , & 92 au denier vingt-cinq , portant annuellement un intérêt de   5,800,000

Le Clergé doit encore les arrérages d'anciennes rentes sur les hôtels de villes de Paris & de Toulouse , dont il fait les fonds entre les mains de payeurs particuliers , s'élevant annuellement à   400,000

Plus , 100,000 liv. de rente consentie par le Clergé en faveur de l'Ordre de Saint-Lazare.   100,000

Plus , 700,000 l. , les intérêts des dettes contractées anciennement par différents Dioceses.   700,000

Plus , 100,000 liv. , les pensions aux nouveaux Convertis , & les gratifications aux Ecrivains Religieux   100,000

Plus , 150,000 liv. , les secours accordés à des Prêtres vieux & infirmes , & diverses dépenses de Séminaires.   150,000

Plus , 250,000 liv. provenant des oblats qui sont payés à l'hôtel royal des Invalides   250,000

Total , 7,500,000

L'origine de la dette du Clergé est donc exactement connue ; & , d'après les détails énoncés dans le *T. II, Ch. IX* de l'Ouvrage de M. Necker, sur l'Administration des Finances de France, on peut établir en fait que le Clergé doit , d'une part , 5,800,000 l. de rente , d'un capital de 134 millions qu'il a empruntés, de 1710 à 1784, pour payer les subventions qu'il fournit au Gouvernement sous le nom de *don-gratuit* ; & il est encore grevé de 2,700,000 liv. de rente , dont la cause est totalement étrangere aux impositions nationales, si ce n'est les oblats, qui représentent un service féodal converti en argent.

Les Etats-Généraux peuvent-ils légalement charger la Nation de la dette de 134 millions que le Clergé a contractée , sans recevoir en même temps une indemnité relative ? Pour

Pour décider cette grande queftion, il faut connoître au vrai la caufe & la nature de la dette du Clergé.

En 1710, le Clergé fe racheta de la fomme de 4,000,000 de fa contribution annuelle pour la capitation, moyennant la fomme, une fois payée, de 24 millions qu'il fe fit autorifer à emprunter, & dans le fait l'emprunt ayant été conftitué à 5 pour 100, le Clergé fe trouva alors grevé de 1,200,000 liv. de rente pour caufe d'une fomme fournie au Gouvernement ; mais il fut réellement déchargé de 2,800,000 liv. de contribution annuelle, puifqu'il ceffa de payer les 4,000,000 de capitation ; & de ces 2,800,000 liv. de contribution annuelle, qui en a fait le remplacement au Tréfor Royal ? *Les Laboureurs, les Vignerons, les Artifans, tous les non-Privilégiés, tout le pauvre Peuple.*

Depuis 1710 jufqu'à ce jour, le Clergé a eu la même adreffe pour fe fouftraire à l'impofition des vingtiemes, & les Miniftres des finances ont eu conftamment la même impéritie, ou la mauvaife foi de ne pas éclairer la religion des Rois fur un abus auffi révoltant & auffi contraire à l'exercice de la juftice diftributive.

Lorfqu'on aura approfondi au vrai la fomme que le Clergé de France a payée de contribution à l'Etat depuis 1710 à 1784, comparativement à celle qu'il auroit dû payer réellement, on trouvera, avec étonnement, que le Clergé a eu l'adreffe incroyable de fe fouftraire au paiement de la fomme de près d'un milliard, qui a été progreffivement à la charge des autres Citoyens, nobles & roturiers.

Pourra-t-on alors fe refufer à dire que le Clergé s'eft conduit en habile financier, fe jouant de l'impéritie des Contrôleurs-Généraux, & les traitant, tout au plus, comme de petits Clercs de Paroiffe ?

Pourra-t-on alors fe permettre de furcharger la Nation de la dette énorme de 7,500,000 liv. de rentes, dont 5,800,000 liv. font repréfentatives du capital de 134 millions que le Clergé a empruntés pour fe fouftraire au paiement effectif de la même fomme de fes abonnements, d'une contribution qui auroit dû être continuellement quatre fois plus confidérable ?

On obfervera, avec raifon, en faveur du Clergé, qu'il eft bien vrai qu'il doit perfonnellement la fomme de 134 millions ; mais qu'il ne peut pas les payer, parce que fes domaines font inaliénables, puifqu'ils forment effen-tiellement le patrimoine des pauvres, & qu'ils produifent annuellement le revenu néceffaire pour payer tous les frais relatifs à la dépenfe du culte public que la Nation doit rendre à la Divinité ; & qu'en conféquence il n'y a d'autre reffource que de charger la Nation de liquider cette dette à fes frais.

A ces obfervations, on peut répondre par un argument invincible. Il eft vrai que tous les biens de l'Eglife font inaliénables, parce qu'ils forment la

V

patrimoine des pauvres, les frais du culte public prélevés ; mais il exiſte dans la main de l'Egliſe pluſieurs propriétés illégales , & entr'autres la dîme & les droits féodaux ; droits humiliants & anti-humains , dont l'Egliſe conſerve encore toute l'atroce barbarie dans le Mont Jura.

Sans doute la Nation ne peut pas ſoumettre les habitants du Mont Jura à ſe racheter de la partie du régime féodal qui aſſervit leur perſonne ; elle doit leur rendre gratuitement tous les droits que nos Loix antiques & nationales accordent à chaque François individuellement , pour jouir également de la protection de la Loi & du Roi ; mais la propriété des habitants du Mont Jura , ainſi que celle de tous les François , qui eſt aſſervie à la propriété du Clergé , ſera rétablie en franc-aleu , & le prix du rachat ſera conſacré à payer toutes les dettes & toutes les charges de ce même Clergé ; & s'il ſe trouve un excédent de produit , il ſera verſé à la caiſſe nationale des pauvres.

Il reſte à préſent à déterminer quelle eſt la portion des pauvres dans les domaines du Clergé , & ce ſera l'objet du Chapitre ſuivant.

CHAPITRE TROISIEME.

Caiſſe nationale des Pauvres.

Recette.

Recette.

1°. Les annates, ou ſoit le tribut que nous payons aux Papes (1) 3,600,000
2°. Les droits des Officialités attribués aux Archevêques & Evêques (2). 2,800,000
3°. Les droits de baptême , de mariage , d'enterrement (3). . . 10,000,000
4°. Droits de Meſſes. 10,950,000
5°. Les économats. . . . . pour mémoire.
6°. Le produit net d'une lotterie. . . . . pour mémoire.
7°. Les aumônes des Citoyens. . . . . pour mémoire.
8°. La portion des biens des pauvres poſſédée par le Clergé , d'après le réſultat des Obſervations ſuivantes. 37,500,000

64,850,000

---

(1) Recherches faites par M. de Boullogne , en 1758. Collection des Comptes rendus.
(2) Idem.
(3) Idem , en 1758 , cet objet n'étoit arbitré qu'à 3,500,000 liv. : mais depuis cette époque il doit avoir triplé.

Dépense.

Dépenſe.

1°. *Liv. IVᵉ, Chap. XIX.* Dons & aumônes actuellement à la charge de la Nation, ci 4,239,852

2°. Les charges aſſignées ſur la Loterie Royale de France. *P. Mém.*

3°. Les droits d'entrée de Paris, qui ſe perçoivent au profit des hôpitaux, *id.* . . . . *pour mémoire.*

4°. Les ſecours néceſſaires à huit millions de Citoyens François qui ſont actuellement dans la miſere. . . . . . *pour mémoire.*

5°. Les ſecours néceſſaires à quarante mille familles de Citoyens François, que la réforme de l'impôt & la ceſſation de la contrebande laiſſeront momentanément preſque ſans reſſource.

Obſervations.

Exiſte-t-il en France un patrimoine des pauvres? Quel eſt le dépoſitaire de ce patrimoine? Quelle en eſt la véritable valeur? Quel doit en être l'emploi? C'eſt ce que je me propoſe de développer par ce Chapitre.

« J'ai traité des ſecours qu'il eſt indiſpenſable de procurer aux indigents (*dit le célebre M. le Trône, Liv. IX, Chap. XII, pag.* 299), & j'ai propoſé un impôt, comme l'unique moyen d'y pourvoir, ſi l'on ne veut pas y affecter des bénéfices. J'en ſçais cependant bien un autre, fondé ſur les Loix même de l'Egliſe; Loix qui, pour être un peu anciennes, n'en ſont pas moins reſpectables.

Nos peres ont doté l'Egliſe, & l'ont fait avec généroſité. Ce n'eſt pas leur faute ſi, par l'effet d'un partage trop inégal, tout ſe trouve aujourd'hui preſque d'un côté, & pas aſſez de l'autre, ſouvent pas même le néceſſaire étroit.

Tous les biens eccléſiaſtiques ſont reſtés en commun pendant bien des ſiecles. Les Canons en ordonnoient la diſtribution en quatre parts, dont une pour l'Evêque, une pour l'entretien du Clergé, une pour la réparation des Temples & les dépenſes du Service-Divin, & une pour les Pauvres. Ces Canons n'ont jamais été révoqués, & il feroit facile de citer bien des Capitulaires qui y ſont conformes.

Cette diſtribution des biens eccléſiaſtiques, uſitée dans l'Egliſe, a été adoptée par l'Egliſe de France auſſi-tôt qu'elle eſt devenue Chrétienne. On la voit formellement ordonnée ſous Clovis, par le premier Concile d'Orléans, & elle fut ſuivie conſtamment ſous la premiere race. Sans doute il arrivoit ſouvent que le partage n'étoit pas égal. Les abus particuliers ſont de tous les temps; mais ils ne préjudicient pas à la regle, & les Conciles qui ſe tenoient alors fréquemment, veilloient ſur l'exécution.

L'obſervation des Loix, fort négligée ſur la fin de la premiere race, fut remiſe en vigueur par Charlemagne. Les Parlements, compoſés des Evêques & Abbés, des Comtes & Barons, & des Sénateurs, formoient des eſpeces de

Conciles , qui régloient en même temps le gouvernement civil & la discipline ecclésiastique. Une des Loix le plus formellement renouvellées par les Capitulaires, fut le partage des revenus de l'Eglise en quatre parts, dont une toute entiere étoit attribuée aux Pauvres, fuivant la Décrétale du Pape Gélase, qui, fur la fin du cinquieme fiecle , en avoit fait une loi générale. On en trouve l'exécution renouvellée cinq fois dans les Capitulaires. Liv. 1 , c. 87 ; l. 7 , c. 152 , 227, 290; add. 4 , c. 94.

Malgré ce partage , qui n'avoit été fixé que pour obvier aux abus , & dont il n'étoit pas befoin dans les premiers fiecles , l'efprit de l'Eglife a toujours été & eft encore que tous fes biens font cenfés appartenir aux pauvres , fuivant les canons apoftoliques & le premier Concile d'Antioche , & que les Membres du Clergé n'aient droit d'en prendre leur part *qu'autant qu'ils font pauvres eux-mêmes , & à proportion de leurs befoins réels*. Rien de plus formel à ce fujet que le trente-unieme Canon du Concile de Paris , tenu en 829. « Quoique l'Evêque foit autorifé par les » Canons , dit-il , à s'approprier le quart des revenus eccléfiaftiques & des » oblations des Fideles , cependant , lorfqu'il eft affez riche de fon patrimoine, » il faut qu'il s'en contente. S'il n'a rien par lui-même , qu'il prenne de quoi » fatisfaire aux befoins d'une vraie néceffité, non aux defirs de la cupidité. Mais » s'il n'eft pas contraint par les circonftances à faire ufage de la portion qu'on » lui deftine , qu'il la remette *entiere* avec celles deftinées aux pauvres & aux » réparations des Eglifes ».

Ce partage qui affectoit le quart aux pauvres, étoit donc bien conftamment établi par les Loix canoniques & civiles. Jufques par-delà le neuvieme fiecle, tous les biens de chaque Diocèfe étoient en commun , & gouvernés en premier ordre par l'Archidiacre , qui rendoit compte de fa geftion à l'Evêque & à fon Confeil ; & fur cette maffe il étoit facile de prélever la part des pauvres. Cette difcipline s'eft changée peu-à-peu, non dans le droit , mais dans le fait , par l'ufage qui s'eft introduit de donner en bénéfice , c'eft-à-dire en ufufruit à vie , certaines portions des biens de l'Eglife , quelquefois à la charge d'une redevance à la maffe générale , & le plus fouvent fans redevance.

Cet ufage de donner les biens & bénéfices devint fi général, que la caiffe commune fut anéantie ; & ces conceffions, dont la jouiffance étoit d'abord attachée à la perfonne , furent peu-à-peu affectées aux titres & aux fonctions. Chaque titulaire devint adminiftrateur libre. Les parts furent très-inégales , mais tout fut partagé. La portion des pauvres difparut , & fut englobée dans cette divifion. La confcience de chaque titulaire fut chargée de la diftribution due aux pauvres. On a même fouvent été plus loin , & l'on a érigé en bénéfices des établiffements affectés uniquement aux pauvres des hofpices , des maladreries, des hôpitaux , &c. malgré le Droit public du Royaume exprimé dans l'article LXI des libertés de l'Eglife Gallicane, qui porte que *le Pape ne peut conférer ni unir*

les hôpitaux & autres lieux pieux du Royaume, & n'a lieu en ce la regle de pacificis
possessoribus.

Dans ce changement de la discipline, contre lequel les Loix ne cesseront de
réclamer, l'esprit de l'Eglise est toujours resté le même, & ne permet aux
Ecclésiastiques de s'attribuer les revenus qu'en qualité de pauvres, & autant
qu'ils en ont besoin.

Ce ne seroit certainement pas sur la part qui a été faite au Clergé du second
ordre qu'il faudroit demander un partage, encore moins sur la part destinée à
l'entretien des Temples, qui devroit même comprendre l'entretien des presbyteres. Mais il est une portion qui paroît avoir englobé plus du quart, puisque la
part des Ministres du second ordre n'est pas trop forte, qu'elle est même nulle
pour les Ecclésiastiques non Bénéficiers ; que celle des fabriques est souvent
très-modique, & ne consiste, en majeure partie, que dans un loyer indécent, &
que la part des pauvres se trouve nulle.

Nos Rois, qui sont les gardiens & les protecteurs des Canons, ne seroient-ils
pas fondés à en poursuivre l'exécution, à demander pour les Clercs non Bénéficiers
& pour les pauvres, un partage qui a toujours été dans l'intention de l'Eglise,
& à réclamer pour chaque Paroisse un fonds dotal suffisant pour l'entretien de
l'Eglise, en y comprenant le logement du Pasteur » ?

La prescription a-t-elle lieu en pareille matiere ? C'est ce que M. le Trône n'ose
décider ; mais les Etats-Généraux sont compétents pour juger cette importante
question, & nous pouvons nous flatter de voir bientôt les pauvres rentrer dans
la jouissance de leur patrimoine ; sans doute nous aurons encore le bonheur de
voir le vagabondage & la mendicité détruits, & tous les Citoyens François
heureux, ou du moins à portée de l'être.

Pour connoître au vrai la somme qui revient aux pauvres dans les biens de
l'Eglise, il faut constater quelle est la valeur des biens de l'Eglise, & quelle est
la proportion qui existe entre les quantités de terres possédées par le Clergé
(l'Ordre de Malthe excepté) & les autres Citoyens, nobles & roturiers.

M. Necker est le seul qui nous ait donné jusqu'aujourd'hui des notions justes
sur cet objet. Le Clergé de France, dit-il, T. II, Chap. IX, est établi sur les six
septiemes du territoire, c'est-à-dire 23,233 lieues quarrées, ayant une population
de 21,036,000 ames, & ses domaines sont dans la proportion d'un à cinq & trois
quarts, faisant quatre-vingt trois septiemes ; le Clergé étranger est établi sur un
septieme du territoire, c'est-à-dire 3,718 lieues quarrées, & 3,640,000 ames de
population ; ses domaines sont dans la proportion d'un à trois & à deux, faisant
cinq douziemes.

L'universalité du territoire national donne annuellement une reproduction,
en denrée, de la valeur de huit cents millions produit net, terme moyen &
tous frais de culture & faux-frais prélevés ; & de ces deux faits il résulte,

1°. que les six septiemes du territoire national, habité par le Clergé de France, donne une reproduction de 685,714,286, à raison de la somme de 800 millions produit net, de la reproduction nationale ; & le Clergé étant propriétaire d'un à cinq trois quarts, faisant quatre-vingt troisiemes, le revenu net de sa propriété s'élève à la somme de 124,472,049 liv. : 2°. le un septieme de produit net du territoire national, habité par le Clergé étranger, étant de 114,285,714 liv., & le Clergé étant propriétaire de cinq douziemes, le revenu net de sa propriété s'élève à la somme de 47,619,045 liv.; & ces deux sommes réunies, forment celle de 172,091,094 liv. de revenus du Clergé, en productions territoriales.

Cependant M. Necker n'arbitre qu'à 130 millions & plus, l'universalité des revenus territoriaux & seigneuriaux de tout le Clergé du Royaume, dont 40 à 45 millions composent les émoluments des Curés de Paroisses.

Il est à croire que cet Administrateur ne s'est point dissimulé combien il pouvoit être délicat, à l'époque où il a écrit, de lever un coin du voile qui couvre encore l'immensité des revenus du Clergé ; & sans doute, si l'on ne consultoit aujourd'hui que les préjugés qui militent en faveur des François dont les usurpations sont couvertes par la nuit des temps, on reconnoîtroit qu'il peut être dangereux de chercher à dévoiler certaines vérités ; mais loin de nous toutes les craintes pusillanimes, il n'y a plus de véritable danger qu'à ne pas aimer sincérement sa Patrie & son Roi.

Du tableau ci-dessus, il résulte que si la reproduction du territoire national s'éleve à 800 millions, tous frais de culture & faux-frais prélevés, le Clergé jouit annuellement d'un revenu territorial de 172,091,094 liv.; & si, comme paroît le présumer M. Necker, cette somme se trouvoit n'être que de 130 mill. & plus, la cause en est connue : elle consiste uniquement en ce que le Clergé n'afferme jamais ses domaines, sans soumettre les fermiers au paiement d'un pot-de-vin, le plus considérable qu'il peut exiger.

Cette somme devant être perdue pour le fermier, si le titulaire du bénéfice meurt dans le cours du bail, parce que le bail se trouve résilié de droit & de fait, puisque le nouveau titulaire a le droit de réaffermer le bénéfice, & par conséquent d'exiger un nouveau pot-de-vin, le prix principal de la ferme est toujours diminué proportionnellement à l'importance du pot-de-vin, & du danger plus ou moins évident que le fermier court de perdre ses avances.

Le Clergé possede encore une quantité de maisons, dont la valeur ne peut pas être soumise à la précision du calcul ; il est évident que, non compris les édifices publics nécessaires au culte, le Clergé jouit d'un revenu des plus importants, soit du prix des maisons ecclésiastiques qu'il occupe, soit de celles qu'il afferme ; & en prenant en considération que le produit net de la reproduction nationale est plutôt d'un milliard que de 800 millions, on peut arbitrer, sans crainte de tomber dans une erreur trop confidérable, que le revenu annuel du Clergé, en territoires & en maifons, s'éleve au moins à deux cents millions, & que fi ce revenu eft actuellement inférieur à cette fomme, c'eft uniquement par les abus de l'adminiftration des biens eccléfiaftiques ; & un des premiers devoirs de la puiffance publique, eft de rétablir le bon ordre dans cette partie effentielle d'un bon Gouvernement.

Le Clergé poffede auffi la dîme : la dîme, cette ancienne ufurpation faite fur nos peres ignorants & crédules. (1)

(1) « Carloman, frere de Pepin & oncle de Charlemagne ; avoit tenté le grand ouvrage de la réconciliation du Clergé & de la Nobleffe par l'établiffement des *précaires* ; c'eft-à-dire qu'en confidération des guerres étrangeres dont le Royaume étoit menacé de tous côtés, & des dépenfes extraordinaires des Seigneurs, on régla que les terres enlevées à l'Eglife fous la régence de Charles Martel, refteroient entre les mains des ravifteurs, qui paieroient un cens modique aux anciens propriétaires. Pour ne pas ôter toute efpérance aux Eccléfiaftiques, & leur laiffer cependant le temps de s'accoutumer peu-à-peu à leurs pertes ; on étoit convenu qu'ils rentreroient en poffeffion de leurs biens à la mort des ufufruitiers, à moins que les befoins de l'Etat n'obligeaffent à continuer les précaires. On avoit recommandé d'avoir fur-tout attention que les Eglifes & les Monafteres dépouillés ne manquaffent pas des chofes néceffaires, & on devoit même leur reftituer fur-le-champ leurs terres, s'ils ne pouvoient abfolument s'en paffer.

» Ce traité, dicté par la mauvaife foi, & fait pour établir la paix, n'avoit été propre qu'à perpétuer les divifions. Les Eccléfiaftiques prétendoient être toujours dans le cas où la reftitution devoit avoir lieu ; & les Seigneurs vouloient qu'il fût toujours de l'intérêt de l'Etat de renouveller les précaires. Les Monafteres expofoient leurs befoins, & la Nobleffe croyoit en avoir de plus grands. Ces querelles éternelles, & d'autant plus capables de produire d'extrêmes défordres, que la forme du Gouvernement donnoit plus de chaleur & d'activité aux efprits, furent enfin terminées par Charlemagne.

» On fit comprendre aux Evêques & aux Moines qu'il n'étoit pas raifonnable que, fous prétexte d'être les économes des pauvres, ils ruinaffent tous les Citoyens, poffédaffent toutes les terres, & vécuffent dans un luxe condamné par leurs maximes. On leur dit, fans doute, que Dieu méprife les richeffes, & n'eftime dans les offrandes que la pureté de cœur qui les accompagne & les préfente aux pieds des autels. La Nobleffe, perfuadée, de fon côté, que fes ufurpations avoient été injuftes, quoique les gens d'Eglife fuffent condamnables d'avoir abufé de la piété du Peuple pour fe faire des domaines immenfes, penfa que le moyen le moins propre pour légitimer fes nouvelles poffeffions, étoit d'aigrir & d'irriter fans ceffe le Clergé, dont les plaintes continuelles empêchoient qu'on ne pût enfin lui oppofer la Loi de la prefcription.

» On fit des facrifices de part & d'autre. Les anciens Canons, au fujet de la liberté dans les élections eccléfiaftiques, furent remis en vigueur, & Charlemagne renonça au privilege qu'on avoit accordé à Clothaire II, de nommer aux prélatures vacantes. On confola l'avarice du Clergé en flattant fa vanité ; on le combla d'honneurs, & on ne nomma aucune commiffion des Officiers appellés *Envoyés Royaux*, fans y mettre à la tête un ou deux Prélats. Par la célebre Ordonnance de 615, dont j'ai déjà fait connoître quelques articles en parlant de la révolution arrivée fous le regne de Clothaire II, les Evêques avoient fimplement obtenu que le Juge féculier ne connoîtroit point des différends que les Clercs auroient entr'eux en matiere civile, & qu'en matiere criminelle il ne pourroit les juger, à moins que le délit ne fût évidemment prouvé. Dans ce cas-là même, lorfque l'action

La dîme , ce premier fléau des campagnes , qui enleve au pauvre Cultivateur
le fruit le plus net de fes labeurs ;

seroit intentée contr'un Prêtre ou un Diacre , le procès devoit être inftruit felon les regles canoniques.
Les affaires entre les Clercs & les Laïcs devoient encore être jugées par un Tribunal mi-parti , compofé d'Eccléfiaftiques & de Séculiers ; & toute la prérogative des affranchis qui avoient obtenu leur
liberté par un acte paffé dans l'Eglife , fe bornoit à ne pouvoir être jugés par le Magiftrat laïc , fans
que l'Evêque ou fon délégué fût préfent au Jugement.

» Ces bornes , dans lefquelles la jurifdiction eccléfiaftique étoit refferrée , furent levées. Les Clercs
dans aucune occafion ne reconnurent d'autre Juge que leur Evêque ; & tout ce qui étoit fous la protection particuliere du Clergé , jouit du même avantage. On ordonna que les Comtes, les Juges
fubalternes & tout le Peuple obéiroient avec refpect aux Evêques. Les Juftices temporelles ou feigneu-
riales que les Eglifes poffédoient dans leurs terres , n'eurent pas une compétence moins étendue que
celle des autres Seigneurs , & leurs Juges condamnerent à mort. Enfin la Loi mit fpécialement fous
fa protection tous les biens & tous les privileges du Clergé.

» Les Seigneurs confentirent de contribuer aux réparations des Eglifes dont ils tenoient quelques
terres en forme de précaires , & de leur payer la dîme. Ils fe départirent même de mille droits onéreux
auxquels ils avoient affujetti les Prêtres de la campagne , fous prétexte de la protection qu'ils leur
accorderent dans les temps de défordre où les feigneuries fe formerent. Cette générofité piqua d'honneur les Evêques. Au lieu de prétendre encore que tous les biens que l'Eglife acquéroit par donation ,
par achat ou autrement , duffent être affranchis des redevances & des fervitudes dont ils étoient grevés , ils fe foumirent raifonnablement à ne plus acquérir aucune poffeffion fans en acquitter les
charges.

» Je ne mets pas au nombre des dédommagements que reçut le Clergé , le droit de lever la dîme fur
les fruits de la terre. Quoiqu'une foule de Chrétiens , fe croyant liée par les Loix des Juifs , regardât
dès-lors comme un devoir indifpenfable d'offrir à Dieu la dixieme partie de fes récoltes , je crois que
ces Chrétiens , par leur libéralité , faifoient un acte de piété , & n'acquittoient pas encore une dette
de Citoyen. Charlemagne put favorifer cette dévotion & en donner l'exemple ; mais on ne trouve dans
aucun de nos monuments qu'elle ait été convertie fous fon regne en tribut néceffaire. Si quelque Loi
eut parlé en faveur du Clergé , pourquoi ne fe feroit-il pas fervi de cette autorité pour exiger la perception d'un droit qu'il fe contentoit de prêcher ?

» On n'a recours à la fraude qu'au défaut d'un titre folide ; & les Moines fabriquerent groffiérement
une Lettre de Jéfus-Chrift aux Fideles , par laquelle le Sauveur menaçoit les Païens , les Sorciers, &
ceux qui ne paient pas la dîme , de frapper leurs champs de ftérilité , de les accabler d'infirmités , &
d'envoyer dans leurs maifons des ferpents aîlés , qui dévoreront le fein de leurs femmes. Les Eccléfiaftiques firent même intervenir le diable en leur faveur , & , violant toute regle de vraifemblance ,
le repréfenterent dans une Affemblée générale de la Nation , comme une efpece de Miffionnaire &
d'Apôtre , qui prenoit intérêt au falut des François , qui étoit fâché de les voir dans la route de la
damnation , & tâchoit chrétiennement de les rappeller à leur devoir par des châtiments falutaires. Ou-
vrez enfin les yeux , difoit le Clergé , & renoncez à une avarice criminelle qui vous jette dans la
mifere. C'eft le diable lui-même qui a caufé la derniere famine dont vous vous plaignez. C'eft lui-
même qui a dévoré les grains dans les épis. Il vous punit de vos péchés , n'en doutez pas , puifqu'il
l'a déclaré lui-même avec des hurlements affreux au milieu des campagnes. Sa rage ne s'appaifera
point , & il vous menace d'exercer encore le même châtiment fur les Chrétiens endurcis qui refufent de
payer la dîme ». *Mably* , Tome I , Livre II , p. 309.

L 2

La dîme, cet impôt défaftreux, qui, dans une partie du territoire, s'éleve à une fomme double de l'impôt national, & au quart du produit net de la reproduction de la terre (1) ;

La dîme, cet impôt fi difproportionnellement réparti fur la propriété territoriale, que la partie feule du territoire non-privilégié le paie prefqu'en totalité, quoique le culte public foit établi en faveur de tous les Citoyens ;

Eh bien ! la dîme perçue à un dixieme, fur la totalité de la reproduction nationale brut, s'éleveroit au moins à 200 millions par année, & en ne la comptant qu'à un vingtieme, fur la moitié de la reproduction, elle fera de 50 millions, que le pauvre Peuple paie, *à qui ?* A des Prieurs, à des Abbés, à des Docteurs, à des Evêques, &c. qui vont en faire des aumônes dans la Capitale.

Il exifte enfin un dernier revenu du Clergé : c'eft le cafuel, & on peut le claffer de la maniere fuivante.

1°. Droits d'annates dus à la Cour de Rome pour la premiere année des revenus des Evêchés, Abbayes & Prieurés, pour accorder les Bulles aux nouveaux pourvus ; droits de difpenfe de mariage entre proches parents, & autres droits dus à la Cour de Rome, évalués enfemble, année commune, 3,600,000 l. ; mais il convient de diftraire de cette fomme, celle qui provient du revenu des Evêchés, &c. & le refte de la contribution des Peuples peut être arbitré à deux millions, ci, ... 2,000,000

2°. Droits des Officialités, attribués aux Archevêques & Evêques, pour difpenfe de mariage entre parents au troifieme degré & au-delà, avec les droits de greffe defdites Officialités, évalués enfemble à. 2,800,000

3°. Droits de baptême, mariages & enterrements, avec ceux pour rendre le pain béni, lefquels font attribués aux Curés des Paroiffes, & qui, en 1758, n'étoient évalués qu'à 3,500,000 liv., & doivent être arbitrés actuellement à au moins 10 millions, fans y comprendre les pieufes inventions à la faveur defquelles on fous-tire encore une fomme immenfe au pauvre Peuple, foit en argent, foit en denrées, ci 10,000,000

4°. Droits de Meffes, à 80 mille par jour, dont environ 20 mille font de fondation & payées par des revenus de terres & maifons eccléfiaftiques ; refte 60 mille par jour, à 10 fous, prix moyen, font 30 mille liv. par jour, & pour l'année. 10,950,000

Le total du cafuel s'éleve donc à la fomme de 25,750,000 liv. que le Peuple paie au Clergé, & que le Clergé reçoit, quoiqu'il foit dit par l'Ecriture : *Gratis accepiftis, gratis date.* Il eft vraifemblable que fi l'Eglife, dans l'état actuel, tolere de pareilles rétributions, elle ne les regarde pas cependant comme formant

---

un droit exigible, mais plutôt comme des aumônes nécessaires à la subsistance des Ministres, depuis l'inégale distribution des biens ecclésiastiques.

L'ordre public exige donc impérieusement de pourvoir à la subsistance des Curés & de leurs Vicaires, parce qu'il est aussi immoral qu'impolitique que les Prêtres soient forcés de s'attribuer les offrandes que les Fideles sont censés ne faire à l'Eglise, que comme à la dépositaire & à l'économe du patrimoine des pauvres ; & si on laisse subsister le casuel, la caisse nationale des pauvres aura un revenu, année commune, de 25,750,000 liv.

Je ne porterai point, comme revenu du Clergé, le produit des droits féodaux qu'il possede. Le rachat de ces droits barbares pourra fournir les moyens de liquider sa dette.

Récapitulation.

1°. Revenus en biens de terres & maisons. . . . . . :   200,000,000

2°. Produit annuel de la dîme.   50,000,000

3°. Casuel.   25,750,000

                                275,750,000

Dans l'état actuel des choses, les revenus du Clergé font ou peuvent être de 275,750,000 liv. ; mais sur cette somme il existe une usurpation manifeste de 75,750,000 liv. provenant de la dîme & du casuel ; il faut donc supprimer la dîme, & donner le casuel aux pauvres. Il convient d'examiner si les 200 millions de revenus des propriétés de terres & de maisons peuvent suffire au Clergé, pour que le culte public continue d'être exercé avec la majesté convenable à la dignité du Roi & du Peuple François.

Les 200 millions de revenus du Clergé seront d'abord imposés au taux de la propriété de tous les autres Citoyens ; & supposons que ce soit à un cinquieme du produit net, le Clergé paiera donc 40 millions pour l'impôt national, ci   40,000,000

Supposons encore que l'impôt local pour l'universalité des frais d'administration des Communes, des Districts & des Provinces, honoraires des Magistrats & des Colleges nationaux, s'éleve à cinq f. par liv. de l'impôt national, le Clergé paiera, ci   10,000,000

                         Total,   50,000,000

Les impositions, tant nationales que locales, feront de 50 millions, qui réduiront le revenu net du Clergé à 150 millions, qui, divisés en quatre parts, donneront 37 millions 500 mille liv. pour les pauvres ; 37 millions 500 mille liv. pour les Archevêques, Evêques, & leur Chapitre ou Conseil ; 75 millions pour les Curés & les Vicaires : alors l'entretien des presbyteres sera à la charge de chaque Communauté d'habitans, dans le cas que cette somme de

75 millions fût entiérement abforbée par les honoraires de cette claffe vraiment précieufe des Miniftres des Autels.

Il exifte dans le Royaume 140 tant Archevêchés qu'Evêchés, & autant de Chapitres néceffaires pour fervir de Confeil aux Archevêques & Evêques.

Trente-fept millions 500 mille livres divifés par 140, donnent 267,857 liv.; dont 133,978 liv. 10 f. pour chaque Archevêque & Evêque, & autant pour les honoraires des Membres de leurs Chapitres, qui, fuppofés au nombre de trente, jouiroient d'un revenu de 4,466 liv. chacun (1).

Mais la fomme de 133,978 liv. 10 f. fera encore un honoraire exorbitant pour les Archevêques & Evêques, lorfque les pauvres jouiront de leur patrimoine, & que ces dignités deviendront uniquement la récompenfe des vertus & des travaux apoftoliques des Curés ; il eft évident qu'on trouvera encore fur cette fomme environ 100,000 liv., pour inftruire gratuitement les jeunes Prêtres de chaque Diocefe : alors chaque Archevêque & Evêque auroit 33,978 liv. d'honoraires.

Mais il convient encore d'obferver que le nombre de 140 Archevêchés & Evêchés peut facilement être réduit de moitié par des réunions qui ne nuiront en rien au culte public, & l'on aura environ 15 millions pour pourvoir au néceffaire de toutes les Congrégations monaftiques qu'il pourra être utile de conferver pour le bien de la Nation.

Il exifte dans le Royaume environ 34,400 Cures & Paroiffes, & 4600 Annexes ; total, 39,000, qui, par des réunions, peuvent facilement être réduites d'un tiers ; & les 26,000 ayant 75 millions de dotation, donneroient 2,880 liv. par Paroiffe, dont 1,800 liv. au Curé, 1000 l. au Vicaire, & 80 l. pour le Clerc. On obfervera avec raifon que les Cures des Villes exigent un traitement un peu plus fort, en faveur des Curés & Vicaires, que celles des campagnes. Mais ce n'eft ici qu'un terme moyen ; & en diminuant de 100 liv. les Cures des Villages, en faveur de celles des Villes, la proportion feroit rétablie ; il en eft de même au fujet des Vicaires. Il en faut plufieurs dans les Villes ; il n'en faut point ou prefque point dans les campagnes, tout fe trouveroit compenfé ; & les Paroiffes qui voudroient un nombre de Vicaires plus que fuffifant, les entretiendroient à leurs frais, fans qu'elles puffent en prendre les fonds fur la caiffe nationale des pauvres.

C'eft ici le cas d'obferver que fi la régularité du culte public exige de conferver les treize mille Paroiffes qu'on pourroit réunir, il eft néceffaire de les doter d'une maniere convenable ; & au lieu d'avoir recours à la dîme, il eft évident que le culte étant établi pour le bien & pour l'utilité de tous, chacun

---

(1) Ces places pourroient fervir de retraite aux anciens Curés qui ne parviendroient pas à l'Epifcopat.

doit contribuer en particulier à raison de sa propriété ; & s'il faut encore 20 à 30 millions pour faire vivre les Prêtres dans une honnête aisance, cette somme doit être prise par addition à l'impôt national.

Les pauvres peuvent donc jouir d'un patrimoine effectif de 37,500,000 liv. qui leur appartient des revenus eccléfiastiques ; le casuel pourra leur être attribué , & c'est un objet d'environ 25 millions ; on pourra encore établir une loterie en leur faveur , & ces sommes réunies aux aumônes publiques & particulieres des Citoyens & aux biens patrimoniaux des hôpitaux , donneront à coup sûr une somme annuelle d'environ 90 à 100 millions , & plus.

M. le Trône ayant traité , *Liv. IX , Chap. XII* , la maniere de fournir des secours aux indigents , je me bornerai à observer que le patrimoine des pauvres étant administré , à l'avenir , par les Curés des Paroisses & par les Officiers Municipaux de chaque Commune , bientôt le vagabondage & la mendicité disparoîtroient entiérement du Royaume. L'administration du bien des pauvres seroit publique : elle se diviseroit naturellement en quatre branches , Hôpitaux pour les Malades & les vieillards indigents , Hospice pour les Enfants-Trouvés , Hospice d'éducation pour tous les enfants que les peres déclareroient ne pouvoir pas nourrir ; Attelier de charité pour tous les individus qui demanderoient du travail.

Chaque Commune rendroit son compte à l'Affemblée du District ; chaque District compteroit pardevant les Etats-Provinciaux , & les Députés de ces auguftes Affemblées porteroient annuellement au pied du trône du Pere de la Patrie le tableau de l'administration du bien des pauvres.

C'est alors que le Roi pourra vraiment connoître quels sont les moyens que sa follicitude paternelle doit employer pour venir au secours de tous ses Sujets malheureux : le Roi est le pere de son Peuple , mais sa bienveillance doit s'étendre plus particuliérement sur la claffe indigente de ses Sujets que sur toutes les autres.

Cette grande opération ne peut pas être l'ouvrage d'un jour , ni d'une année ; il ne seroit même pas convenable de priver de la jouiffance du produit de la dîme , ceux d'entre les Membres du Clergé qui en sont actuellement propriétaires , & qui ne voudroient pas en faire l'abandon aux pauvres.

Il faudra peut-être vingt à trente années pour confommer ce grand ouvrage , mais trente années ne font rien dans la durée des fiecles de la vie d'un Peuple : en fupprimant la dîme dès aujourd'hui , on pourra conferver le même revenu aux titulaires ; & lorfqu'il faudra donner tous les développements néceffaires pour affurer l'exécution de ce projet , je fuis prêt.

Dignes fucceffeurs des Apôtres , vénérables Evêques , refpectables Curés qui fiégez parmi les Députés d'un grand Peuple , c'est pour vous que j'ai écrit ce Chapitre. Vous nous devez l'exemple des mœurs & de la plus éminente de toutes les vertus , la charité chrétienne ; vous ferez comptables à Dieu & à la Religion , dont vous êtes les Miniftres ; vous ferez comptables au Roi , dont vous êtes les fideles Sujets ; vous ferez comptables à la Patrie, dont vous êtes les enfants ; vous ferez comptables enfin à vos Concitoyens, dont vous êtes les freres ; & à la poftérité de vingt-quatre millions d'hommes, de tout le bien que vous pouvez leur faire , & que vous ne leur aurez pas fait.

Votre deftinée eft dans vos mains, & votre nom va obtenir le refpect, ou exciter l'exécration de la race préfente & future.

CHAPITRE QUATRIEME.

Caiffe d'amortiffement de la Dette Nationale , & deftination de fonds à cet effet.

1°. Excédent fixe du revenu national fur les dépenfes........... 26,248,167	Liv. 4, réfultat général.

2°. Le bénéfice revenant au Roi fur les profits connus du dernier bail des Fermes-Générales............................. 2,460,000

3°. Le recouvrement de la créance fur les Etats-Unis de l'Amérique 1,600,000

4°. L'extinction progreffive des rentes viageres dont le capital ne fera pas rembourfé........................... *pour mémoire.*

5°. Les 7,000,000 de réduction progreffive fur les penfions , *id....*

6°. Les produits excédents des impôts exercés par une Compagnie d'Adminiftrateurs, *id....................................*

7°. Les 300 millions, environ, qui feront recouvrés par l'aliénation des cens & rentes, des lods-&-ventes, des francs-fiefs, des fous pour livres des domaines engagés, &c. *id...................*

8°. Le produit de la vente des terres & forêts domaniales, fi elle a lieu, *id...*

9°. Les bonifications qu'on pourra faire fur les dépenfes des Départements, & fur le produit des divers impôts fur lefquels on n'a propofé aucun changement, *id....................................*

Premier fonds fixe.................................... 30,308,167

10°. Second fonds par l'Article VI du préfent Projet de Loi........ 35,000,000

65,308,167

PROJET DE LOI
ÉTATS-GÉNÉRAUX.

Le Roi & l'Affemblée des Etats ayant confidéré,

« Que la dette publique comprend toutes les rentes perpétuelles & viageres, conftituées en contrats fous le regne de LOUIS XVI & des Rois fes prédéceffeurs, jufqu'à ce jour ; enfuite toutes les créances chirographaires, foit en loteries, dont le remboursement eft indiqué, foit en *récépiffés* du Tréfor royal, billets de loteries, affignations portant intérêts, affignations fur les recettes, &c. ; enfin les paiements arriérés de tous les effets à ordre ou au porteur qui fe trouvent fufpendus depuis le mois d'Août 1788, & le folde des dépenfes ordinaires de l'Armée, de la Marine, de la Maifon du Roi, & des différents Départements ;

» Que cette dette eft légitime, parce qu'elle a été contractée par un engagement fimple & revêtu du fceau légal, confacré par l'ufage de plufieurs fiecles, & qu'en conféquence une réduction de la dette feroit une iniquité nationale contraire à tous les principes ;

» Que les créances fur la Nation font une propriété facrée, & qu'elles font impofables proportionnellement à toutes les propriétés fous la protection de la Loi ;

» Que pour ranimer la confiance & réaffermir le crédit, il faut claffer les différentes natures de dettes, les confolider par le fceau national, & établir fur des fondements inébranlables le paiement des rentes & l'amortiffement fucceffif des capitaux conftitués ;

» Que les emprunts faits fous le préfent regne font anti-fociaux & anti-économiques fous tous les rapports, & qu'entr'autres effets immoraux & impolitiques, ils ont produit un agiotage funefte par la cupidité qui a été excitée, tantôt en recevant des fonds à 10 pour 100 placés en viagers combinés fur trente têtes choifies, & tantôt à 10 pour 100 fur une tête, quoiqu'il faille quarante-cinq ans, terme moyen, pour éteindre le premier ; & trente-quatre ans pour le fecond, lorfqu'il ne faut que quatorze ans pour rembourfer une fomme empruntée à 5 pour 100, & que chaque année on fait le remboursement d'une fomme égale à celle que l'on paie en intérêts du capital ainfi emprunté ;

» Que ces emprunts, quoique très-nuifibles par le taux exceffif & par la durée de l'intérêt, font cependant auffi facrés que toutes les autres parties de la dette, & qu'on ne peut confidérer comme légal, que le rembourfement du capital primitif, fourni par le propriétaire de la rente, fur le pied de la fomme exprimée par le contrat, fans qu'on puiffe faire de compenfation fur l'intérêt déjà payé, quelque exceffif qu'il ait été ;

» Que tous les effets au porteur, quittances de finances, billets de loteries, billets des Compagnies, affignations fur les recettes, & tous les effets compris dans la fufpenfion d'Août 1788 , peuvent momentanément être convertis en promeffes de paffer contrats, portant 5 pour 100 d'intérêts réunis au capital jufqu'au premier Janvier 1790 , de maniere que le premier femeftre de l'intérêt , exigible en argent, feroit au premier Juillet de ladite année, & que tous les créanciers qui voudroient être rembourfés , auroient privilege fur les premiers fonds libres de la caiffe d'amortiffement , par ordre de date de leur créance ;

» Que toute la dette arriérée , foit en effets exigibles , foit en créances fur les différents départements , peut être également liquidée en promeffes de paffer contrats portant 5 pour 100 d'intérêt , à dater du premier Janvier 1790 , en foumettant la caiffe d'amortiffement à rembourfer , par privilege , ceux des créanciers qui voudroient réalifer en argent la fomme de leurs capitaux ;

» Que par le moyen de la confolidation générale de la dette , & à dater du premier Janvier 1790 , tous les Départements n'auroient qu'une année à recevoir & une année à payer ;

» Qu'il eft néceffaire , pour rétablir l'ordre dans la comptabilité , de fixer le recouvrement de l'impôt national , année par année , conformément aux époques des dépenfes qui feront affignées fur les revenus ;

» Que cette opération exige impérieufement de venir au fecours de la claffe indigente de la Nation , & de lui accorder la remife de l'arriéré , s'élevant à la fomme d'environ 80 millions pour l'impôt réel , & de 20 millions pour l'impôt indirect ;

» Qu'il eft jufte de liquider toutes les rentes qui fe trouveront arriérées à l'époque du premier Janvier 1790 , & que la fomme n'en eft pas parfaitement connue aujourd'hui , & doit être arbitrée à environ 100 millions ;

» Qu'il faut détruire pour jamais tout foyer d'agiotage préfent & à venir , ainfi que tout papier-monnoie qui peut être répandu outre mefure à la volonté d'une Compagnie , & qui peut par-là porter atteinte à la confiance publique , & troubler les rapports de l'intérêt de l'argent avec la quantité de numéraire effectif qui exifte ;

» Qu'il eft indifpenfable de faire procéder à la liquidation des affaires de cette banque anti-politique , connue fous le nom de *Caiffe d'efcompte* , & de lui rembourfer les quatre-vingt-quinze millions qu'elle a prêtés à l'Etat ;

» Que s'il fe trouve néceffaire de laiffer fubfifter une certaine quantité de papier-monnoie , ce doit être entiérement & exclufivement au profit de la Nation , & en l'amortiffant à fur & à mefure que l'argent peutfuffire aux vrais befoins nationaux ;

» Qu'il eft d'une faine politique d'avoir toujours un emprunt ouvert pour recevoir des fonds à bas intérêts , & amortir les capitaux les plus onéreux ;

» Que la juftice nationale doit s'étendre jufqu'à recevoir par préférence dans fes caiffes & mettre fous fa fauve-garde , la fortune des veuves , des orphelins , des mineurs & autres protégés par la Loi ».

Par toutes ces caufes & autres , le Roi ayant accordé fa fanction royale aux Articles délibérés par les Etats-Généraux , la Loi veut & ordonne à jamais ;

ARTICLE PREMIER.

La dépense nationale sera divisée en deux Départements principaux, à dater du premier Janvier 1790.

ART. II.

Le premier comprendra la dépense de tous les Départements de la Maison du Roi, de l'Armée, de la Marine, des travaux publics, des pensions, &c. montant à.................& le paiement de cette somme sera assigné sur la partie des impositions nationales, qui seront abonnées avec les Provinces qui verseront annuellement au Trésor royal, & aux époques convenues, la partie desdites impositions qu'on ne leur aura pas indiqué de payer dans la Province même pour le service des Départements.

ART. III.

L'excédent des impositions abonnées avec les Provinces, toutes les autres branches de revenu national, & le produit de la vente de tous les droits féodaux, & terres & forêts domaniales dans la main du Roi, formeront le second Département principal, qui comprendra, d'une part, le paiement des rentes; & de l'autre, l'amortissement de la dette.

ART. IV.

Toutes les dettes de l'Etat seront divisées en deux Chapitres, dont un pour les rentes viageres, & l'autre pour les rentes perpétuelles. Ces deux sommes réunies formeront le Département des rentes; & l'excédent de revenu qui restera annuellement de libre, sera irrévocablement consacré au remboursement des capitaux, ainsi que le produit de la vente des domaines dans la main du Roi.

ART. V.

Toutes les créances sur le Roi, consistant en effets à ordre ou au porteur, billets des Fermes, assignations sur les recettes & sommes formant le cautionnement des Compagnies de finances actuellement existantes, seront converties en promesses de passer contrats portant 5 pour 100 d'intérêt soumis à toutes les impositions nationales, & toutes lesdites promesses, numérotées par ordre de date, porteront privilege en faveur des créanciers, pour être remboursées sur le pied de la valeur numérique exprimée par la promesse, & des premiers deniers disponibles par la caisse des amortissements, par ordre de date des créances, & chaque jour les papiers publics annonceront les fonds qui seront entrés dans la caisse, & le numéro du capital dernier remboursé.

ART. VI.

A R T. V I.

Quoique les rentes viageres s'éteignent progreffivement, le rétabliffement de l'ordre exige impérieufement de rembourfer le fonds capital de toutes les rentes viageres placées fur trente têtes choifies, & enfuite fur toutes les têtes au-deffous de l'âge de trente-cinq ans; & comme depuis l'an 1771 il exifte pour 80 millions de rentes ainfi conftituées, il y en aura environ 70 millions dont le capital, s'élevant à 700 millions, fera rembourfé en promeffe de paffer contrats à 5 pour 100 d'intérêt, foumis à toutes les impofitions nationales; & l'intérêt étant réduit à 35 millions, la Nation employera les autres 35 millions à l'extinction annuelle des capitaux, & elle aura ainfi gagné, en quatorze ans, 70 millions de rente, lorfque dans l'ordre actuel des chofes, elle jouiroit à peine de 18 à 20 millions de bonification dans le même période de temps. Les créanciers feront privilégiés fur tous les deniers de la caiffe des amortiffements, pour être rembourfés comme par l'article précédent.

A R T. V I I.

Le Chef qui fera chargé de la caiffe des amortiffements, tiendra deux regiftres fur lefquels on portera également en charge toutes les fommes qui feront verfées à cette caiffe par le Département, & les capitaux qu'on aura rachetés avec lefdits fonds; & le compte en fera rendu public, par la voie de l'impreffion, à la fin de chaque femaine.

A R T. V I I I.

Aucun rachat ne pourra fe faire que par l'entremife d'un Agent-de-change, qui tranfcrira fon bordereau fur un des regiftres, pour conftater le prix des capitaux vendus par le propriétaire & rachetés par l'Etat.

A R T. I X.

Tous les ans un des regiftres contenant la fomme reçue dans l'année par la caiffe d'amortiffement, & la fomme des capitaux rembourfés, avec tous les titres conftitutifs bâtonnés, coupés & enliaffés, feront remis aux Magiftrats Municipaux de la ville de Paris, (première Commune de France entre fes égales) lefdits Magiftrats en drefferont procès - verbal, qu'ils auront l'honneur de préfenter à Sa Majefté le Roi du Peuple François, & ils en dépoferont toutes les pieces originales au Greffe des Etats-Généraux.

A R T. X.

Lorfque la caiffe des amortiffements aura fatisfait à la requifition de paiement de tous les créanciers privilégiés, elle rachetera de préférence les créances qui perdront le plus en capital & en intérêt, & elle fera foumife à repréfenter les

Y

quittances & décharges visées & contrôlées par un Secretaire *ad hoc* , indépen-
damment des quittances des Notaires , sur les capitaux grevés d'hypotheques &
des bordereaux des Agents-de-change.

A R T. X I.

Le Département tiendra toujours ouvert un emprunt volontaire , à quatre &
demi pour cent , soumis à toutes les impositions nationales , dont les capitaux
seront versés à la caisse des amortissements , pour racheter les créances sur
l'Etat portant plus fort intérêt.

A R T. X I I.

Tout propriétaire de contrats de la dette nationale , dont l'intérêt représentera le
principal à 5 pour 100 , pourra se ranger dans la nouvelle création des contrats
à quatre & demi pour cent , en rapportant les titres liquidés ; & les Commissaires
nommés à cet effet par les Etats-Généraux , lui délivreront un *récépissé* pour passer
contrat chez les Notaires de Paris , au choix du prêteur.

A R T. X I I I.

Le premier contrat sera coté numéro I , & ainsi de suite par ordre de numéros,
jusqu'à la somme de capitaux faisant 100 millions , & portant 4,500,000 livres
d'intérêts soumis à toutes les impositions nationales.

A R T. X I V.

Il sera créé un payeur de rente numéro I , dont le choix tombera de préférence
sur un des membres des payeurs actuels.

A R T. X V.

Chaque payeur de rente versera un million de fonds , en argent , dans la caisse
des amortissements , ou déposera pour la même valeur en contrats sur la Nation,
& portant 5 pour 100 d'intérêt soumis à l'imposition nationale ; il retiendra
par ses mains l'intérêt à chaque semestre. Cette somme lui servira de caution ,
pour répondre à l'Etat , de la confiance qu'il lui accordera.

A R T. X V I.

Les honoraires des payeurs de rentes seront fixés à la somme de 15 mille liv.
tous frais faits ; il leur sera accordé la marque honorable de mettre devant
leurs hôtels des écussons portant les armes de France , & ayant pour légende :
DETTE NATIONALE , Payeur , numéro 1 , & ainsi de suite , par numéro.

A R T. X V I I.

Le paiement des rentes sera continué suivant l'ordre actuel , & les fonds de chaque année feront faits au premier jour des mois de Juillet & dernier jour des mois de Décembre de chaque année.

Art. XVIII.

Le fecond payeur & les fuivants feront les mêmes fonds d'avance, ils auront les mêmes traitements & honorifiques que le premier par ordre de numéro; de forte que chaque numéro repréfentera la fomme de 100 millions de fonds capital, portant 4,500,000 liv. d'intérêt, conftitués & payés comme ceux du numéro 1, & le-même ordre fera fuivi jufqu'à ce que la dette actuelle foit entiérement amortie, ou reconftituée.

Art. XIX.

Toutes les prononciations judiciaires pour le cas de tutelle, minorité, abfence, douaires, préciput & autres où la Loi ordonne le placement, feront verfées dans la caiffe d'emprunt pour conftituer un contrat perpétuel au nom de l'individu protégé par la Juftice, & les fommes provenant defdites prononciations, feront verfées à la caiffe des amortiffements.

Art. XX.

Tout étranger, regnicole ou Citoyen, de quelque état & profeffion qu'il foit, pourra verfer fon argent dans la caiffe de l'emprunt, pour recevoir des contrats à quatre & demi pour 100 d'intérêt, & ledit argent fera verfé à la caiffe des amortiffements.

Art. XXI.

Toutes les fommes qui doivent être dépofées à la caiffe des hypotheques, chez les Notaires, dans les Greffes ou chez les Particuliers, feront dépofées à la caiffe des amortiffements, pour être employées au rachat des créances fur l'Etat; & il en fera délivré un *récépiffé* portant 2 pour 100 d'intérêt au profit de celui auquel la Loi attribuera le rembourfement du capital & intérêt, en faifant remife du *récépiffé* duement acquitté.

Art. XXII.

Lorfque la dette actuelle fe trouvera liquidée & reconftituée, ou qu'il n'y aura plus de bénéfice pour l'Etat à racheter les anciennes créances, on baiffera l'intérêt de l'argent à 4 pour 100, toujours fujet à toutes les impofitions natio-nales, & l'on commencera à rembourfer le payeur dernier en exercice, de maniere que les créanciers du payeur, numéro 1, foient les derniers à être rembourfés; & ils recevront ainfi la récompenfe de la confiance qu'ils auront accordée à la Nation. Le taux de l'intérêt fera fucceffivement baiffé de demi pour 100, à chaque reconftitution entiere de la dette, jufqu'à ce qu'elle fe trouve totalement amortie.

ART. XXIII.

Toutes les sommes provenant de la vente des droits féodaux dans la main du Roi, seront versées en totalité à la caisse des amortissements.

ART. XXIV.

Toutes les sommes provenant de la vente des terres & forêts domaniales, seront versées en totalité à la caisse des amortissements.

ART. XXV.

Toutes les sommes provenant de la vente des immeubles appartenants au Roi, & dont jouissent gratuitement divers Particuliers ou les Compagnies de finance qui seront supprimées, seront versées en totalité à la caisse des amortissements.

ART. XXVI.

Toutes les sommes qui seront consignées dans les mains du Roi, pour fonds d'avance ou cautionnement des Compagnies de finance, seront à l'avenir versées en totalité à la caisse des amortissements ; & les fonds d'avance des Compagnies qui seront supprimées à présent ou à l'avenir, seront remboursés aux créanciers, des premiers fonds qui seront versés à ladite caisse, à dater du jour où le compte desdites Compagnies sera liquidé, & qu'elles pourront justifier avoir cessé d'être comptables des deniers nationaux.

ART. XXVII.

La finance de toutes les charges & offices est comprise dans la dette, & sera successivement remboursée par les fonds déjà destinés à cet effet ; & la caisse des amortissements sera autorisée à racheter, par anticipation, celles desdites créances que les Propriétaires voudront vendre aux prix du cours des autres créances sur l'Etat.

ART. XXVIII.

Toutes les pensions dont jouissent les histrions, & autres personnes qui, pour tout mérite, n'ont eu que l'*astuce* de surprendre la religion du Roi & des Ministres, seront converties en contrats, dont la somme sera réglée par une Commission des Etats-Généraux, & lesdits contrats seront rachetables par la caisse des amortissements ; toutes les pensions qui se trouveront avoir été accordées au vrai mérite & aux services rendus à la Patrie par les Militaires & par les Sçavants, seront rétablies sans aucune retenue, & le tableau en sera rendu public, par la voie de l'impression, avec les motifs honorables de la grace ainsi accordée.

Art. XXIX.

Tous les droits féodaux, autres que ceux possédés par le Clergé (1) , qui se trouveront n'avoir pas été rachetés par les redevables dans l'espace de dix ans , & lorsqu'il sera constaté que c'est pour cause d'impuissance , seront rachetés par la caisse des amortissemens , & pour compte de la Nation, sur le pied du tarif qui sera dressé à ce sujet par les Etats-Généraux ; par ce moyen aucun Propriétaire desdits droits ne pourra légalement se plaindre de la violation du droit sacré de la propriété.

Art. XXX.

Pour rétablir l'ordre dans toutes les parties , & pour le consolider à jamais en accordant la remise de 100 millions sur les recettes arriérées , & pour trouver 100 autres millions nécessaires pour solder tout l'arriéré des rentes jusqu'au premier Janvier 1790 , & finalement pour rembourser les 95 millions dus à la caisse d'escompte, ladite caisse sera éteinte & supprimée, & la somme de 95 millions lui sera payée par le Trésor royal , après qu'elle aura fait apparoître de la liquidation de toutes ses affaires, sans aucune perte pour ses créanciers, lesdits 95 millions servant d'hypotheque à la confiance publique ; & la Nation a créé , établi & mis en circulation une somme de 300 millions de *billets nationaux comptans au porteur* , de la somme de 1000 liv. chaque , cotés numéro 1 à 300,000 , & paraphés par des Commissaires nommés *ad hoc* par les Etats-Généraux.

Art. XXXI.

Ces billets auront cours dans tout le Royaume, sans que jamais & dans aucun cas les caisses royales puissent refuser de les convertir en argent à la premiere requisition des porteurs ; & dans le cas où il ne se trouveroit pas de l'argent en caisse , le porteur desdits effets aura privilege sur les premiers fonds qui entreront auxdites caisses, & toute contestation à ce sujet sera attribuée de droit aux Juges ordinaires des lieux.

Art. XXXII.

Toute personne qui aura mis en circulation des billets-monnoie, autres que ceux créés par les Etats-Généraux , sera poursuivie pour crime de faux-monnoyage & assujettie aux Tribunaux qui devront en connoître , & punie suivant la rigueur des Ordonnances.

---

(1) Les droits féodaux , dans la main du Clergé , seront vendus par la Nation, pour opérer la liquidation de la dette du Clergé ; & on donnera quittance gratuite à ceux des redevables auxquels leur faculté ne permettra pas de se libérer.

Ａ ʀ ᴛ. Ｘ Ｘ Ｘ Ｉ Ｉ Ｉ.

A chaque tenue d'Etats-Généraux , les billets · monnoie feront renouvellés d'un mode différent , & la quantité en fera réduite conformément au décret des Etats , qui autorifera la caiffe des amortiffements à en échanger contre le numéraire effectif ; les billets perdus · feront au profit de la caiffe nationale des pauvres , & la fomme en fera proportionnellement diftribuée entre les Provinces.

CHAPITRE CINQUIEME.

Réfultat général de l'Ouvrage relativement à l'Impôt national.

Diminution de la fomme d'impofitions 38,672,607 l.	L. 1 & 2. L'ancienne contribution des Peuples étoit de.........	522,253,238
	Liv. 3.. La nouvelle contribution des Peuples fera de.........	483,576,631
	Réfultat. La diminution de contribution nationale fera de......	38,672,607
Bonification fur les frais de recouvrement. 75,377,855 l.	L. 1 & 2. Les frais de recouvrement, indemnités & gafpillages de l'ancienne contribution des Peuples étoient de.....	105,954,486
	Liv. 3.. Les frais de recouvrement de la nouvelle contribution des Peuples fera de.............................	30,576,631
	Réfultat. La bonification fera de...........................	75,377,855
Augmentation de revenu net. 36,701,248 l.	L. 1 & 2. Le produit net de l'ancienne contribution des Peuples étoit de.................................	416,298,752
	Liv. 3.. Le produit net de la nouvelle contribution des Peuples fera de.................................	453,000,000
	Réfultat. L'augmentation de revenu net fera de............	36,701,248
Diminution de dépenfe. 163,576,897 l. Déficit, 160,737,492 l. Excédent, 2,839,405 l.	Liv. 4.. La dépenfe nationale étoit de....................	633,153,041
	Id..... Le revenu national, en fixation de produit , étoit de 463,311,284 liv. , & avec les rentrées des objets divers, il étoit de...........................	472,415,549
	Id..... Le déficit étoit de.........................	160,737,492
	Id..... La nouvelle dépenfe nationale eft bonifiée , 1°. Par la confolidation de la dette, une bonification d'intérêt de.......... 3,860,000 2°. Par la contribution aux charges publiques , les propriétaires rentiers paieront...................... 43,115,036	46,975,036

Déficit de l'autre part...................... 160,737,492

<table>
<tr><td></td><td>Bonification , fuite de l'autre part.... 46,975,036</td><td></td></tr>
</table>

<table>
<tr><td rowspan="4">Suite de la dimi-
nution de dépenfe.</td><td>3°. Par les remboufements fufpendus
& portés à la caiffe des amortiffements
de la dette...................... 76,946,331</td><td rowspan="4">163,576,897</td></tr>
<tr><td>4°. Par les économies fur les dépenfes ,
ou par les dépenfes affignées fur de
nouveaux revenus................. 39,655,530</td></tr>
</table>

Excédent de re-
nu annuel.
26,751,833 l.

Id..... La bonification de diminution de dépenfe nationale ,
en fus du déficit , eft de...................... 2,839,405

Liv. 3.. Le produit net du revenu national fera de.......... 453,000,000

Liv. 4.. Les dépenfes nationales feront de.................. 426,751,833

Réfultat. L'excédent de revenu national fera de............. 26,751,833

Premiers fonds de
caiffe d'amortiffe-
ment,
65,811,833 l.

Liv. 5.. Le premier fonds fixe de la caiffe nationale d'amortiffe-
ment de la dette fera ,

1°. L'excédent de revenu fur les dépenfes, ci........ 26,751,833

2°. La reconfiitution de 70 millions de rentes viageres,
(Voyez le Projet de Loi, Ch. IV du préfent Livre) ci. 35,000,000

3°. Le bénéfice revenant au Roi, fur les profits connus
du dernier bail des Fermes-Générales, ci.......... 2,460,000

Seconds fonds ,
pour divers pour
amoire.

4°. Le recouvrement de la créance fur les Etats-Unis
de l'Amérique, ci.......................... 1,600,000

5°. Objets divers , & rentrées extraordinaires, pour M. ....

65,811,833

CHAPITRE SIXIEME ET DERNIER.

Apperçu de la Contribution générale des Peuples.

<table>
<tr><td></td><td></td><td>Totalité
de la contribution
des Peuples.</td></tr>
<tr><td>Liv. 1 & 2 de cet
ouvrage.</td><td>L'impôt national , les frais de recouvrement des impôts du
Livre premier, compenfés avec les revenus territoriaux. . . . . .</td><td>522,000,000</td></tr>
<tr><td rowspan="2">L'impôt
local (1),</td><td>Frais d'adminiftration intérieure , & dépenfe ordinaire
à la charge de chaque Commune, de chaque Diftrict &
de chaque Province, pour 40 mille Villes, Bourgs
& Paroiffes , arbitrés à 1000 liv. un dans l'autre. . .</td><td>40,000,000</td></tr>
<tr><td>Frais d'adminiftration extraordinaire , pour corvées ou
impofitions qui en tiennent lieu; ouvrages publics ,
entretien des bâtards , & autres objets majeurs à la
charge des Communes & des Provinces, à environ
1,500 liv. par Commune, ci. . . . .</td><td>60,000,000</td></tr>
<tr><td></td><td></td><td>622,000,000</td></tr>
</table>

	Totalité de la contribution des Peuples.
Suite de l'autre part.	622,000,000
Frais de procédures, contraintes, amendes & faisies pour le recouvrement des impôts (2).	34,000,000
Milices (3), environ.	15,000,000
Logement des Gens de guerre (4).	5,000,000
Impôt in- direct (5), { Par la contrebande, en augmentation du prix naturel des denrées & marchandises.	35,000,000
Transactions secretes entre les employés au recouvrement des impôts indirects, & entre les redevables & contrebandiers.	15,000,000
Adminis- trat. de la Justice (6), { Epices & droits de Greffe des Cours souveraines & royales.	42,000,000
Honoraires des Avocats, des Procureurs & des Huissiers; étrennes aux Secretaires & présents. . .	84,000,000
1°. La dime ecclésiastique (7).	50,000,000
2°. La partie des droits d'annates, pour dispenses de mariage & autres à la charge des Peuples (8).	2,000,000
3°. Droits des Officialités, attribués aux Archevêques & Evêques, &c. (9).	2,800,000
Usurpa- tions de l'Eglise, { 4°. Droits de baptême, mariages & enterrements, avec ceux pour distribuer le pain béni, arbitrés, en 1758, à 3,500,000 l., & aujourd'hui à 10 millions (10)	10,000,000
5°. Droits de Messes, à 80,000 par jour, dont 20,000 font de fondation, & les 60,000 restantes, arbitrées à 10 sous, font 30,000 liv. par jour, & pour l'année (11).	10,950,000
6°. Droits des Religieux mendiants (12).	3,000,000
	930,750,000
Anéantissement des richesses nationales, par les impôts indirects (13).	500,000,000
Total,	1.430,750.000

Apperçu des Impositions, tant nationales que locales, qui paroissent être nécessaires.

Livre 3 de cet Ouvrage.

L'impôt national.	483,000,000
L'impôt local, { Frais d'administration intérieure, & dépense ordinaire des Communes, comme de l'autre part. . . . . . . Frais, *idem*, & dépenses extraordinaires	40,000,000 60,000,000 } 583,000,000

Honoraires

Apperçu de la totalité de la contribution nationale , comme de
l'autre part , ... 1,430,750,000

Suite de l'autre part.   583,000,000

Honoraires aux Cours fouveraines, aux Bailliages , aux Juges royaux & aux Avocats , ci (14)   42,000,000

Caiffe nationale des Pauvres (15),
{
1°. Droits d'annates , comme de l'autre part.   2,000,000
2°. Droits des Officialités , attribués aux Archevêques & Evêques , id.   2,800,000
3°. Droits de baptême , de mariage & de fépulture , id.   10,000,000
4°. Droits des Meffes , id.   10,950,000
}   670,750,000

Milices nationales (16),
{
Frais actuels des milices.   15,000,000
Frais actuels de logement des Gens de guerre.   5,000,000
}

Bonification poffible à la décharge des Peuples (17),
{
En diminution d'impôts. . . .   260,000,000
En augmentation annuelle de richeffes.   500,000,000
}   760,000,000

Remarques du Chapitre fixieme du Livre cinquieme.

(1) Il fera poffible de connoître au vrai la fomme à laquelle s'éleve l'impôt local , fi toutes les Communes de France rendent annuellement un compte par-devant l'Intendant de leur Généralité , de tous les frais de leur adminiftration.

Si l'on apprécioit la fomme de dépenfe nationale dans ce genre par celle des Communes de Provence , il eft sûr qu'elle s'éleveroit à beaucoup plus de 100 millions. Il eft convenable d'obferver que la totalité des dépenfes locales n'eft pas à la charge de la Nation : les Communes & les Hôpitaux ont un patrimoine plus ou moins important , dont le revenu eft un foulagement pour les contribuables.

(2) M. le Trône en donne le détail , *T. I* , *pag. 437* ; mais les impôts ayant été aggravés depuis l'époque où il a écrit , & la mifere des Peuples ayant augmenté en proportion , il eft vraifemblable que la contribution des Peuples eft infiniment plus forte dans cet article.

(3) Il n'exifte aucun état connu de la dépenfe nationale pour les Milices ; les hommes éclairés en adminiftration l'évaluent entre 25 à 30 millions.

(4) Si l'on évaluoit la dépenfe nationale dans ce genre relativement à la fomme que la Provence paie en particulier , elle feroit triple de celle à laquelle je la porte. En Provence , l'emploi , au vrai , de cette partie de la contribution eft encore une énigme pour moi & pour beaucoup d'autres.

Z

(5) Les Adminiſtrateurs qui exagerent le moins l'énormité de la contrebande, l'évaluent au tiers de la ſomme de produit des impôts indireĉts.

Les impôts indireĉts ſont :

1°. La Gabelle.	68,256,500
2°. Le Tabac.	43,500,000
3°. Les entrées de Paris & les Aides du plat-Pays	37,700,000
4°. Les Traites, le Domaine d'Occident, &c. . .	34,500,000
5°. Tous les droits exercés par la Régie-générale	59,500,000
6°. Tous les droits d'Oĉtrois appartenants aux Villes, arbitrés à.	38,543,500

282,000,000

Le tiers de 282,000,000 ſeroit de 94 millions, que je réduis à 50 millions, ne voulant rien exagérer ſur aucune partie ; je ſuis perſuadé cependant que cet objet s'éleve à plus de 100 millions.

(6) Le travail fait en 1758, par M. de Boullongne, prouve que les droits d'épices & de greffe des Cours ſouveraines & royales s'élevoient alors à 42 millions. Cette partie des dépens des procédures ne forme jamais le tiers : la Nation payoit donc alors au moins 126 millions pour l'exercice de la Juſtice ; & comme les procès ſe multiplient à raiſon de la miſere publique, il faut convenir qu'elle doit payer aujourd'hui infiniment davantage. J'oſe demander quel eſt le Citoyen qui ne gémit pas ſous la verge d'or de la Juſtice aĉtuelle ?

. . . .
. . . .

(7) Il ſeroit poſſible de connoître au vrai la contribution des Peuples pour la dîme ; les Officiers Municipaux de chaque Commune pourroient être chargés d'en faire l'eſtimation. Il eſt vraiſemblable qu'elle s'éleve à plus de 50 millions.

(8) Le relevé fait en 1758, par M. de Boullongne, prouve que les droits d'annates s'élevoient alors à 3,500,000 liv. Il eſt à préſumer qu'ils n'ont pas diminué depuis cette époque. Le revenu de la premiere année des Evêchés, &c. eſt d'environ la moitié de cette ſomme ; il ne doit donc y avoir qu'à-peu-près deux millions à la charge des Peuples.

(9) Ces droits ne doivent pas avoir diminué depuis 1758.

(10) L'évaluation faite par M. de Boullongne, n'eſt que de 3,500,000 liv. ; mais depuis 1758, il s'eſt introduit différents prix pour les enterrements, ſuivant que le cadavre eſt accompagné par une Croix de bois, d'argent ou d'or ; on paie auſſi plus ou moins, ſuivant que le cortege des Miniſtres du Dieu de paix eſt plus ou moins nombreux ; enfin il paroît que depuis 1758, le Clergé a mis à profit la miſérable vanité des humains, & que cette petite branche de ſon revenu a plus que triplé.

(11) On obſervera, avec raiſon, qu'il ſe dit beaucoup de Meſſes à 7 ſous,

mais il y en a qui coûtent 30 f. & 3 liv., &c. Vendre des Prières ! je crois avoir bien lu l'Evangile, & je n'ai jamais pu y trouver l'article qui autorise un pareil marché.

(12) Heureusement la vente des Indulgences, des *Agnus*, & de toutes les pieuses inventions monastiques, a perdu de sa faveur : cette cause abstraite de l'appauvrissement des Nations a cessé, & il est vraisemblable qu'il n'en coûte plus à la France que trois à quatre millions pour nourrir les Moines mendiants.

(13) M. le Trône, *Tom. I, pag. 437*, ne l'évalue qu'à cette somme ; mais depuis l'époque où il a écrit, les impôts indirects ont été augmentés, & l'anéantissement de richesse doit avoir été aggravé en proportion, si ce n'est davantage.

(14) *Vide* mes secondes Observations au Peuple François.

(15) *Vide* Chapitre IV du présent Livre.

(16) La milice est aujourd'hui au nombre des premiers fléaux des campagnes ; on pourroit cependant rendre les garnisons sédentaires, & avoir une telle milice nationale, qu'on seroit toujours prêt à repousser toute invasion de l'ennemi, & que l'on purgeroit l'intérieur du Royaume de tous les brigands qui infestent les voies publiques : il y auroit peu à ajouter aux excellentes vues de M. le Trône.

(17) Beaucoup de personnes regarderont la possibilité d'une semblable bonification, comme un paradoxe dénué de tout fondement. J'invite les incrédules à lire & à étudier les Ouvrages de l'immortel le Trône, & d'approfondir les causes abstraites de la misere publique ; alors les ténebres de l'erreur se dissiperont, & l'on trouvera que, dans peu d'années, les François peuvent doubler leur richesse nationale, & diminuer leur contribution de moitié, en faisant disparoître la mendicité du Royaume, avec tous les fléaux qui, depuis plusieurs siecles, rendoient également malheureux les Rois & les Sujets.

Fin des secondes Observations au Peuple François.

TABLE DES MATIERES.

LIVRE PREMIER.

LIVRE SECOND.

LIVRE QUATRIEME.

Fin de la Table des matieres.

ERRATA.

Livre second, *Chapitre huitieme*, Impôts exercés par la Ferme-Générale ; *Section troisieme*, Entrées de Paris , *page* 81 , il y a erreur de 485,353 livres dans cette Section ; la perception au vrai est comme suit :

Ferme-Générale.

Droits d'entrées................................ 28,076,727
Droits reservés du Don-Gratuit , ... 2,135,848

Élection de Paris , la Banlieue comprise.

Droits d'Aides , ... 5,002,072
Erreur de 485,353 liv., ayant porté 35,700,000 liv... 35,214,647
Au lieu de 35,214,647 , ci................... 485,353

35,700,000

Ville de Paris.

Droits perçus pour la Ville..................... 4,424,692
Pour les Hôpitaux............................. 2,349,441
Pour quelques Communautés................... 43,907
Sous pour livres............................... 3,201,260

10,019,300

FIN.

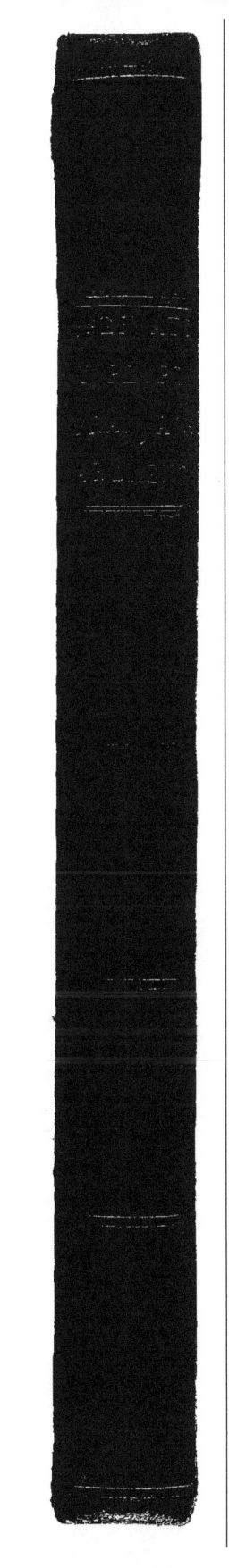

www.ingramcontent.com/pod-product-compliance
Lightning Source LLC
Chambersburg PA
CBHW071802020726
47502CB00004B/971